A GUARDIÃ
DO
PORTAL

A GUARDIÃ DO PORTAL

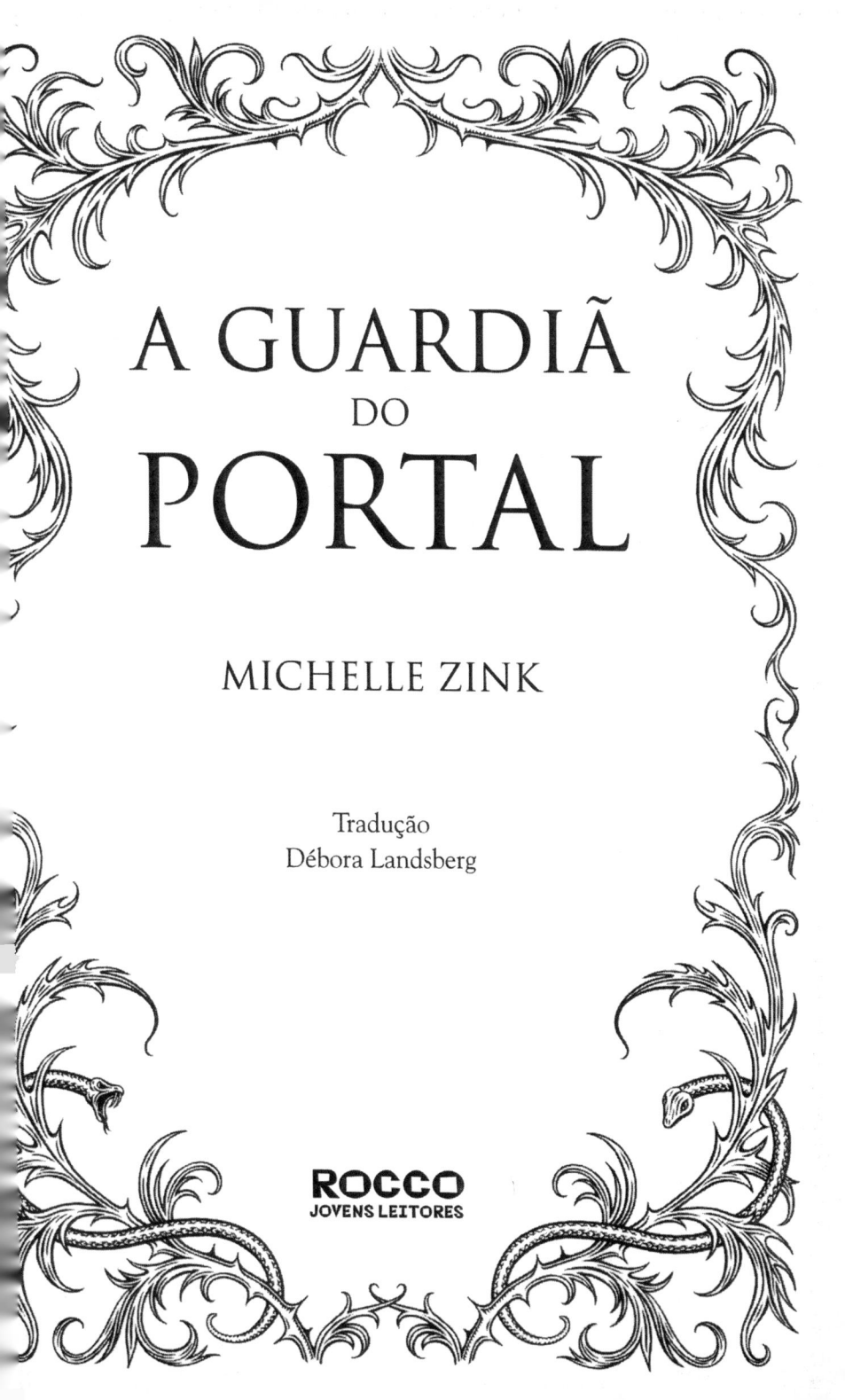

MICHELLE ZINK

Tradução
Débora Landsberg

ROCCO
JOVENS LEITORES

Título original
GUARDIAN OF THE GATE

Copyright © 2010 by Michelle Zink
Hand-lettering e vinheta de miolo: Leah Palmer Preiss

Edição brasileira publicada mediante acordo com Little,
Brown and Company, Nova York, EUA.
Todos os direitos reservados.
Os personagens e acontecimentos retratados neste livro são fictícios.
Qualquer semelhança com pessoas reais, vivas ou não,
é mera coincidência e sem intenção da autora.

Nenhuma parte desta obra pode ser reproduzida ou transmitida por qualquer
forma ou meio eletrônico ou mecânico, inclusive fotocópia, gravação ou sistema
de armazenagem e recuperação de informação, sem a permissão escrita do editor.

Direitos para a língua portuguesa reservados
com exclusividade para o Brasil à
EDITORA ROCCO LTDA.
Av. Presidente Wilson, 231 – 8º andar
20030-021 – Rio de Janeiro, RJ
Tel.: (21) 3525-2000 – Fax: (21) 3525-2001
rocco@rocco.com.br
www.rocco.com.br

Printed in Brazil/Impresso no Brasil

preparação de originais
BÁRBARA AGUIAR

CIP-Brasil. Catalogação na fonte.
Sindicato Nacional dos Editores de Livros, RJ.

Z67g   Zink, Michelle
A guardiã do Portal / Michelle Zink; tradução Débora Landsberg.
– Rio de Janeiro: Rocco Jovens Leitores, 2011. – Primeira edição.
(A Profecia das Irmãs; 2)
Tradução de: Guardian of the Gate
Sequência de: A profecia das irmãs
ISBN 978-85-7980-090-0
1. Sobrenatural – Ficção infantojuvenil. 2. Irmãs – Ficção infantojuvenil.
3. Literatura infantojuvenil. I. Landsberg, Débora. II. Título. III. Série.
11-4890   CDD – 028.5   CDU – 087.5

O texto deste livro obedece às normas do
Acordo Ortográfico da Língua Portuguesa.

 Para Kenneth, Rebekah, Andrew e Caroline. Os corações do meu coração.

Sentada à escrivaninha do meu quarto, não preciso ler as palavras da profecia para relembrá-las. Estão entranhadas na minha mente, tão nítidas quanto a marca que macula meu pulso.

Ainda assim, sinto algo sério e reconfortante ao segurar a capa rachada do livro que meu pai escondeu na biblioteca antes de sua morte. Com aspecto envelhecido, abro-o e meu olhar recai sob o pedaço de papel inserido na frente.

Nos oito meses passados desde que Sonia e eu chegamos a Londres, ler as palavras da profecia tornou-se um ritual antes de ir para a cama. Nessas horas silenciosas – quando a mansão Milthorpe está mais pacata, a casa e os empregados se calam e Sonia dorme profundamente em seus aposentos no final do corredor – prossigo na tentativa de decifrar as palavras traduzidas pela mão cuidadosa de James. Tento encontrar qualquer nova pista que leve às folhas desaparecidas. Algum indício que indique o caminho da liberdade.

Nessa noite de verão, o fogo crepita baixinho na lareira enquanto inclino a cabeça em direção à folha, lendo, mais uma vez, as palavras que me unem de modo irrevogável à minha irmã gêmea e à profecia que nos separa:

> Apesar do fogo e da harmonia, a espécie humana durou
> Até o envio dos Guardiões,
> Que tomaram como esposas e amantes a mulher do homem,
> Provocando Sua fúria.
> Duas irmãs, formadas no mesmo oceano oscilante,
> Uma, a Guardiã, a outra, o Portal.
> Uma guarda a paz,
> A outra realiza uma feitiçaria destrutiva em busca de devoção.
> Expulsas dos céus, as Almas estavam Perdidas,
> Enquanto as irmãs continuam a batalha,
> Até que os Portais as intimem para que retornem
> Ou o Anjo traga as Chaves do Abismo.
> Os Exércitos atravessam os Portais,
> Samael, a Besta, atravessa o Anjo.
> O Anjo, guardado apenas pelos fios delgados do véu de proteção.
> Quatro Marcas, quatro Chaves, Círculo de Fogo
> Nascido no primeiro sopro do Samhain,
> À sombra da Mística Serpente de pedra de Aubur.
> Deixe que o Portal dos Anjos oscile sem as Chaves
> Seguido pelas Sete Pragas e o Não Retorno.
> Morte
> Fome
> Sangue
> Fogo

Escuridão
Seca
Ruína
Abra os braços, Senhora do Caos, pois o massacre da Besta irá fluir como um rio,
Pois tudo estará perdido quando as Sete Pragas começam.

Houve uma época em que as palavras não tinham nenhum significado para mim. Eram como uma lenda encontrada em um livro empoeirado escondido na biblioteca do meu pai antes de sua morte. Mas eu ainda não havia descoberto a serpente brotando em meu pulso, não conhecia Sonia e Luisa, duas das quatro chaves, também marcadas, porém não exatamente da mesma forma que eu.

Só eu tenho o "C" no meio da marca. Sou o Anjo do Caos, o Portal relutante para a Guardiã da minha irmã, um problema cuja responsabilidade ponho, não na natureza, mas sim no caráter confuso de nosso parto. Entretanto, somente eu posso optar por banir Samael para sempre. Ou invocá-lo e causar o fim do mundo como o conhecemos.

Fecho o livro, me esforçando para tirar aquelas palavras da cabeça. Já está muito tarde para pensar no fim do mundo. Mais ainda para refletir sobre minha função de impedir que isso aconteça. Qualquer fardo que isso represente me faz desejar a paz peculiar do sono. Levanto-me da cadeira e me enfio debaixo das cobertas da imponente cama de dossel que me pertence na mansão Milthorpe.

Apago a lamparina da mesinha. O quarto é iluminado apenas pelas chamas da lareira, mas a escuridão já não me amedronta como antes. É o mal escondido em lugares belos e familiares que enche meu coração de pavor agora.

⁂

Já faz um tempo que não confundo minhas viagens pelo Plano com um simples sonho, mas dessa vez não sei distinguir o que houve durante o sono.

Estou em uma floresta e por instinto sei que é a que cerca a mansão Birchwood, meu único lar até vir para Londres, oito meses atrás. Há quem ache todas as árvores parecidas, que é impossível distinguir um bosque de outro, mas esta é a paisagem de minha infância e a conheço muito bem.

Os raios de sol são filtrados pelas folhas que se erguem nos galhos bem acima de mim, gerando a vaga sensação de luz do dia, de modo que pode ser qualquer hora entre a manhã e o fim da tarde. Enquanto me pergunto o motivo de estar ali, já que até meus sonhos agora parecem ter algum objetivo, ouço meu nome sendo chamado de algum lugar atrás de mim.

— Liiaa... Venha, Lia...

Ao me virar, demoro alguns instantes para identificar a pessoa parada ao longe, em meio às árvores. A menina é pequena e está imóvel como uma estátua. Seus cachinhos dourados reluzem mesmo sob a luz salpicada da floresta. Embora faça quase um ano que a tenha visto em Nova York, eu a reconheceria em qualquer lugar.

— Tenho uma coisa para lhe mostrar, Lia. Venha logo. — A voz da menina é o mesmo cantarolar pueril de quando me

entregou pela primeira vez o medalhão com a marca igual à do meu pulso, que me acompanha aonde quer que eu vá.

Aguardo um momento e ela estica o braço, acenando para que me aproxime, com um sorriso sábio demais para ser considerado amável.

– Depressa, Lia. Assim você não irá vê-la. – A garotinha se vira e corre, os cachos saltitando enquanto ela desaparece em meio às árvores.

Sigo atrás dela, pisando entre as árvores e nas pedras cobertas de musgo. Estou descalça, porém não sinto nenhuma dor e entro cada vez mais na floresta. A menininha é graciosa e veloz como uma borboleta. Passa por uma árvore e outra, e seu manto branco voa atrás de si como um fantasma. Acelerando o passo para não ficar para trás, minha camisola se prende a ramos e galhos. Bato contra eles à medida que avanço, tentando não perdê-la de vista. Mas é tarde demais. Momentos depois, ela some.

Fico parada, girando para examinar o bosque. É desnorteante, atordoa, e luto contra uma onda de pânico quando percebo que estou totalmente perdida em meio à semelhança dos troncos e da folhagem das árvores. Até o sol ficou encoberto.

Passado um instante, a voz da menina retorna e fico imóvel, ouvindo-a. É impossível não reconhecer a canção que murmurou ao se esquivar de mim em Nova York.

Sigo o murmúrio, arrepios percorrendo a pele dos braços, até mesmo a parte encoberta pelas mangas da camisola. Os pelos se levantam em minha nuca, mas sou incapaz de ir embora. Desviando de troncos grandes e pequenos, sigo a voz até ouvir o rio.

É lá que está a menina, tenho certeza disso. Quando ultrapasso os últimos aglomerados de árvores, a água se estende diante de meus olhos e ela reaparece. Está curvada junto à outra margem do rio, embora eu não tenha ideia de como atravessou a correnteza. Seu murmúrio é melodioso, mas tem um meio-tom fúnebre que faz minha pele formigar, e avanço em direção à margem mais próxima.

Parece não me ver. Simplesmente continua sua estranha canção enquanto passa as palmas das mãos por sobre a água. Não sei o que vê na superfície cristalina, mas olha fixo, com uma concentração extraordinária. Em seguida ergue a cabeça e seu olhar encontra o meu, como se não lhe causasse nenhuma surpresa me ver diante dela, do outro lado do rio.

Sei que seu sorriso me assombrará no exato momento em que ela o oferece.

– Ah, que bom. Estou contente por ter vindo.

Balanço a cabeça.

– Por que me procurou outra vez? – Minha voz ecoa no silêncio da floresta. – O que você poderia ter para me dar?

Ela olha para baixo, mexendo as palmas das mãos sobre a água como se não tivesse escutado.

– Perdão. – Tento soar mais enérgica. – Gostaria de saber por que você me chamou até a floresta.

– Não vai demorar muito. – Sua voz é monótona. – Você vai ver.

Ela levanta a cabeça, os olhos azuis encontram os meus. Seu rosto se ondula quando volta a falar.

– Você acha que está segura dentro dos limites do sono, Lia? – A pele sobre os ossinhos de seu rosto brilha, o volume de

sua voz diminui. – Acha que agora é tão poderosa que chega a ser intocável?

Sua voz está totalmente diferente, e quando seu rosto ondula de novo, compreendo. Ela sorri, mas desta vez não é como a menina do bosque. Não mais. Agora é minha irmã, Alice. Não consigo evitar o medo. Sei bem o que aquele sorriso esconde.

– Por que está tão surpresa, Lia? Você sabe que sempre vou achá-la.

Levo um tempo para acalmar a voz, pois não quero que ela perceba meu medo.

– O que você quer, Alice? Já não falamos tudo que tínhamos para falar?

Ela inclina a cabeça e, como sempre, acredito que enxerga as profundezas de minha alma.

– Não perco as esperanças de que você se torne mais sábia, Lia. De que se dê conta de que não está pondo em risco apenas sua vida, mas a de seus amigos também. E do que restou da sua família.

Tenho vontade de gritar quando menciona minha família – *nossa* –, pois por acaso não foi Alice quem empurrou Henry para o rio? Não foi ela quem o entregou à morte sob as águas? Porém, sua voz parece ficar mais suave e me pergunto se ela sequer sente tristeza por nosso irmão.

Quando a respondo, minha voz está gelada.

– O risco que enfrentamos agora é o preço que temos de pagar pela liberdade no futuro.

– Futuro? – questiona ela. – Que futuro, Lia? Você ainda nem encontrou as duas chaves que faltam, e com aquele investigador ancião do papai, talvez nunca o faça.

A crítica a Philip me faz ruborizar de raiva. Papai confiava nele para encontrar as chaves, e até hoje trabalha sem parar pelos meus interesses. É claro que as duas que faltam vão fazer pouca diferença sem as páginas desaparecidas do Livro do Caos, mas já faz muito tempo que aprendi a não pensar a longo prazo. Há apenas o aqui. Apenas o agora.

Ela volta a falar como se estivesse lendo meus pensamentos.

– E as páginas? Nós duas sabemos que ainda não conseguiu localizá-las. – Ela olha para a água com muita serenidade, passando a mão por sua superfície como fizera a menininha. – Levando em consideração a posição que você ocupa nessa situação toda, eu diria que é mais inteligente dar a Samael seu voto de confiança. Pelo menos ele vai garantir sua segurança e a das pessoas que você ama. Além de segurança, ele pode garantir o seu lugar na nova ordem mundial. A que será governada por Ele e pelas Almas. A que vai acabar existindo, quer você nos ajude de boa ou má vontade.

Imagino não ser possível meu coração endurecer ainda mais em relação à minha irmã, mas é o que acontece.

– É mais provável que ele garanta o seu lugar nessa nova ordem mundial, Alice. É isso o que interessa, não é? Foi por isso que você trabalhou com as Almas quando ainda éramos pequenas, não foi?

Ela dá de ombros e me encara.

– Nunca fingi ser altruísta, Lia. Só quero honrar o papel que *devia* ter sido meu, em vez do que me foi imposto através dos mecanismos equivocados da profecia.

– Se este ainda é seu desejo, não temos mais nada para discutir.

Ela torna a olhar a água.

– Então talvez eu não seja a melhor pessoa para convencê-la.

Penso ter atingido o auge de meu espanto, de meu pavor, ao menos por enquanto. Mas então Alice levanta a cabeça, o rosto ondulando outra vez. Por um instante vejo a sombra da menininha, mas logo a aparição volta a ser a de Alice. Não dura muito. Seu rosto se agita, virando uma cabeça de formato estranho e um rosto que parece mudar a cada segundo que passa. Estou plantada no mesmo lugar, à margem do rio, incapaz de me mexer, apesar do horror que me domina.

– Você ainda me renega, senhora? – A voz, outrora canalizada por Sonia enquanto tentava contatar meu falecido pai, é inconfundível. Horripilante. *Anormal*. Não pertence a mundo nenhum. – Não há onde se esconder. Não há refúgio. Não há paz – declara Samael.

Antes sentado na ribanceira, ele se levanta e revela sua altura, o dobro do tamanho de qualquer homem mortal. A estatura é gigantesca. Tenho a sensação de que, se quisesse, ele poderia saltar o rio e agarrar meu pescoço imediatamente. A movimentação atrás dele chama a minha atenção e tenho um vislumbre das suntuosas asas negras fechadas às suas costas.

E agora, além do meu pavor, há um desejo inequívoco. Um impulso que causa a vontade de atravessar o rio e me enrolar naquelas asas macias, emplumadas. A batida do coração começa devagar e vai acelerando. *Tum-tum. Tum-tum. Tum-tum.* Lembro-me de ter essa mesma sensação na última vez que encontrei Samael no Plano e, de novo, me apavoro ao escutar meu coração retumbando e batendo em uníssono com o dele.

Dou um passo para trás. Tudo indica que preciso fugir, mas não ouso dar as costas a ele. Portanto, recuo um pouco, atenta à máscara sempre mutante que é seu rosto. Em alguns momentos, é o mais belo dos mortais. E então, muda outra vez e se torna o que sei que ele é.

Samael. A *Besta*.

— Abra o Portal, senhora, pois é este o seu dever e a sua causa. Sua recusa gera apenas sofrimento. — A voz gutural vem não só do outro lado do rio como também de dentro da minha cabeça, como se suas palavras fossem as minhas.

Faço que não. Reúno cada pingo de força que tenho para lhe dar as costas. E então consigo fazê-lo. Eu me viro e corro, abrindo caminho por entre as árvores enfileiradas à margem do rio, mesmo sem saber para onde ir. O urro dele colide com as árvores, como se fosse um ser vivo e estivesse no meu encalço.

Tento ignorá-lo, batendo contra os galhos que arranham meu rosto enquanto corro, permitindo-me despertar desse sonho, escapar dessa viagem. Mas não tenho tempo para tramar um plano, pois meu pé tropeça na raiz de uma árvore e caio, batendo no chão com tanta força e rapidez que as trevas obscurecem minha vista. Afastando-me do chão com a ajuda das mãos, tento ficar de pé. Acho que vou conseguir escapar, que vou levantar e continuar correndo. Mas isso foi antes de sentir a mão segurando meu ombro. Antes de ouvir a voz que sibila:

— Abra o Portal.

Sento-me na cama, o suor umedecendo o cabelo da nuca enquanto abafo um grito.

A respiração vem em sopros curtos, meu coração martelando contra o peito como se ainda acompanhasse o dele. Nem mesmo a luz derramada pelo espaço entre as cortinas pode aliviar o terror deixado quando desperto do sonho, e espero uns minutos, dizendo a mim mesma que foi *apenas* um sonho. Digo isso várias vezes, até acreditar.

Até ver o sangue no travesseiro.

Levando a mão ao rosto, toco minha bochecha com os dedos. Ao afastá-los, sei o que isso significa. A mancha vermelha conta toda a verdade.

Vou ao outro lado do quarto, até a penteadeira, onde ficam os diversos potes de creme, o perfume e a maquiagem. Mal reconheço a garota no espelho. O cabelo está desgrenhado e os olhos expressam algo sombrio e temeroso.

O arranhão na face não é grande, mas é evidente. Observo o sangue que macula minha face e recordo os galhos e ramos raspando meu rosto enquanto fugia de Samael.

Quero negar que viajei a contragosto e sozinha, pois Sonia e eu concordamos que não seria prudente fazê-lo, apesar da intensidade crescente de meus poderes no Plano. Não importa que eles agora sejam maiores do que os de Sonia, pois uma coisa é certa: minha capacidade explosiva não é nada comparada com a determinação e a força das Almas – ou de minha irmã.

2

Puxando para trás a corda do arco, eu o seguro por um instante antes de deixar a flecha voar. Ela plana no ar, acertando o centro do alvo a trinta metros dali.

– Você acertou bem no centro! – exclama Sonia. – E dessa distância toda!

Olho para ela e abro um sorriso, lembrando-me de quando não conseguia atingir o alvo a oito metros de distância, nem com o auxílio do sr. Flannigan, o irlandês que contratamos para ensinar o básico da arte do arco e flecha. Agora, usando calças masculinas e atirando como se tivesse feito isso minha vida inteira, a adrenalina e a autoconfiança percorrem meu corpo em doses iguais.

No entanto, não posso saborear de verdade minha habilidade. Afinal de contas, é a minha irmã que desejo derrotar, e é bastante provável que seja ela o alvo de minhas flechas quando for a hora de disparálas. Imagino que depois de tudo o que houve eu deva ficar feliz em vê-la cair, mas não sou capaz de ter um sentimento tão simples em relação à Alice. Não. Meu coração está envenenado com uma mistura de raiva e tristeza, mágoa e arrependimento.

– Tente você. – Sorrio e me esforço para soar animada ao incentivar Sonia a treinar no alvo já bastante gasto. Faço isso apesar de sabermos que é improvável que ela o acerte. Os dons de Sonia de se comunicar com os mortos e de viajar pelo Plano não se traduzem, como ficou claro, em talento para o arco e flecha.

Ela revira os olhos, levando o arco até a altura de seu ombro esbelto. Até esse pequeno gesto me faz sorrir, pois há pouco tempo Sonia estaria séria demais para um humor tão despreocupado.

Posicionando a flecha, ela puxa a corda, os braços tremendo por causa do esforço de mantê-la esticada. Quando é atirada, sua flecha oscila pelo ar, caindo no chão sem fazer nenhum ruído, a alguns metros do alvo.

– Nossa... Acho que chega de humilhação por hoje, não é? – Ela não espera minha resposta. – Que tal a gente levar os cavalos até o lago antes do jantar?

– Sim, vamos lá – respondo sem me dar ao trabalho de ponderar a sugestão. Não estou ansiosa para abdicar da liberdade de Whitney Grove e substituí-la pelo espartilho bem apertado e o jantar formal que me aguardam no final dessa tarde.

Penduro o arco nas costas, enfio as flechas na mochila, atravessamos a faixa de treinamento e vamos ao encontro de nossos cavalos. Depois de montarmos, seguimos pelo campo em direção a uma risca azul cintilante ao longe. Passei tan-

tas horas montada no meu cavalo, Sargent, que cavalgá-lo tornou-se quase instintivo. Enquanto isso, examino o cenário suntuoso que se estende por todos os lados. Não há nenhuma alma à vista, e o total isolamento da paisagem faz com que mais uma vez eu sinta gratidão pelo refúgio pacato que é Whitney Grove.

Aqui, o campo se alonga por todos os cantos. Dão a Sonia e a mim a privacidade necessária para cavalgarmos usando calças masculinas e treinarmos com o arco, dois passatempos que dificilmente seriam considerados adequados para moças dentro dos limites de Londres. E embora o chalé anexo a Whitney Grove seja esquisito, até agora só o usamos para vestir as calças e tomar uma ou outra xícara de chá após o trabalho.

– Vou chegar antes de você! – grita Sonia olhando para trás, por cima do ombro. Está se afastando de mim, mas não me importo. Dar a vantagem a Sonia na equitação me faz sentir que estamos em pé de igualdade, ainda que se trate de algo tão simples como uma corrida amistosa.

Incito Sargent a ir em frente, apoiando-me em seu pescoço enquanto suas pernas musculosas aceleram. Sua crina lambe meu rosto como um fogo negro e só me resta admirar os pelos brilhosos e a velocidade excepcional. Alcanço Sonia pouco depois, mas puxo as rédeas, mantendo minha posição logo atrás de seu cavalo cinza.

Ela mantém a liderança quando atravessamos o ponto invisível que tem sido nossa linha de chegada em inúmeras competições. Enquanto os cavalos diminuem o passo, ela olha para trás.

– Finalmente! Ganhei!

Sorrio, trotando com meu cavalo até alcançá-la no instante em que ela para à margem do lago.

– Bem, era só uma questão de tempo. Você virou uma excelente amazona.

Ela dá um sorriso alegre enquanto desmontamos e levamos os cavalos até a água. Paradas em silêncio enquanto eles bebem, admiro-me por Sonia não estar ofegante. É difícil acreditar que houve uma época em que tinha tanto medo de montar a cavalo que era inimaginável galopar morro acima, como temos feito pelo menos três vezes por semana.

Assim que os animais saciam a sede, são conduzidos até o enorme castanheiro que cresce perto da água. Depois de amarrá-los ao tronco, nos sentamos no capim apoiadas nos cotovelos. As calças de lã que usamos para cavalgar apertam minhas coxas, mas não reclamo. Vesti-las é um luxo. Daqui a algumas horas, estarei espremida dentro de um vestido de seda por conta de um jantar com a Sociedade.

– Lia? – A voz de Sonia flui com a brisa.

– Hum?

– Quando a gente vai para Altus?

Viro-me para ela.

– Não sei. Quando a tia Abigail achar que estou pronta para a jornada e mandar me buscar, imagino. Por quê?

Por um instante, seu rosto normalmente sereno parece ser assombrado pela confusão e compreendo que está pensando no perigo que enfrentamos ao procurar as páginas desaparecidas.

– Queria acabar com isso de uma vez por todas, só isso. Às vezes... – Ela desvia o olhar, contemplando o terreno de Whitney Grove. – Bem, às vezes todo o nosso treinamento parece inútil. No que diz respeito a encontrar as páginas, ainda estamos no mesmo pé em que estávamos quando chegamos a Londres.

Há uma rispidez estranha na voz dela, e de repente me ressinto por ter ficado tão absorta em minha própria dificuldade, em minha perda, a ponto de nem pensar em perguntar sobre o fardo que cabe a ela carregar.

Meu olhar recai no pedaço de veludo preto que envolve o pulso de Sonia. O medalhão. Meu. Mesmo estando no pulso dela para a minha segurança, não posso evitar a vontade de sentir o veludo seco e macio da fita, a sensação gelada do círculo dourado contra minha pele. Essa estranha afinidade é ao mesmo tempo estorvo e causa. Tem sido assim desde o momento em que ele me encontrou.

Esticando o braço para segurar-lhe a mão, eu abro um sorriso, sentindo a tristeza em meu rosto.

— Desculpe se não lhe agradeço o bastante por dividir este fardo comigo. Não sei o que eu faria sem sua amizade. Não sei mesmo.

Ela dá um sorriso tímido e afasta a mão da minha, fazendo um gesto desdenhoso.

— Não seja ridícula, Lia! Sabe que eu faria qualquer coisa por você. Qualquer coisa.

Suas palavras tranquilizam a preocupação que ocupava parte da minha mente. Com todas as coisas a temer, todas as pessoas a desconfiar, há uma dose significativa de paz na amizade que sei que sempre existirá entre nós, aconteça o que acontecer.

O grupo do jantar na Sociedade é tão civilizado quanto qualquer outro. As diferenças jazem sob a superfície e são visíveis apenas para aqueles que estão presentes.

Enquanto nos movimentamos entre as pessoas, a angústia que senti mais cedo cai de meus ombros. Embora a profecia ainda seja um segredo nosso, meu e de Sonia, é aqui que chego mais perto de ser eu mesma. Além dela, a Sociedade tem sido minha única fonte de companhia, e serei eternamente grata à carta de apresentação de tia Virginia.

Ao localizar uma cabeça prateada com um belo penteado na multidão, puxo Sonia pelo braço.

– Venha. Ali está Elspeth.

Quando nos avista, a senhora abre caminho graciosamente em meio à multidão até ficar diante de nós, sorridente.

– Lia, querida! Fico feliz por você ter vindo. E você também, Sonia! – Elspeth Shelton se curva, beijando o ar em vez de nossas faces.

– A gente não perderia este encontro por nada! – As faces de Sonia ficam rosadas, combinando com o tom de seu vestido. Depois de anos confinada na casa da sra. Millburn em Nova York, ela desabrochou sob a atenção calorosa de pessoas que partilham de seu dom e têm muitos outros.

– Espero mesmo que não – diz Elspeth. – Mal posso acreditar que só faz oito meses que vocês duas apareceram em nossa porta com a carta de Virginia. Agora, as reuniões não são mais as mesmas se não estiverem, embora eu me atreva a dizer que sua tia esperava muito mais supervisão da minha parte. – Ela pisca de um jeito malicioso, e Sonia e eu soltamos uma gargalhada. Elspeth pode até ter encontrado sua vocação na organização dos eventos e das reuniões da Sociedade, mas deixa bastante espaço para que Sonia e eu sejamos independentes. – Preciso receber as outras pessoas, mas vejo vocês no jantar.

Ela segue em direção a um cavalheiro que identifico como o velho Arthur Frobisher, embora atualmente ele esteja tentando demonstrar seu grande talento para a invisibilidade. Dizem pelos salões da Sociedade que Arthur descende de uma longa linhagem de sumos sacerdotes druidas. Ainda assim, a idade torna fracos os seus feitiços, e o contorno indistinto da barba grisalha e o colete amarrotado são visíveis em meio à neblina, da mesma forma que ele fala com bastante clareza com um membro mais jovem.

– Você tem noção de que Virginia teria um acesso de raiva se soubesse do pouco acompanhamento que Elspeth nos deu, não tem? – brinca Sonia.

– Claro que tenho. Mas, afinal de contas, estamos em 1891. Além disso, como é que tia Virginia descobriria? – Sorrio para Sonia.

– Não conto se você não contar! – Ela dá uma gargalhada, assentindo para as outras pessoas que circulam pelo salão. – Vamos cumprimentar todo mundo?

Percorro o ambiente com os olhos, procurando alguém conhecido. Meu olhar se depara com um jovem cavalheiro junto à escadaria de entalhes primorosos.

– Venha, ali está Byron.

Enquanto atravessamos o salão, trechos de conversas chegam aos meus ouvidos, levados pela fumaça dos cachimbos e o incenso que adensam o ar. Quando finalmente nos aproximamos de Byron, cinco maçãs giram no ar diante dele, num ritmo perfeito, enquanto ele permanece de olhos fechados e com os braços esticados.

– Boa-noite, Lia e Sonia. – Byron não abre os olhos para nos cumprimentar, e as maçãs continuam a dança giratória. Já faz tempo que parei de tentar entender como sabe que estamos à sua frente, apesar de quase sempre estar de olhos fechados, executando algum truque cabível aos salões.

– Boa-noite, Byron. Vejo que está ficando bastante habilidoso. – Assinto em direção às maçãs, apesar de ele não poder ver meu gesto.

– Sim. Bem, isso diverte as crianças e, claro, as damas. – Ele abre os olhos, fitando Sonia ao mesmo tempo que as frutas, uma por uma, caem em suas mãos. Oferece uma das maçãs carmesins, fazendo uma mesura.

Viro-me para Sonia.

– Por que você não fica aqui e pede ao Byron para revelar os segredos de seu... talento, enquanto pego um ponche para nós? – O brilho no olhar de Sonia deixa claro que ela gosta da companhia dele, e fica nítido que o sentimento é mútuo ao olhar Byron.

Sonia dá um sorriso acanhado.

– Tem certeza de que não quer que eu a acompanhe?

– Certeza absoluta. Já volto. – Abro caminho até o jarro de cristal cheio de ponche reluzindo do outro lado do salão.

Passo pelo piano e ouço uma canção tilintando sem que ninguém toque as teclas. Tento avaliar quem, entre todas as pessoas que circulam pelo ambiente, executa a melodia. Uma onda de energia iridescente liga uma jovem sentada no sofá às

teclas de marfim na outra ponta da sala, designando-a como a talentosa pianista. Dou um sorriso, satisfeita com a minha observação. A Sociedade me oferece oportunidades infinitas de aperfeiçoar meus dons.

Quando chego ao jarro de ponche, viro-me para olhar Sonia e Byron. Como eu já esperava, conversam animadamente. Voltar rápido demais com a bebida faria de mim uma péssima amiga.

Ao deixar o salão, sigo o som de vozes que vêm de uma sala escura no final do corredor. A porta está entreaberta, e quando espio pela fresta vejo um grupo reunido em volta de uma mesa redonda. Jennie Munn está se preparando para iniciar uma sessão com os presentes. É inevitável que eu fique satisfeita, já que foi Sonia quem a ensinou a fortalecer seus poderes inatos.

Jennie instrui as pessoas sentadas em volta da mesa a fecharem os olhos, e eu encosto um pouco mais a porta antes de continuar pelo corredor, em direção ao pequeno pátio atrás do edifício. Estico o braço para alcançar outra porta, me perguntando se precisarei do manto, quando percebo meu reflexo no espelho pendurado na parede. Não sou muito dada a vaidade, ela sempre coube a Alice. Na verdade, sempre a achei mais bonita que eu, apesar de sermos gêmeas idênticas. Mas agora, ao ver meu rosto refletido, quase não me reconheço.

A face que outrora deplorava por ser redonda demais, delicada demais, agora exibe elegantes maçãs saltadas. Os olhos verdes, herdados de minha mãe e sempre minha melhor característica, desenvolveram uma força e uma intensidade que antes não existiam, como se todo o sofrimento, o sucesso e a autoconfiança adquiridos nos últimos meses tivessem sido lançados, brilhantes como uma joia, em suas profundezas. Até o cabelo, antes simplesmente castanho, reluz, saudável e esplendoroso. Meu prazer é uma afobação secreta enquanto saio na noite fria, passando ao quintal da casa de arenito pardo que é sede da Sociedade.

O pátio está vazio, como já previa. Ele é meu refúgio preferido quando jantamos ali. Ainda não me acostumei com o incenso opressivo escolhido pelas feiticeiras e espiritualistas mais fervorosas, e aspiro profundamente o ar gelado da noite. Minha mente clareia quando o oxigênio percorre meu corpo. Faço o caminho pelos blocos de pedra que serpenteiam o jardim cuidado pela própria Elspeth. Nunca fui boa com plantações e jardinagem, mas reconheço algumas das ervas e arbustos a respeito dos quais Elspeth tentou com todas as forças me ensinar.

– Você não fica com medo aqui fora, na escuridão? – A voz grave vem das sombras.

Empertigo-me, incapaz de distinguir o rosto ou os contornos do homem que é o dono dessa voz.

– Não. Você fica?

Ele ri, e é como um vinho cálido espalhando suas gotas pelo meu corpo.

– Nem um pouco. Na verdade, às vezes acho que devia ter mais medo da luz.

Eu me forço a voltar ao presente, abrindo as mãos para a escuridão que nos rodeia.

– Se você acha isso mesmo, por que não se revela? Não há luz aqui.

– Então não há. – Ele dá uns passos e fica sob o brilho fraco da meia-lua, seu cabelo escuro reluzindo mesmo sob a iluminação escassa. – Por que você veio para este jardim vazio e frio, quando poderia estar lá dentro, rindo junto com seus amigos?

É estranho encontrar um desconhecido em uma reunião da Sociedade, e aperto os olhos, desconfiada.

– Que importância isso tem? E o que o traz aqui?

Todos os membros da Sociedade guardam seus segredos com muito zelo. Para os que estão do lado de fora dos muros, não passamos de um clube privativo, mas a caça às bruxas de antigamente seria insignificante comparada aos protestos que surgiriam caso nossa existência se tornasse pública. Embora haja aqueles na sociedade "iluminada" que buscam o conselho de espiritualistas simples, o poder que de fato existe na nossa classe assustaria até os indivíduos mais liberais.

O homem se aproxima. Não consigo discernir a cor de seus olhos, mas a intensidade com que me examinam é inequívoca. Passeiam pelo meu rosto, descem pelo pescoço e param levianamente onde começam os seios, no decote do corpete cor de musgo do vestido. Seus olhos logo se desviam, e, antes de dar um passo para trás, sinto o calor emanando de nossos corpos e ouço a respiração acelerada no ar que nos rodeia. Não sei ao certo se é a dele ou a minha.

– Foi Arthur quem me trouxe. – A ternura sumiu de sua voz, e de repente ele soa como um cavalheiro de verdade. – Arthur Frobisher. Nossas famílias se conhecem há muitos anos.

– Ah, entendi. – Meu suspiro é audível à noite. Não sei o que esperava, por que perdi o fôlego de tanto medo. Imagino

que seja complicado confiar em quem quer que seja quando sei da capacidade da Alma de se transformar em praticamente qualquer coisa, principalmente na forma humana.

– Lia? – chama a voz de Sonia, do terraço.

Tenho de desviar o rosto do olhar fixo do homem.

– No jardim.

Os sapatos dela batem contra o chão, ficando cada vez mais ruidosos à medida que se aproximam de nós pelo caminho de pedras.

– O que está fazendo aqui fora? Achei que fosse pegar ponche!

Faz um gesto vago em direção à casa.

– Lá dentro está quente e tem muita fumaça. Precisava tomar um pouco de ar.

– Elspeth já pediu para servirem o jantar. – Seu olhar é atraído para meu companheiro.

Observo, imaginando se ele teria me achado rude.

– Esta é minha amiga Sonia Sorrensen. Sonia, este é... Desculpe. Nem sei o seu nome.

Ele hesita antes de fazer uma pequena mesura para nós.

– Dimitri. Dimitri Markov. É um prazer.

Mesmo à luz mortiça do jardim, Sonia não consegue esconder a curiosidade.

– Prazer em conhecê-lo, sr. Markov, mas temos de ir para a mesa antes que Elspeth mande uma equipe de busca! – É óbvio que ela preferiria continuar ali e descobrir o que faço no jardim com um belo estranho de pele morena, em vez de ir para o jantar.

Percebo o divertimento na resposta de Dimitri.

– Bem, é melhor que isso não aconteça agora, não é? – Ele inclina a cabeça na direção da casa. – Primeiro as damas.

Sigo Sonia até a casa, e Dimitri vai caminhando atrás de mim. Ciente de que me acompanha com os olhos, fico empolgada ao mesmo tempo que tento abafar o sussurro de deslealdade para com James e, para ser sincera, mais do que um mero sopro de desconfiança.

Naquela mesma noite, sento diante da escrivaninha de meu quarto com o envelope de mais uma carta de James.

É inútil adiar a leitura, pois já sei que não tornará nada mais fácil. Nenhuma força súbita vai me preparar para a dor que virá, como sempre vem, quando leio as cartas dele. E mantê-la fechada não é uma opção. James merece ser ouvido. Devo isso a ele.

Pego a espátula de prata, deslizo-a pela aba do envelope com um só gesto, tirando o papel de dentro dele antes que mudasse de ideia.

3 de junho de 1891

> *Querida Lia,*
> *Hoje caminhei junto ao rio, o nosso rio, e pensei em você. Lembrei do seu cabelo brilhando sob a luz e da curva delicada de sua face quando você abaixa a*

cabeça, do seu sorriso caçoando de mim. Não é novidade que me recorde dessas coisas. Penso em você todos os dias. Logo que foi embora, tentei imaginar um segredo tão sério a ponto de fazê-la me deixar. Não consegui, pois não existe segredo, medo, dever que pudesse me afastar voluntariamente de você. Suponho que eu tenha sempre acreditado que você sentisse o mesmo.

Acho que finalmente aceitei o fato de que você se foi. Não, não apenas se foi, mas partiu em tamanho silêncio que até minhas cartas recorrentes não trazem nenhuma palavra, nenhuma esperança.

Gostaria de dizer que ainda acredito em você e no nosso futuro juntos. E talvez acredite, de fato. Mas agora só me resta fazer a única coisa que está dentro de minhas possibilidades – retomar as rédeas da minha vida e do vazio que sinto sem a sua presença. Portanto, é preciso apenas dizer que ambos seguiremos em frente, como devemos.

Caso nossos caminhos se cruzem de novo, caso deseje voltar para mim, talvez eu esteja esperando em nossa rocha junto ao rio. Provavelmente um dia eu olhe para cima e a veja à sombra do enorme carvalho que nos abrigou durante tantas horas furtivas.

O que quer que aconteça, você sempre terá o meu coração, Lia.

Espero que se lembre de mim com carinho.

James

Não estou nem um pouco surpresa. Eu abandonei James. Minha única carta, que escrevi na noite anterior à minha partida com Sonia para Londres, não continha nenhuma resposta. Qualquer explicação. Oferecia apenas uma declaração de amor e a promessa pouco explícita de que eu voltaria. Essas coisas devem parecer muito vazias para James diante da falta de resposta às suas cartas. Não posso culpá-lo por se sentir assim.

Meus pensamentos viajam até um caminho querido e familiar. Um caminho em que conto tudo a James e confio nele como fui incapaz de fazer antes de partir de Nova York. Em que ele fica ao meu lado enquanto me esforço para levar a profecia a um desfecho que talvez nos permita, enfim, dividir o futuro.

Mas não demoro muito a perceber que as fantasias são inúteis. A profecia já tirou a vida de pessoas que amo e, sob vários aspectos, até mesmo a minha. Não conseguiria sobreviver caso tirasse outra, muito menos a de James. É injusto esperar que ele me aguarde se não posso revelar nem mesmo a razão de minha partida.

A verdade inconveniente é que James está sendo sábio, enquanto fui apenas ingênua. Meu coração se retorce com a compreensão do que eu vinha escondendo de mim mesma, daquilo que eu desviava quando chegava perto demais. Mas que ali estava mesmo assim.

Eu me levanto e levo a carta até a lareira, cujo fogo já está quase extinto. Penso que vou jogá-la ali dentro sem hesitação, e não irei ponderar o futuro que eu talvez só enxergue depois da profecia enterrada.

Porém, não é assim tão simples. Minha mão para de se mexer por vontade própria, pairando diante da lareira e se aquecendo com seu calor. Digo a mim mesma que é apenas papel e tinta, e é bem possível que James esteja me esperando quando tudo acabar. Mas a carta é um albatroz da lembrança, com o qual não posso arcar. Só irei lê-la e relê-la caso permaneça intacta. Ela só vai me distrair do problema que tenho em mãos.

É este pensamento que faz com que minha mão ceda e jogue a carta na brasa como se já estivesse pegando fogo. Como se sua mera existência queimasse meus dedos. Observo as pontas do papel se retorcendo com o calor. Momentos depois, é como se nunca tivesse lido as palavras escritas pela mão cuidadosa de James. Como se nunca tivessem existido.

A destruição da mensagem desencadeia um tremor no meu corpo e cruzo os braços sobre o peito, num esforço para permanecer imóvel. Penso que estou livre do passado, quer queira, quer não. Henry morreu. James não é mais meu. Alice e eu estamos destinadas a um reencontro como inimigas.

Agora são somente as chaves, a profecia e eu.

Não sei por quanto tempo cochilei, mas o fogo estava quase apagado na lareira. Ao percorrer o quarto escuro com os olhos, procurando o som que me despertou, vejo um vulto etéreo como um fantasma desaparecendo pela porta em um filete de tecido branco.

Sento na beirada da cama, e meus pés não tocam o assoalho, mas avanço e me levanto. Os tapetes, exuberantes, são macios, apesar de estarem gelados. Vou até o outro lado do quarto e saio.

O corredor está deserto e silencioso, as portas dos outros aposentos, fechadas. Aguardo um instante para que os olhos se acostumem à luz fraca dos candeeiros e, quando consigo discernir os contornos e sombras da mobília que revestem o caminho, sigo até a escada.

O vulto, vestido com uma camisola branca, desce os degraus. Só pode ser uma das empregadas, para estar acordada a esta hora, e chamo baixinho, tentando não acordar ninguém:

– Perdão. Está tudo bem?

Parando quase no patamar da escada, o vulto se vira devagar, numa reação à minha voz. É só então que solto um berro na casa silenciosa. É o rosto de minha irmã.

Assim como na viagem, um sorriso pequeno se forma no canto de sua boca. É ao mesmo tempo delicado e ardiloso. Uma expressão que apenas Alice tem.

– Alice? – Seu nome é tanto familiar quanto assustador. Ela é minha irmã gêmea, mas sei que não é possível que seja ela, não em carne e osso. Seu corpo está parcamente iluminado e agora vejo que não está ali.

Não pode ser, penso. *Não pode ser*. Nenhum mortal que viaje pelo Plano pode cruzar a barreira do mundo físico. Não de forma visível. Esta é uma das leis mais antigas da ordem do Grigori, que dita e garante que sejam cumpridas as regras da profecia, do Plano, dos Mundos Paralelos.

Ainda estou confusa com a aparição ilícita de Alice quando ela começa a sumir, seu vulto cada vez mais transparente. Pouco antes de desaparecer por completo, seus olhos ficam cruéis. Em seguida ela some.

Agarro o corrimão para me escorar, a sala diante de meus olhos tremulando enquanto me dou conta da gravidade daquela visão. É verdade, Alice era uma Lançadora de Feitiços formidável e já muitíssimo competente antes mesmo de minha fuga para Londres. Mas sua presença só pode significar que se fortaleceu ainda mais em minha ausência.

Bem, eu nunca devia ter me iludido com a ideia de que seria diferente. Embora ainda esteja descobrindo meus dons, fico mais forte a cada dia. É lógico que o mesmo valeria para Alice.

No entanto, o fato de romper o limite imposto pelo Grigori só pode ter um significado: as Almas podem ter permanecido em silêncio nos últimos meses, mas apenas porque ainda têm minha irmã trabalhando em benefício delas.

Provavelmente, o que quer que tenham planejado e esteja para acontecer é muito mais que uma recompensa pelo silêncio prolongado.

4

– Lia, bom-dia. Philip entra no quarto com ares de segurança e autoridade. As rugas em volta dos olhos estão mais perceptíveis, e me pergunto se é porque está cansado das viagens ou simplesmente por ter idade suficiente para ser meu pai.
– Bom-dia. Por favor, sente-se. – Eu me acomodo no sofá, enquanto Philip senta na poltrona ao lado da lareira. – Como foi a viagem?

Num acordo tácito, evitamos certas palavras, expressões que facilitariam a compreensão de nossa conversa por outras pessoas.

Ele balança a cabeça.
– Não era ela. Dessa vez eu tinha grandes esperanças, mas... – Ele balança a cabeça, frustrado, e se recosta na cadeira, a exaustão se instalando de modo mais definitivo em suas feições. – Às vezes me desespero com a possibilidade de jamais

acharmos a garota, para não falar do último indivíduo, a inominável.

Escondo a decepção. Philip Randall vem trabalhando incessantemente para encontrar as outras duas chaves. O fato de ainda não termos conseguido não é culpa dele. Só temos um nome – Helene Castilla – da lista que Henry guardava com muito zelo, mas ainda não conseguimos localizar ninguém com esse nome que também tenha a marca. A profecia diz apenas que as outras duas chaves, assim como Sonia e Luisa, são marcadas com o Jorgumand e nasceram nas redondezas de Avebury, à meia-noite do dia 1º de novembro de 1874. Quase dezessete anos se passaram desde o nascimento das chaves, e a natureza irregular dos registros nos vilarejos da Inglaterra não contribuiu em nada para nossa causa.

A esta altura, Helene pode estar morando em qualquer parte do mundo. Pode até estar morta.

Tento aplacar a frustração de Philip.

– Temos de ser gratos. Se fosse simples, alguém poderia encontrá-las antes de nós. – Ele dá um sorriso que demonstra algo parecido com gratidão, enquanto continuo: – Não tenho dúvida de que em breve vamos voltar aos trilhos.

Ele suspira, assentindo.

– Nunca nos faltam pistas, mas, quando encontradas, em geral não passam de marcas de nascença ou cicatrizes de uma ferida ou queimadura há muito esquecida. Suponho que seja uma boa ideia eu tirar uns dias para rever os novos relatórios e colocá-los em ordem de prioridade antes de planejar minha próxima viagem. – Seu olhar desvia para a porta da biblioteca antes de voltar para mim. – E você? Soube de alguma novidade?

Fico melancólica com essa pergunta. É impossível acreditar que tia Abigail e o Grigori não saibam das atividades de Alice no Plano e do abuso de seus poderes. É só uma questão de tempo até que eu seja chamada a Altus para reaver as páginas, antes que Alice se fortaleça ainda mais.

Para respondê-lo, faço que não com a cabeça.

– Mas em breve devo partir numa jornada.

Ele se ajeita na poltrona.

– Uma jornada? Imagino que não esteja falando de viajar sozinha.

– Temo que esteja, sim. Bom, é provável que Sonia me acompanhe, e penso que precisaremos de um guia, mas, fora isso, imagino que estarei por conta própria.

– Mas... para onde você vai? Quanto tempo vai durar a viagem?

Não é comum que eu tenha de esconder algo importante de Philip. Contratado por meu pai antes de sua morte, ele sabe mais a respeito da profecia do que qualquer pessoa que dela não faça parte, à exceção de nosso cocheiro, Edmund. Mas ainda assim escondi muitos detalhes em prol da segurança dele e da minha. As Almas são amedrontadoras, o poder que têm é imensurável. Não é impossível acreditar que poderiam achar uma maneira de usar Philip para seus próprios interesses.

Dou um sorriso.

– Digamos simplesmente que é uma jornada necessária para a profecia e que retornarei assim que possível.

De repente ele se levanta, passando os dedos pelos cabelos num gesto de frustração juvenil. Isso o faz parecer jovem, e fico perplexa ao me dar conta de que talvez ele não tenha a idade que eu imaginava, apesar da segurança e da sabedoria silenciosas que me lembram tanto do meu pai.

– Você ficar aqui em Londres já é bastante perigoso; não é possível que esteja considerando uma jornada dessas. – De súbito, ele se empertiga. – Eu mesmo vou acompanhá-la.

Atravesso o quarto e seguro suas mãos. Não sinto que meu gesto é inadequado, embora não tenha tocado outro homem desde o momento em que deixei James em Nova York.

– Querido Philip. Isso é impossível. Não sei por quanto tempo ficarei longe daqui, e faz muito mais sentido você continuar procurando as chaves enquanto cuido dessa outra questão. Além disso, essa parte da profecia deve ser conduzida apenas por mim, apesar de desejar de todo o coração que não seja assim. – Eu me aproximo e acaricio sua face fria com as costas da mão. É um impulso inesperado, mas, quando seu olhar se entristece, vejo que minha surpresa não se compara à dele. – É uma *grande* gentileza de sua parte oferecer companhia. Sei muito bem que iria comigo, caso eu permitisse.

Ele leva a própria mão até a face e tenho a estranha impressão de que tudo o que eu disse depois de meu breve toque foi esquecido. Ele não volta a mencionar minha jornada.

Naquela noite viajo para Birchwood. Não me forço mais a entrar nos Mundos Paralelos, mas também não desejo voltar deles. Sei que Sonia ficaria preocupada se me visse viajando sem acompanhamento, mas estou curiosa demais a respeito de minha irmã para abdicar de um provável vislumbre de sua vida.

E *quem sabe um vislumbre de James.* É o que sussurra meu coração.

O céu está negro e infinito, com apenas um pedaço da lua iluminando a grama alta e oscilante dos campos. O vento corre em meio às folhas das árvores e reconheço a vaga calmaria que antecede a tempestade, o estalo quase visível dos raios e trovões iminentes. Mas a quietude é assustadora, ao menos por enquanto.

A mansão Birchwood é sombria e imponente, as paredes de pedra inclinadas se erguendo ao céu noturno como uma fortaleza. Parece abandonada, mesmo à distância. As lamparinas outrora acesas junto à porta da frente estão apagadas; as janelas com caixilhos de chumbo da biblioteca estão negras, embora fosse um hábito antigo manter a lamparina da escrivaninha de meu pai acesa durante a noite.

Então chego à entrada e sinto o mármore gelado sob meus pés descalços. Apesar de o frio penetrar minha pele, estou alheia a isso, da forma como já passo a esperar quando viajo pelo Plano. O relógio de pêndulo do vestíbulo faz seu tique-taque tranquilo enquanto subo a escadaria. Até mesmo durante a viagem evito instintivamente o quarto degrau, que range.

Assim como muitas coisas na minha vida, a casa se tornou estranha. Reconheço sua aparência externa – os tapetes antigos e gastos, o balaústre de mogno entalhado –, mas algo em sua essência mudou, como se não fosse mais feita das pedras e madeira e argamassa que conheço bem, que me abrigaram desde nascida.

O Quarto Escuro ainda fica no final do corredor, obviamente. Não me surpreendo ao ver a porta aberta, a luz vazando de seu interior.

Sigo em direção a ele. Não tenho medo, apenas curiosidade, pois é raro que me veja no Plano sem nenhum objetivo. A porta de meus aposentos, o quarto que ocupei na infância, está fechada, assim como a de Henry e a de meu pai. Imagino que agora Alice só se interesse por ela mesma. Imagino que seja mais fácil para ela esquecer que já fomos uma família se as portas de todos os quartos ficarem cerradas.

E tanto faz, pois carrego lembranças do passado, de minha família, não nos lugares mais escuros do coração, como seria de imaginar, mas sim em cantos bem iluminados, onde posso vê-las como realmente são.

Não hesito em atravessar a porta do Quarto Escuro. As leis do Grigori impedem que eu seja vista, mesmo se desejasse o contrário. Mesmo se desejasse adquirir controle sobre os poderes proibidos que Alice parece ter dominado.

E não desejo.

A primeira coisa que vejo ao entrar no quarto é ela. Está sentada no chão, no centro de seu círculo, o mesmo onde a flagrei tantos meses atrás, aquele que fora entalhado no assoalho de madeira e escondido pelo tapete velho. Apesar de minha experiência como Lançadora de Feitiços não se comparar à de minha irmã, tenho conhecimento suficiente para saber que aquele círculo fortalece o feitiço e protege a Feiticeira que está dentro dele. A visão me deixa trêmula, embora esteja em minha forma de viajante.

Alice está usando uma de suas camisolas brancas. Enfeitada com uma fita cor de alfazema, em outros tempos confeccionada aos montes, lembro-me bem delas. Não uso mais as minhas, pois fazem parte de outra vida. Mas minha irmã está vestida com uma delas, com uma aparência estranhamente inocente e amável, sentada em cima das pernas, olhos fechados e lábios se mexendo em um sussurro quase silencioso.

Fico parada por um tempo, observando os traços de seu rosto aparecerem e desaparecerem com o bruxuleio das velas que iluminam o círculo. Suas palavras suaves, indizíveis, acalentam-me e levam-me a um estado esquisito de apatia. Estou quase sonolenta, apesar de já estar dormindo de fato em Londres. É só quando Alice abre os olhos que sou forçada a ficar alerta.

A princípio, penso que vai ficar olhando o quarto vazio, mas seu olhar encontra o meu tranquilamente em meio às sombras, como se soubesse que eu estava ali o tempo inteiro. Ela não precisa pronunciar as palavras para que eu saiba que essa é a verdade, mas as diz mesmo assim, olhando bem no fundo de minha alma como só ela consegue fazer.

— Estou vendo você — anuncia. — Estou vendo você, Lia. E sei que você está aí.

Visto-me sem pressa enquanto pondero minha estranha visita a Birchwood. A luz do dia não ajuda a tornar a experiência mais nítida. A razão me diz que eu não devia estar de fato viajando, que deve ter sido um mero sonho, pois entre as duas dimensões do Plano astral e do mundo real há um véu que não pode ser levantado. Só é possível ver o que está acontecendo no Plano ao ocupá-lo, e estava claro que Alice estava no mundo real, e eu não.

No entanto, tenho certeza de *estar* viajando e de que Alice *sabia* de minha presença. Ela mesma disse. Pergunto-me o que fazer com esse dado recém-descoberto, quando alguém bate à porta.

Não me surpreendo, mesmo não estando totalmente vestida, que Sonia entre no quarto sem esperar resposta. Já faz tempo que deixamos de fazer cerimônia.

– Bom-dia – diz ela. – Dormiu bem?

Afasto os cabides onde estão pendurados os vestidos de veludo cheios de detalhes, preferindo alguma roupa simples de seda cor de damasco.

– Não exatamente.

Sua testa forma rugas.

– Como assim? Qual é o problema?

Suspirando, aperto o vestido contra o peito e me jogo na cama, ao lado de Sonia. Sou tomada por um inesperado sentimento de culpa. Não tenho sido franca com ela ultimamente. Não contei sobre minha viagem apavorante até o rio, no dia em que vi Samael e despertei com um corte na face; nem sobre o fato de ter visto Alice na escadaria desta casa, a mansão Milthorpe.

E a nossa aliança não é do tipo que tolera segredos.

– Viajei para Birchwood esta noite – digo depressa, antes que possa mudar de ideia.

Não esperava a raiva que faz suas faces ruborizarem.

– Você não pode viajar pelo Plano sem mim, Lia. Você sabe disso! É perigoso. – Suas palavras são um sibilo.

Ela tem razão, é claro. Costumamos viajar juntas pelo Plano e apenas quando necessário para que Sonia me ensine a usar os dons que possuo. É para minha própria segurança, pois há sempre o risco de que as Almas me detenham por tempo suficiente para danificar a corda astral que liga minha alma ao corpo. Caso isso aconteça, meu maior medo se concretizaria e eu ficaria presa no frio do Vácuo por toda a eternidade. Mesmo assim, a agitação de Sonia me surpreende, e sinto minha afeição por ela se renovar diante da preocupação.

Ponho a mão em seu braço.

– Não tinha a intenção de ir. Eu me senti... chamada.

Ela ergue as sobrancelhas, a inquietação enrugando-lhe a testa.

– Por Alice?

– É... Talvez... Não sei! Mas eu a vi em Birchwood, e acho que ela me viu.

O choque no rosto de Sonia é inconfundível.

– Como assim, "ela me viu"? Ela não pode vê-la no mundo real e você no Plano! Estaria cometendo uma transgressão! – Ela hesita, olhando-me com uma expressão que não consigo decifrar. – A não ser que *você* usasse um poder proibido.

– Não fale bobagem! É claro que não usei. Posso até ser uma Lançadora de Feitiços, mas não faço ideia de como evocar tamanho poder, nem quero fazê-lo. – Levanto-me, enfiando o vestido pela cabeça e sentindo-o cair sobre a anágua e deslizar pelas meias. Ao emergir em meio aos metros de seda, meus olhos encontram os de Sonia. – E acho que no momento Alice não está muito preocupada com o Grigori, mas eu já devia esperar isso dela.

– O que quer dizer com isso?

Solto um suspiro.

— Acredito que a vi aqui na mansão Milthorpe. Acordei no meio da noite e vi alguém na escada. Pensei que fosse Ruth ou uma das outras empregadas, mas, quando chamei, o vulto se virou e... parecia ser Alice.

— O que quer dizer com "parecia ser Alice"?

— O vulto era meio indistinto. Sabia que não era uma pessoa de carne e osso. Mas era ela. — Confirmo com a cabeça, cada vez mais segura. — Tenho certeza.

Sonia se levanta e vai até a janela que dá para as ruas lá embaixo. Fica calada durante muito tempo. Quando finalmente fala, a mistura de admiração e temor fica nítida em sua voz.

— Então ela pode nos ver. E provavelmente nos escutar.

Assinto, embora Sonia continue de costas para mim.

— Acho que sim.

Ela se vira para mim.

— O que isso significa para nós? Para as páginas desaparecidas?

— Nenhuma Irmã da profecia entregaria de bom grado a localização das páginas a Alice. Mas se conseguiu observar nosso progresso, ela pode tentar chegar na frente; ou para usá-las em benefício próprio, ou para nos impedir de pôr as mãos nelas.

— Mas ela não pode entrar neste mundo, não fisicamente. Muito menos no tempo necessário para nos seguir durante toda a trajetória. Ela teria de embarcar para Londres e nos seguir em carne e osso, e isso levaria algum tempo.

— A não ser que tenha alguém fazendo isso por ela.

Sonia e eu nos entreolhamos.

– Mas o que a gente pode fazer, Lia? Como impedi-la de apanhar as páginas se ela pode rastrear nossos movimentos à distância?

Dou de ombros. A resposta é simples e não é complicado encontrá-la.

– Vamos ter que chegar antes dela.

Espero que Sonia não perceba que minhas palavras são mais fortes que minha convicção, pois saber que em breve eu talvez tenha de enfrentar Alice me causa grande inquietação.

O fato de que minha irmã está pronta para este encontro, e quer colocar as engrenagens da profecia em movimento outra vez, deixa-me com um mau pressentimento. Diante do poder de Alice, minha preparação parece inútil.

Mas é tudo o que tenho.

5

Sonia e eu nos sentamos ao ar livre, no pátio dos fundos da mansão Milthorpe. Não é tão amplo quanto o terreno de Birchwood, ou tão sossegado, mas os arbustos verdes exuberantes e as lindas flores são uma espécie de refúgio do caos e dos pedregulhos de Londres. Nos sentamos lado a lado em espreguiçadeiras idênticas, os olhos fechados por causa do sol.

– Devo buscar uma sombrinha para nós? – indaga Sonia, acho que apenas por educação, mas sua voz demonstra preguiça e sei que não se importa de verdade com o fato de termos ou não algo que nos proteja do sol.

Não abro os olhos.

– Acho que não. O sol é bastante instável na Inglaterra. Não vou tomar nenhuma atitude para me defender de seu calor.

A espreguiçadeira ao meu lado range e sei que Sonia se virou para me olhar. Quando fala, ouço o riso se insinuando nas palavras.

– Tenho certeza de que as garotas de pele de porcelana de Londres estão se encolhendo de medo num dia como este.

Levanto a cabeça, cobrindo os olhos do sol.

– É. Bem... pior para elas. Fico extremamente grata por não ser uma delas.

A gargalhada de Sonia atravessa o jardim, levada pela brisa.

– Eu digo o mesmo!

Nos viramos para a casa ao ouvirmos berros vindos de lá. Parece se tratar de uma discussão, embora nunca tenha escutado os empregados se desentendendo.

– O que está acontecendo? – Sonia não tem tempo de terminar o pensamento, porque de repente escutamos o som de botas se arrastando, enquanto as vozes ficam mais altas e próximas. Ao nos levantarmos, trocamos olhares assustados, entendendo alguns trechos.

– ... muito ridícula! Você não precisa...

– Pelo amor de Deus, não...

Uma moça contorna a casa primeiro, Ruth a segue com rapidez.

– Perdão, senhorita. Tentei dizer a ela...

– E *eu* tentei dizer *a ela* que não é necessário nos anunciar como se fôssemos estranhas!

– Luisa? – Não há como confundir o nariz de águia, o cabelo castanho exuberante, os lábios carnudos vermelhos, e ainda assim não consigo acreditar que minha amiga está diante de mim.

Duas outras pessoas logo aparecem atrás dela. Estou tão surpresa que me faltam palavras. Felizmente, não faltam a Sonia:

– Virginia! E... Edmund?

Fico parada mais um instante, querendo ter a certeza de que são reais, e não apenas um sonho vespertino, quando Edmund abre um sorriso. É apenas um esboço daquele que sempre tinha a postos quando Henry estava vivo, mas já basta para me livrar do choque.

Então Sonia e eu berramos e corremos na direção deles.

Depois de uma rodada de saudações animadas, tia Virginia e Luisa juntam-se a Sonia e a mim na sala para tomarmos chá e comermos biscoitos, enquanto Edmund cuida das malas. Os biscoitos de Cook são conhecidos por quebrarem dentes, e estremeço quando tia Virginia morde uma das guloseimas que parecem feitas de granito.

– São meio duros, não são? – digo para tia Virginia.

Ela leva um tempo para mastigar, e penso ter escutado minha tia engolindo enquanto força o pedaço seco de biscoito garganta abaixo.

– Só um pouquinho.

Luisa estende o braço para pegar um. Sei que não há como detê-la, independentemente do quanto se tente advertir. Só a experiência própria é capaz de mitigar a exuberância de Luisa.

Ela morde o biscoito e houve-se um estalo, mas ele só fica dentro de sua boca por um instante, e então é cuspido no lenço.

– Um pouquinho? Acho bem capaz que eu tenha perdido um dente! Quem é o responsável por tamanha atrocidade culinária?

Sonia abafa uma gargalhada com a mão, mas meu riso domina o ambiente antes que eu possa contê-lo.

– Shhh! É a cozinheira que os faz, obviamente. E dá para ficar de boca fechada, por favor? Você vai magoá-la!

Luisa se empertiga.

– Melhor magoá-la do que ficarmos banguelas!

Tento fazer uma expressão de censura, mas de alguma forma sei que não consegui.

– Nossa, senti *tanta* saudade de vocês! Quando foi que chegaram?

Luisa põe a xícara de chá na mesa com um ruído gracioso.

– O navio aportou esta manhã. E já era hora! Passei mal quase o tempo inteiro.

Lembro da travessia turbulenta que Sonia e eu fizemos de Nova York até Londres. Não sou tão propensa a enjoar com a agitação do mar quanto Luisa, mas mesmo assim não foi uma jornada agradável.

– Nós teríamos ido encontrá-las no porto se soubéssemos que estavam chegando – declara Sonia.

Tia Virginia mede as palavras.

– Foi uma decisão meio... súbita.

– Mas por quê? – indaga Sonia. – A gente esperava que Luisa viesse daqui a alguns meses e, bem... – A voz de Sonia some para tentar não parecer rude.

– É, eu sei. – Tia Virginia põe a xícara no pires. – Tenho certeza de que vocês nem sequer *me* esperavam. Pelo menos não tão cedo.

Algo no olhar dela faz com que meus nervos sejam tomados de medo.

– Então, por que você *veio*, tia Virginia? Quer dizer, estou contente em vê-la. Mas é que...

Ela assente.

– Eu sei. Eu lhe disse que meu dever era continuar com Alice, garantir sua segurança, embora ela se recuse a agir como Guardiã. – Ela hesita, fitando os cantos da sala. Tenho a sensação de que não está em Londres, mas sim de volta a Birchwood, vendo algo estranho e terrível. Quando torna a falar, o faz num murmúrio, quase como se estivesse falando apenas consigo. – Tenho de confessar que sinto, sim, um pouco de culpa por deixá-la, apesar de tudo o que aconteceu.

Sonia, sentada na poltrona ao lado da lareira, me lança um olhar, mas aguardo no espaço vazio do silêncio de tia Virginia. Não estou com pressa de ouvir o que ela tem a dizer.

Ela me olha nos olhos, desvencilhando-se do passado enquanto fala.

– Alice se tornou... excêntrica. Ah, eu sei que ela tem tido um comportamento difícil de entender faz tempo – diz ela, quando percebe minha expressão incrédula. "Excêntrica" não é uma palavra forte o bastante para descrever como minha irmã vem se comportando no último ano. – Mas desde que você foi embora... bem, ela ficou assustadora de verdade.

Até pouco tempo atrás, estive bastante alheia às atividades de Alice, e noto que hesito em abrir mão de minha relativa ingenuidade, por mais falsa que seja. Contudo, a experiência me ensinou que conhecer o inimigo é a chave para vencer qualquer batalha. Ainda que este inimigo seja minha própria irmã.

Sonia é a primeira a falar.

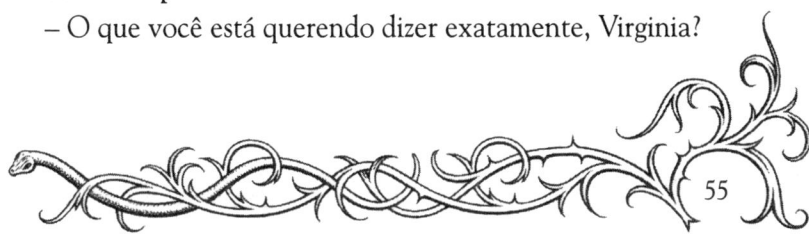

– O que você está querendo dizer exatamente, Virginia?

Tia Virginia olha para Sonia e depois para mim, falando baixo como se temesse ser entreouvida.

– Ela pratica a arte da feitiçaria a noite toda. Nos aposentos de sua mãe.

O *Quarto Escuro*.

– Ela invoca coisas temerosas. Realiza feitiços proibidos. E o pior de tudo é que ela se fortaleceu além do que eu seria capaz de imaginar.

– O Grigori não pune quem usa magias proibidas? Quem usa *qualquer* tipo de magia aqui, no mundo real? Foi isso que você me disse! – Ouço a histeria tomar conta de minha voz.

Ela assente, devagar.

– Mas o Grigori só tem autoridade sobre os Mundos Paralelos. As punições determinadas só podem limitar os privilégios que a pessoa tem lá, e ele já baniu Alice. Sei que é difícil compreender, Lia, mas ela é muito cuidadosa e tem muito poder. Viaja pelos Mundos Paralelos sem ser percebida pelo Grigori, assim como você viaja evitando as Almas. – Tia Virginia dá de ombros. – A desobediência dela não tem nenhum precedente. Há pouco que o Grigori possa fazer com quem ocupa este mundo. Caso contrário, até eles estariam ultrapassando limites que não devem ser burlados.

Balanço a cabeça, confusa.

– Se o Grigori baniu Alice dos Mundos Paralelos, ela já devia estar sob controle! – A frustração me faz praticamente cuspir as palavras.

– A não ser que... – começa Sonia.

– A não ser que o quê? – O pânico crepita em meu estômago, ameaçando me deixar enjoada.

– A não ser que ela simplesmente não ligue para isso – pronuncia Luisa finalmente, sentada ao lado de tia Virginia no sofá. – E ela não precisa, Lia. Ela não liga para o que o Grigori faz ou diz, nem para as regras e as punições, e não precisa da permissão ou da sanção deles para fazer o que quer que seja. Ela se tornou poderosa demais para isso.

Passamos algum tempo caladas, bebendo o chá, enquanto cada uma de nós pensa sobre a nova Alice, poderosa e desenfreada. É tia Virginia quem rompe o silêncio, mas não para falar disso.

– Há um outro motivo para nossa vinda, Lia, embora os motivos que eu lhe dei já sejam suficientes.

– O que quer dizer com isso? O que houve? – Não consigo imaginar mais nada capaz de levar minha tia a atravessar o oceano de uma hora para outra.

Tia Virginia suspira, colocando a xícara de chá no pires.

– É sua tia Abigail. Ela está muito doente e pedindo que você vá a Altus imediatamente.

– Já planejava ir em breve. Tive um... pressentimento. – Continuo sem dar explicações. – Mas não sabia que tia Abigail estava doente. Ela vai melhorar?

Os olhos de tia Virginia demonstram tristeza.

– Não sei, Lia. Ela está muito idosa. Governa Altus há muitos anos e pode ser simplesmente a hora dela. De qualquer forma, este é o momento de você ir, principalmente diante dos últimos acontecimentos com Alice. A tia Abigail é quem guarda as páginas. Somente ela sabe onde estão escondidas. Se falecer sem revelar onde encontrá-las...

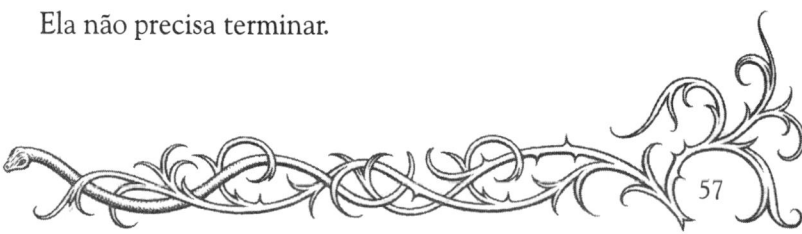

Ela não precisa terminar.

– Entendo. Mas como vou achar o caminho?

– Edmund será seu guia – diz tia Virginia. – Você parte em alguns dias.

– Alguns dias?! – O tom de Sonia é de incredulidade. – Como vamos nos preparar para uma viagem dessas em tão pouco tempo?

O rosto de tia Virginia trai sua surpresa.

– Ah! Eu... Lady Abigail requisitou apenas a presença de Lia.

Sonia estica o braço para que tia Virginia veja o medalhão.

– O medalhão foi confiado a mim. Tenho sido a maior confidente de Lia nesses últimos oito meses. Com todo o respeito, não vou ficar aqui sentada enquanto Lia enfrenta o perigo sozinha. Ela precisa de todos os aliados possíveis, e não existe nenhum mais leal que eu.

– Bem, eu não iria tão longe! – Luisa está indignada. – Tudo bem que eu estava em Nova York enquanto você estava aqui, mas meu papel na profecia é tão importante quanto o seu, Sonia.

Olho para tia Virginia, encolhendo os ombros.

– Elas são duas das quatro chaves. Se não podemos confiar a elas a localização de Altus, em quem confiar? Além disso, vou gostar de ter companhia. Tenho certeza de que a tia Abigail não me negaria isso.

Tia Virginia suspira, alternando olhares para mim, para Sonia, para Luisa e de novo para mim.

– Está bem. Tenho a nítida impressão de que seria inútil pôr essa questão em debate. – Ela coça a testa, o cansaço se infiltrando em seus olhos. – Além disso, devo admitir que a longa viagem me venceu. Vamos nos acomodar em volta da lareira e falar de algo mais mundano, que tal?

Assinto e Luisa muda habilidosamente de assunto, fazendo perguntas para mim e para Sonia a respeito de nossa temporada em Londres. Passamos a hora seguinte contando as novidades, e tia Virginia não presta muita atenção ao que dizemos. Observando-a contemplar o fogo, sinto uma pontada de culpa.

Falar de Alice e da profecia faz com que discussões de escândalos sociais e gafes de estilo pareçam despropositadas e banais.

Porém, não podemos viver a profecia 24 horas por dia. Falar de outros assuntos é uma forma de lembrar que ainda existe outro mundo – onde talvez um dia possamos viver. Se tivermos sorte... muita sorte.

꩜

– Acho que está na hora de me contar tudo o que sabe.

Minha voz ecoa pelo ambiente da estrebaria enquanto Edmund limpa a carruagem à luz fraca da lamparina. Ele hesita por um instante, antes de me olhar nos olhos e concordar com a cabeça.

Se Edmund sabe o suficiente para nos servir de guia até Altus, seu lugar na minha vida e na dos meus parentes obviamente é maior do que o de amigo de família e cocheiro.

– Você não quer sentar? – Ele indica uma cadeira encostada na parede.

Concordo, atravessando a estrebaria e sentando.

Edmund não me acompanha. Vai até a bancada de trabalho a alguns palmos de distância, pegando uma ferramenta metálica e polindo-a com um pano. Não sei se é uma tarefa necessária ou se só está querendo ocupar as mãos, mas mordo a língua para não fazer as perguntas que pipocam na cabeça. Conheço Edmund muito bem. Ele vai começar quando estiver pronto. Quando fala, é em voz baixa e com calma, como se narrasse um conto de fadas.

– Eu sabia que Thomas, seu pai, estava diferente desde o início. Ele era um homem cheio de segredos, e embora não fosse estranho para homens da estirpe dele viajar bastante, escondia as razões para sua ausência frequente.

– Mas você viajava com ele. – Meu pai quase sempre levava Edmund consigo, deixando-nos aos cuidados de tia Virginia, às vezes por meses e meses, enquanto ia a lugares exóticos que mencionava apenas de modo vago.

Edmund confirma.

– Isso foi depois. No começo, eu era como qualquer outro empregado da casa. Dirigia para Thomas, administrava os trabalhadores que cuidavam das terras e zelava para que a manutenção mais árdua da casa fosse atribuída aos trabalhadores adequados. Foi só depois que a sua mãe ficou... *diferente* que o seu pai me contou sobre a profecia.

Lembro da carta de minha mãe e da descrição que fez de quando chegou às raias da loucura sob o jugo das Almas.

– Ele lhe contou tudo naquela época? – pergunto.

Edmund confirma.

– Acho que precisava fazer isso. Era um fardo, e ele o carregava sozinho. Nem mesmo Virginia, a quem confiava implicitamente aqueles que lhe eram mais queridos, você, sua irmã e seu irmão, tinha acesso aos segredos do livro e aos destinos dele quando viajava. Imagino que teria enlouquecido caso não contasse a alguém o resto da história.

– Qual era o resto da história? – Imagino meu pai completamente sozinho, tentando guardar seus segredos, e sinto uma onda de frustração quando Edmund hesita. – Meu pai está morto, Edmund. A tarefa de acabar com a profecia cabe a mim. Acredito que ele gostaria que você me contasse tudo, concorda?

Ele solta um suspiro de exaustão.

– Depois que seu pai contratou Philip para encontrar as chaves, tomou para si a obrigação de viajar toda vez que pensava ter encontrado uma delas. Thomas queria ter a certeza de que nada passaria despercebido, então se encontrava com cada possível chave pessoalmente para desconsiderá-la ou confirmá-la. Quando conseguia verificar que a marca era autêntica, assim como fez com a srta. Sorrensen e a srta. Torelli, gerava condições para que elas se mudassem para Nova York.

Penso em Sonia e em sua história triste de ter sido mandada para a casa da sra. Millburn porque os pais não entendiam seus dons sobrenaturais; e em Luisa, que foi para Nova York estudar em Wycliffe, em vez de ir para a Inglaterra, como tinha sido planejado. Edmund prossegue.

– Àquela altura, as Almas já o atormentavam com visões da sua mãe. Ele queria garantir que você teria todos os recursos possíveis para o caso de não estar mais aqui para ajudá-la.

– Então você viajava com ele para localizar as chaves. – Não se trata de uma pergunta.

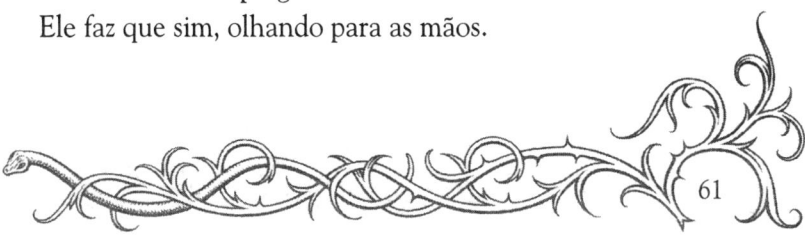

Ele faz que sim, olhando para as mãos.

– Você sabia do Henry? Sabia que ele estava escondendo a lista das chaves de Alice?
– Não. Seu pai nunca me disse onde guardava esta relação. Sempre achei que estava dentro do livro. Se eu soubesse... – Ele ergue a cabeça com um olhar sombrio. – Se soubesse que Henry estava com ela, teria feito mais para protegê-lo.

Ficamos em silêncio na estrebaria, cada um preso na cela das próprias lembranças. Depois de um tempo, levanto e ponho a mão no ombro dele.

– A culpa não foi sua, Edmund.

Foi minha, penso. *Não consegui salvá-lo.*

Caminho em direção à porta da estrebaria.

Estou na metade do caminho quando algo me vem à mente. Uma coisa que ainda não posso responder.

Ao me virar, chamo Edmund, agora sentado na cadeira com a cabeça apoiada nas mãos.

– Edmund?

Ele olha para cima.

– Sim?

– Mesmo com tudo o que o meu pai falou a você, como é possível que possa nos levar até Altus? A localização é um segredo muito bem guardado. Como sabe o caminho?

Ele dá de ombros.

– Estive lá várias vezes com seu pai.

Achava difícil ficar ainda mais surpresa. Mas fico.

– Mas... por que meu pai iria a Altus? – Eu rio de um jeito irônico. – É óbvio que ele não era membro da irmandade.

Edmund balança a cabeça devagar, me encarando.

– Não. Ele era membro do Grigori.

6

– Está tudo empacotado e pronto para a partida. – Edmund está parado ao lado dos cavalos diante da carruagem, de chapéu na mão.

Faz apenas uma semana que tia Virginia, Edmund e Luisa chegaram de Nova York, mas parece um ano. A viagem para Altus não é um empreendimento simples. É uma jornada que requer cavalos, suprimento e assistência. Quando começamos a discutir os detalhes necessários, considerei impossível organizar tudo com tamanha rapidez, mas deu certo, sabe-se lá como. Philip vai continuar a procurar as chaves na nossa ausência, apesar de não estar muito satisfeito com o fato de que vou viajar somente com Edmund para me proteger.

Ainda estou abalada com a descoberta de que meu pai era membro do Grigori, mas não tive tempo de fazer mais perguntas. Está claro que há muitas coisas que não sei a respeito de meus pais. Talvez a viagem até Altus me ajude a encontrar não apenas as páginas desaparecidas.

Quando desço os degraus da entrada da mansão Milthorpe, deparo com uma única carruagem e fico me perguntando o que terá acontecido com as outras providências tomadas no decorrer da última semana.

– Edmund? Onde está o restante do grupo? Nós não arrumamos cavalos e suprimento extra?

Edmund assente, devagar.

– De fato arrumamos, mas não há motivo para causarmos um rebuliço ao sair da cidade. Tudo foi organizado e o resto do grupo vai nos encontrar na hora certa. – Ele tira um relógio do bolso. – Por falar nisso, precisamos partir.

Olho para Luisa, que supervisiona o carregamento das últimas bagagens, e contenho o riso. Eu e Sonia não consideramos um problema viajar com pouca coisa, como Edmund sugeriu, mas ela não participou dos preparativos que nós duas fizemos ao longo do último ano. Enquanto observa Edmund colocando uma de suas malas na carruagem, quase posso ouvi-la repassando uma lista mental dos chapéus e luvas que carrega, embora não reste dúvida de que não usará nada disso depois desta manhã.

Reviro os olhos e vejo Sonia cochichando com tia Virginia junto à escada da entrada da casa. Luisa me acompanha quando me dirijo às duas e logo depois estamos todas grudadas, sem saber como dar início à difícil tarefa de se despedir tão pouco tempo depois do reencontro.

Como sempre, tia Virginia faz tudo que é possível para facilitar o momento.

– Então está bem, meninas. Ponham-se a caminho. – Ela se curva para beijar as faces de Luisa, recuando para olhá-la nos olhos. – Gostei de ter vindo de Nova York com você, minha querida. Vou sentir saudades da sua energia; só não se esqueça de domá-la quando a segurança ou a prudência pedirem, está certo?

Luisa assente, aproximando-se para lhe dar outro abraço rápido, antes de se dirigir à carruagem.

Sonia não espera tia Virginia. Ela chega perto de minha tia, pegando-lhe as mãos.

– Sinto muitíssimo por estar de partida. Nem tivemos tempo para conversar direito outra vez!

Tia Virginia dá um sorriso triste.

– Não há nada que possamos fazer agora. A profecia não espera. – Lança um olhar para Edmund, que torna a olhar para o relógio de bolso. – E acho que Edmund também não!

Sonia solta uma risadinha.

– Acho que tem razão. Adeus, Virginia.

Como não cresceu junto à família, mas sim sob a tutela da sra. Millburn, ela ainda não se sente confortável para demonstrar seu afeto por ninguém além de mim. Por isso não abraça minha tia, mas lhe abre um sorriso, antes de dar as costas e ir embora.

E então fico a sós com tia Virginia. Parece que todo mundo que fazia parte de meu passado se foi, e a perspectiva de me despedir dela agora me dá um nó na garganta. Eu o engulo para ser capaz de falar.

– Gostaria que viesse com a gente, tia Virginia. Só me sinto segura de verdade quando você está por perto. – Só percebo o quanto minha afirmativa é verdadeira quando a digo.

O sorriso dela é contido e triste.

– O meu tempo já passou, mas o seu está só começando. Você ficou mais forte desde que foi embora de Nova York: é uma Irmã por seus próprios méritos. Está na hora de abraçar o seu papel, minha querida. Estarei bem aqui, esperando para ver os desdobramentos da história.

Ao envolvê-la com os braços, fico surpresa com o quanto me parece pequena e frágil. Por um instante me faltam palavras, de tão abruptas e fortes que são as emoções que se amontoam em meu coração.

Recuo, tentando me recompor ao olhar em seus olhos.

– Obrigada, tia Virginia.

Ela dá mais uma apertada nos meus ombros antes de eu ir embora.

– Seja forte, minha filha, como sei que você é.

Entro na carruagem, e Edmund assume a condução. Quando me acomodo ao lado de Sonia e de frente para Luisa, boto a cabeça para fora da janela, olhando para a parte dianteira da carruagem.

– Podemos ir?

Edmund é um homem de ação e não me surpreendo quando, em vez de responder, simplesmente estala as rédeas. A carruagem segue em frente e, sem mais, nossa jornada se inicia.

☙

Viajamos à margem do Tâmisa por um tempo. Luisa, Sonia e eu mal conversamos, cercadas pelas sombras da carruagem.

Os barcos ao longo do rio, as pessoas caminhando por todos os lados e as outras carruagens nos chamam a atenção, até que todo o movimento cessa gradualmente. Pouco tempo depois, não há nada além da água de um lado e o prado que se estende até as colinas do outro. O balanço da viagem e o silêncio do exterior nos levam a uma espécie de torpor, e dou cochiladas intermitentes recostada no assento de veludo, até que finalmente caio num sono profundo.

Acordo de súbito um tempo depois, com a cabeça deitada no ombro de Sonia, quando a carruagem dá uma freada brusca. As sombras, antes apenas borrões cinzentos à espreita, alastraram-se em um aglomerado de trevas que parece quase ter vida, como se esperasse para reivindicar todas nós. Afasto esse pensamento da cabeça, enquanto vozes elevadas vêm de fora.

Ao levantar a cabeça, vejo Luisa, tão alerta quanto no momento em que deixamos para trás a mansão Milthorpe, fitando Sonia e eu com uma expressão que é impossível não imaginar que seja de raiva.

— O que foi? — pergunto.

Ela dá de ombros, desviando o olhar.

— Não faço ideia.

Não estava me referindo ao barulho do lado de fora da carruagem, mas sim ao seu comportamento esquisito. Suspiro, concluindo que deve estar irritada por só lhe restar sua própria companhia neste começo de viagem.

— Vou descobrir.

Empurro a cortina da janela e vejo Edmund parado junto a uma fileira de árvores a poucos metros da carruagem. Está falando com três homens que agem com uma polidez excessiva numa demonstração de respeito que definitivamente parece deslocada, dado o aspecto maltrapilho de suas roupas e aparências. Os três viram a cabeça em direção a algo que não consigo enxergar. Quando tornam a olhá-lo, Edmund estende o braço para apertar suas mãos antes de irem embora, saindo de meu campo de visão.

Recosto-me, deixando que a cortina volte a tapar a janela. Concordamos em manter nossa identidade em segredo, tanto quanto possível, até chegarmos a Altus, não só pela minha segurança, mas também pela de Sonia e Luisa, como chaves.

Ouço o ruído ensurdecedor de cascos vindo do lado de fora da carruagem, mas depois diminui parecendo distante. Já faz um tempo que tudo se acalmou quando por fim Edmund abre a porta. Ao descermos, com o dia ensolarado, não me surpreendo ao ver cinco cavalos e uma grande quantidade de suprimento. O que me deixa surpresa é que nossas montarias de Whitney Grove agora fazem parte do grupo.

– Sargent! – Corro até meu companheiro de diversos passeios. Passando os braços em torno do pescoço dele, beijo sua crina macia enquanto ele funga em meu cabelo. Aos risos, me viro para Edmund. – Como foi que o trouxe para cá?

Ele dá de ombros.

– A srta. Sorrensen me contou da sua... hmm... casa de veraneio. Ela imaginou que a jornada poderia ser mais fácil com um cavalo conhecido.

Olho para Sonia, que acaricia alegremente o seu, e agradeço com um sorriso.

Edmund puxa uma mala do teto da carruagem.

– Partiremos assim que possível. Não é muito inteligente ficarmos parados à beira da estrada. – Ele me entrega a bagagem. – Mas, antes, imagino que queiram se trocar.

☙

Fazer com que Luisa use calças dá certo trabalho. Apesar de ser uma excelente amazona, não estava em Londres quando Sonia e eu começamos a montar em roupas masculinas. Ela passa pelo menos vinte minutos discutindo conosco antes de finalmente concordar. Mesmo assim, escutamos seus resmungos enquanto aguardamos já de roupa trocada, do lado de fora da carruagem, evitando a todo custo nos olharmos por medo de cairmos na gargalhada.

Luisa finalmente emerge, mantendo uma pose rígida ao ajustar os suspensórios que seguram as calças. Levanta a cabeça para o céu e passa por nós com um jeito arrogante em direção aos cavalos. Sonia pigarreia e sei que está contendo a risada.

Edmund nos entrega as rédeas que auxiliarão na cavalgada pelo bosque a caminho de Altus. Ele já amarrou nosso suprimento às ancas dos animais. A única opção é nos prepararmos para a viagem.

No entanto, hesito em montar Sargent. Tudo bem que a comida, a água e os cobertores tenham de ser transportados no dorso dos cavalos, mas há algo que preciso carregar por conta própria. Abro o alforje preso às ancas de Sargent e o reviro até achar meu arco e a mochila contendo minhas flechas e a adaga de mamãe. O fato de que a faca fora usada por Alice para reverter o feitiço de proteção que minha mãe lançara no meu quarto não diminui a segurança que me dá. Pertencia à minha mãe muito antes de Alice apoderar-se dela.

Agora é minha.

Quanto ao arco, não há como saber se vou ter motivos para usá-lo, mas não treinei com os alvos em Whitney Grove para deixar nossa segurança totalmente ao encargo de Edmund. Penduro-o nas costas e amarro a mochila com as flechas no corpo para que fiquem à mão.

– Está tudo em ordem? – Edmund, já montado no cavalo, olha para a mochila.

– Perfeitamente, obrigada. – Já me sentindo mais segura, subo na sela de Sargent.

– E a carruagem? – indaga Luisa, conduzindo seu cavalo para longe dela, a fim de seguir Edmund.

A voz dele, bem à frente de nós, está abafada.

– Uma pessoa vem buscá-la mais tarde. Vai ser levada de volta para a mansão Milthorpe.

A testa de Luisa fica enrugada e ela se contorce sobre a sela quando olha para trás.

– Mas... ainda tem uma mala minha em cima dela!

– Não há razão para se preocupar, srta. Torelli. – Está claro pelo tom de Edmund que não espera uma discussão. – Assim como a carruagem, a bagagem extra será levada para a mansão Milthorpe, que é o lugar que lhe cabe.

– Mas... – Luisa praticamente saliva de tanta indignação, olhando para mim e para Sonia até concluir que qualquer debate seria inútil. Quando volta a se acomodar em cima da sela, de novo se concentrando nas costas dele, as flechas de seu olhar são tão reais como se estivesse usando um arco para atirá-las.

Sem que Luisa perceba, Sonia sorri para mim de um jeito malicioso enquanto seguimos Edmund até as árvores que delimitam a floresta. Curto o momento de bom humor, ainda que seja à custa de Luisa, pois, ao abandonarmos a clareira iluminada pelo colorido misterioso do bosque, de algum modo sei que de agora em diante a jornada em direção a Altus não será nada agradável.

7

– Ai! Talvez eu nunca mais ache um assento confortável! – Sonia se abaixa cuidadosamente e senta ao meu lado em um rochedo.

Sei bem o que quer dizer. Cavalgar por prazer não tinha nos preparado para passar seis horas, sem intervalo, fazendo isso.

– É... Bem... Imagino que em alguns dias já estaremos acostumadas. – Meu intuito é sorrir, mas a dor que sinto na traseira me faz ter certeza de que não consigo nada além de uma careta.

Foi um dia esquisito. Cavalgamos em silêncio, hipnotizadas, ao que parecia pelo sossego da floresta e o balanço de nossos cavalos. Sonia, Luisa e eu passamos o caminho todo seguindo Edmund, que ia à frente por questão de necessidade: só ele sabe para onde vamos.

Ao olhar para ele, que está quase acabando a tarefa de montar duas tendas para passarmos a noite, não há como não me admirar com sua energia. Apesar de não saber sua idade, ele esteve na minha vida desde que eu era um bebê, e mesmo nessa época parecia uma figura paterna. Ainda assim, ficou montado a cavalo sem nunca reclamar ao longo daquele dia excruciante.

Analisando o campo, meu olhar recai em Luisa, sentada a sós, de olhos fechados e com as costas apoiadas contra uma árvore. Gostaria de passar um tempo conversando com ela, mas não sei se está dormindo e não quero incomodá-la.

Quando meu olhar se volta para Sonia, tenho a impressão de que também cochila.

– Se não me mexer agora, acho que nunca mais me mexo – digo-lhe. – Vou ajudar a montar o acampamento.

Sinto-me mal pelo coitado do Edmund, preso na floresta só com três garotas para lhe ajudarem e lhe fazer companhia. Decido auxiliá-lo de todas as formas possíveis durante a nossa viagem.

– Eu vou lá daqui a pouquinho. – As palavras de Sonia são praticamente incompreensíveis tamanha é a sua exaustão.

Desliza pelo chão e aninha a cabeça nos braços, encostando-os no rochedo. Ela adormece antes mesmo de eu me afastar dois metros.

Indo ao encontro de Edmund, procuro alguma tarefa, qualquer uma, que me mantenha ocupada e em movimento. Ele fica contente com a ajuda e me entrega algumas batatas e uma faquinha, embora eu nunca tenha preparado nem uma torrada. Todas as que vi de perto estavam assadas, cozidas ou amassadas. Concluo que não vão se preparar sozinhas e começo a descascá-las e cortá-las. Descubro que até uma tarefa simples como cortar uma batata exige certa habilidade, e, depois de quase errar a pontaria três vezes, começo a dominar o processo.

Poucas horas depois, já aprendi a cozinhar em uma fogueira de acampamento e até já tentei lavar os pratos do jantar com a ajuda de Luisa, cansada e calada, no rio que fica perto do acampamento. A experiência de ter quase me afogado e a morte de Henry me causaram um temor quase primitivo de correnteza, e fico junto à margem, embora o fluxo do rio seja quase inexistente.

Está tarde e escuro, apesar de não ter como saber ao certo que horas são, quando Sonia e Luisa se dirigem à tenda que vamos dividir para trocar de roupa. Aquecendo-me diante do fogo, ao lado de Edmund, tenho uma sensação de paz e segurança, e sei que sua presença é a grande responsável por isso. Viro-me e observo a luz do fogo bruxulear em seu rosto.

– Obrigada, Edmund. – Minha voz soa mais alta que o normal em meio ao silêncio das árvores.

Ele me olha, o rosto mais jovem sob o brilho da fogueira.

– Pelo quê, senhorita?

Dou de ombros.

– Por ter vindo. Por tomar conta de mim.

Ele assente.

– Em uma hora como esta... – hesita, contemplando a escuridão da floresta como se visse nitidamente o perigo que há adiante. – Em uma hora como esta, é preciso ter as pessoas em quem você mais confia ao seu lado – Ele torna a me olhar. – Acho que encabeço a lista.

Sorrio para ele.

– Tem toda a razão. Você é da família, Edmund, é tão parte de mim quanto a tia Virginia e, bem... – Não consigo dizer o nome de Henry para Edmund. Para ele, que o amava e cuidava dele como se fosse um filho, que suportou sua perda com lágrimas silenciosas e não me recriminou de modo algum, embora eu merecesse.

Ele fica com um olhar vidrado enquanto continua a contemplar a noite, lembrando-se do fato de que nenhum de nós deseja recordar.

– A perda do Henry quase me levou à ruína. Depois, quando você partiu... Bem, parecia que eu não tinha mais nenhum motivo para viver. – Ele me olha nos olhos. Vejo a dor que sente, tão vigorosa como se o visse no dia seguinte ao funeral de Henry, quando me levou para me despedir de James. – Foi Alice quem me fez vir com Virginia para Londres.

– Alice? – Sou incapaz de imaginar minha irmã me enviando ajuda.

Ele assente, devagar.

– Ela se isolou depois que você foi embora. Passei dias sem vê-la, e quando enfim reapareceu, percebi que estava perdida para os Mundos Paralelos.

– E então? – pergunto para induzi-lo a falar.

– Quando vi a expressão que tinha, sua alma tornando-se cada dia mais soturna, soube que você precisaria de todos os aliados que conseguisse. Ela pode estar do outro lado do oceano, mas não se engane. – Ele para e me fita. – Pode muito bem estar aqui conosco neste exato momento. E é uma ameaça tão grande quanto na época em que vocês moravam sob o mesmo teto. Talvez até mais do que era, devido ao desespero.

Deixo que as palavras se acomodem entre nós, passando os dedos instintivamente pela marca em relevo de meu pulso enquanto tento compreender um mundo em que minha irmã gêmea seja capaz de ser ainda mais cruel na minha ausência. Não bastou ter jogado Henry no rio? Ter me exposto às Almas e ao poder que elas têm, revertendo o feitiço de proteção lançado por minha mãe? Mas nem estes pensamentos, que mal tenho disposição para considerar, preparam-me para o que Edmund diz em seguida.

– E também tem a questão de James Douglas – anuncia.

Minha mente fica em estado de alerta.

– James? O que tem ele?

Edmund examina as próprias mãos como se jamais as tivesse visto, e sei que não deseja dizer o que dirá logo depois.

– Alice tem sido... afetuosa com o sr. Douglas na sua ausência.

– Afetuosa? – Mal consigo pronunciar a palavra. – O que está querendo dizer?

– Ela o visita na livraria... o convida para o chá.

– E ele recebe de bom grado a atenção que lhe dispensa? – Não suporto a ideia, apesar de já ter me convencido da inutilidade de me apegar a James enquanto a profecia não estiver nem perto do fim.

Edmund suspira.

– Dizer que sim seria tirar conclusões precipitadas. – Seu tom de voz é delicado. – O sr. Douglas ficou chocado com sua partida inesperada. Acho que anda muito solitário, e Alice... Bem, Alice se parece com você, é sua irmã gêmea. Talvez James queira apenas uma lembrança durante sua ausência.

Meu coração bate bem depressa. Fico um pouco surpresa por Edmund não escutá-lo no silêncio da floresta. Eu me levanto, sentindo-me indisposta.

– Acho que vou para a cama, Edmund.

Ele ergue a cabeça e me olha, piscando por causa da luz bruxuleante.

– Eu a deixei chateada?

Faço que não, forçando minha voz a não tremer.

– De jeito nenhum. Estou longe demais para reivindicar algum direito sobre James.

Edmund assente, seu rosto enrugado de preocupação.

– Seu pai e eu sempre fomos sinceros um com o outro, e apesar de você ser do sexo mais belo, imagino que espere a mesma atitude.

– Está tudo bem. *Estou* bem. Concordo plenamente: temos de ser sinceros, mesmo quando a verdade for dolorosa. – Ponho a mão no ombro dele. – Estou contente porque está aqui. Boa-noite, Edmund.

Ele me responde quando já lhe dei as costas.

– Boa-noite.

Não olho para trás. E, ao seguir em direção à tenda, não é a profecia ou a minha irmã que vejo, mas sim o azul insondável dos olhos de James Douglas.

Não espero viajar pelo Plano na nossa primeira noite na floresta. Estou cansada; exausta, na verdade. Meu único desejo é dormir sem sonhar, o que se torna cada vez mais raro à medida que me aprofundo na profecia.

Entretanto, viajo, despertando para a sensação agora já familiar de estar em um sonho que é mais que um sonho.

Não tenho exatamente a impressão de que fui chamada. Isso é algo que passei a *sentir* quando acontece – uma espécie de convocação que diz que alguém me aguarda nos Mundos Paralelos. Dessa vez é diferente.

Sei que existe uma razão para eu estar nos Mundos Paralelos. Sei que existe algo que devo enxergar ou perceber, mas meu destino e objetivo parecem ser controlados por algo além da mera realidade. Nesses momentos, tenho a impressão de que o próprio universo me arrasta pelo reino dos Mundos Paralelos em direção a uma revelação cuja urgência não diminui porque ignoro seu objetivo.

Estou no mundo mais próximo ao nosso. Aquele em que tudo parece igual. Onde às vezes vejo as pessoas que conheço e amo, às vezes como existe de fato, mas com um véu finíssimo separando a versão real da versão mística existente nos Mundos Paralelos do Plano.

Estou sobrevoando uma floresta que sei instintivamente tratar-se daquela em que meu corpo dorme – aonde chegamos montadas a cavalo. É totalmente arborizada, e voo rápido o bastante para que a folhagem verdejante pareça um tapete macio sob meu corpo.

A princípio, não enxergo nada além das copas densas entre o céu onde pairo e o solo abaixo das árvores, mas pouco depois algo se mexe lá embaixo, primeiro para um lado, depois para o outro. É etéreo. Uma aparição adejando por entre as árvores. Penso ser um animal, mas a criatura viaja numa velocidade tamanha que não consigo imaginar como um simples bicho selvagem pode dar a impressão de ocupar todos os cantos do bosque ao mesmo tempo.

Em seguida, ouço sua respiração.

É ofegante, muito forçada, só que não parece humana. Chega aos meus ouvidos de todas as direções, e embora não saiba nomear aquela coisa que me persegue, o fato de estar abaixo de mim não apazigua o temor. Sei muito bem que as leis dos Mundos Paralelos não derivam das nossas. Também sei que meu medo não deve ser ignorado. Ele já me salvou algumas vezes.

A criatura se aproxima, sua respiração vindo de lugar nenhum e de todos os lugares ao mesmo tempo. Não há pontos de referência na floresta abaixo de meu corpo voador. Apenas metros e mais metros de árvores interrompidos por uma ou outra clareira. Ainda assim, sei que estou perto de um lugar seguro. Sinto o puxão da corda astral. Ela sussurra: "Você está quase lá." Se voar só mais um pouco, tenho certeza de que vou voltar para o meu corpo.

Não demoro muito a ver a clareira à minha frente, uma espiral de fumaça quase indistinta oriunda da fogueira cujas brasas se apagam. Vejo as duas tendas lado a lado, não muito distantes dos cavalos amarrados às árvores que margeiam o acampamento. Sigo em direção à barraca mais espaçosa, ciente de que ela é minha e de que Sonia e Luisa provavelmente estão dormindo profundamente, abrigadas por suas paredes finas. A respiração ameaçadora ainda está ali, mas não acho que a criatura vá me pegar. Não foi a captura de minha alma o que me chamou ao Plano esta noite.

Não foi uma ameaça iminente, mas um aviso.

Volto para meu corpo sem me esforçar, sem a surpresa desagradável que me acompanhou nas primeiras viagens, e desperto na mesma hora. Meu coração leva um tempo para desacelerar, mas, mesmo depois que se acalma, não consigo dormir. Não sei se é apenas imaginação ou uma mera consequência do meu retorno do Plano, mas acredito escutar coisas se mexendo do lado de fora da tenda. Um murmúrio, uma movimentação, passos cuidadosos pelo solo coberto de folhas da floresta.

Olho para Sonia e Luisa, que ainda dormem em paz, e penso estar enlouquecendo.

8

Ao sair da tenda, na manhã do dia seguinte, tonta e de olhos semicerrados, deparo-me com uma neblina almiscarada que cobre o acampamento inteiro. Devido à cerração, o ar está pesado e é impossível enxergar mais que alguns centímetros à frente. Ouço os cavalos relinchando e minhas amigas conversando, mas tudo parece acontecer por baixo de uma grossa camada de lã. Sinto-me muito sozinha, apesar de saber que os outros não estão tão distantes quanto parecem.

Arrumamos um café da manhã apressado e começamos a levantar acampamento. Depois de ajudar Edmund a embrulhar a comida e a preparar as provisões necessárias, dirijo-me à tenda para auxiliar as duas com as cobertas. Quando chego lá, Luisa está enfiando peças de roupa na mochila que deixou no chão.

Ela ergue a cabeça quando chego.

– Só com muita sorte vamos conseguir nos enxergar em meio a esta neblina. Isso para não falar do caminho pela floresta que precisamos percorrer.

Percebo um toque de tensão nas palavras, embora seu rosto continue impassível.

– Só nos resta ter esperanças de que não chova. – Eu me recuso a pensar no quanto será desagradável atravessar a floresta não só com a cerração, mas também sob uma chuva torrencial. – Onde está Sonia?

Luisa faz um gesto indicando a floresta sem desviar os olhos da mochila.

– Resolvendo questões pessoais.

– Achei que a gente tinha concordado que sempre acompanharíamos umas às outras quando fosse preciso sair do acampamento.

– Eu me ofereci para ir junto, cheguei a insistir, mas ela disse que tem um ótimo senso de direção e que voltaria bem antes de nós partirmos. – Ela para, e as palavras seguintes são ditas com sarcasmo, em voz baixa. – Mas imagino que se fosse *você* quem tivesse se oferecido ela aceitaria sem pensar duas vezes.

Inclino a cabeça.

– O que quer dizer com isso?

Ela continua a arrumar a mochila, muito agitada, evitando meu olhar.

– O que *quero dizer* é que você e Sonia passaram meses juntas enquanto eu estava presa em Nova York com as paspalhonas de Wycliffe.

O ciúme fica claro em sua voz, e meu coração amolece. Sento no chão, ao lado dela, tocando-lhe o braço.

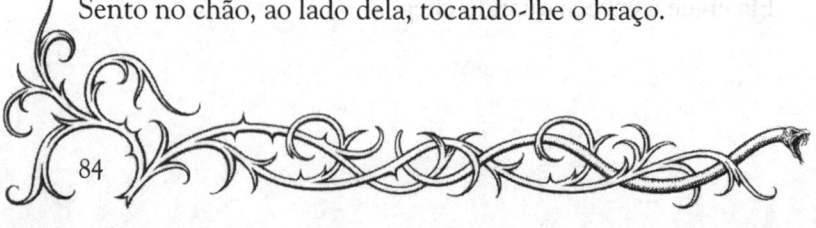

– Luisa.
Ela prossegue como se não me escutasse.
– É natural que você e ela tenham se aproximado.
– Luisa. – Desta vez minha voz é mais enérgica, e ela para de se mexer de um lado para o outro e enfim olha nos meus olhos. – Sinto muito por você não ter podido vir para cá conosco. A gente adoraria que isso tivesse acontecido. As coisas nunca são iguais sem você. Mas deve saber que oito meses de afastamento não mudam a amizade que temos. Que *todas nós* temos. Nada seria capaz de mudar isso.

Ela me olha em silêncio por um instante e depois se curva para me abraçar.

– Desculpe, Lia. Estou sendo boba, não é? Acho que deixei essa questão me preocupar tempo demais.

Sinto uma pontada de tristeza por tudo o que Luisa perdeu. Ela tem razão. Enquanto Sonia e eu estávamos em Londres, sem ninguém nos supervisionando, montando a cavalo e frequentando festas com as pessoas da Sociedade, ela ficara presa à mesma intolerância e mentalidade tacanha da qual outrora eu almejava escapar.

Recuo e lhe dou um sorriso.

– Agora, deixa eu te ajudar a arrumar as coisas.

Ela me honra com seu típico sorriso brilhante e me entrega alguns dos objetos espalhados pelo chão.

Já que nós duas estamos trabalhando, empacotar a tenda e o que deixamos dentro dela é rápido. Como Sonia ainda não voltou, uma semente de preocupação se planta no meu estômago e prometo ir procurá-la caso não tenha retornado até a hora que os cavalos estiverem prontos para a partida. Enquanto aguardamos, levamos as tendas e as bagagens para Edmund; entregamos tudo, exceto meu arco e a mochila. Planejo manter estes objetos comigo até chegarmos a Altus.

Ele amarra todo o resto aos animais, e no exato momento em que põe a última bagagem em cima do cavalo ela finalmente aparece, cambaleando, por entre as árvores que margeiam o acampamento.

— Ai, desculpem por ter me atrasado tanto! — Ela tira folhas e ramos do cabelo e das calças. — Acho que meu senso de direção não é tão bom como eu imaginava! Faz muito tempo que estão esperando?

Monto meu cavalo, reprimindo uma onda de irritação.

— Não muito, mas acho que devíamos ficar sempre juntas na floresta, não acha?

Sonia concorda.

— Claro. Desculpe se deixei você preocupada. — Ela vai ao encontro de seu cavalo.

Luisa já está montada no dela. Não diz nada, não sei se por estar aborrecida ou por querer ir embora logo.

Seguimos Edmund, afastando-nos da clareira que serviu de acampamento. Passamos muito tempo em silêncio. A neblina é sufocante. Tenho uma sensação que beira a claustrofobia quando ela nos envolve com seus braços, e tenho de conter os eventuais momentos de pânico. Quando sinto como se fosse engolida por inteiro por algo opressivo e ilimitado.

Minha mente está estranhamente vazia. Não lembro de Alice nem da confirmação de Edmund de que James e ela se aproximaram. Só penso nas costas daqueles que cavalgam à minha frente e em me empenhar para não perdê-los de vista por causa da cerração.

Quando paramos para almoçar, já me habituei aos longos períodos de silêncio. Andamos de um lado para o outro, nos espalhando em torno de um córrego para encher os cantis de água pura e comer o pão que já está ficando seco. Fazemos tudo calados. E no final das contas, isso não é um problema, já que não há nada para vermos ou conversarmos.

Edmund alimenta e banha os cavalos enquanto aproveitamos o intervalo. Sonia se deita na grama, ao lado do córrego; Luisa, de olhos fechados e expressão serena, encosta-se no tronco de uma árvore. Observo as duas, com a sensação de que procuro alguma coisa – algo além das páginas sumidas.

Mas não há muito tempo para remoer sentimentos. Edmund logo sinaliza que é hora de seguir, e é isto o que fazemos, subindo em nossos cavalos e adentrando ainda mais a floresta.

꩜

– Lia? Você acha que Luisa está bem?

Finalmente nos recolhemos depois de um longo dia cavalgando, e a voz de Sonia vem do outro lado da tenda. Ela ainda está sentada diante da fogueira – ou estava, quando Sonia e eu decidimos ir para a cama.

Relembro a conversa que Luisa e eu tivemos naquela manhã e não tenho certeza se ela gostaria que eu mencionasse o ciúme que sentira.

– Por que está perguntando isso?

A testa de Sonia se enruga quando ela tenta encontrar as palavras certas.

— Parece que ela tem alguma coisa em mente. Você não tem essa sensação?

Hesitando, tento pensar numa forma de honrar a confidência de Luisa.

— Pode ser, mas passamos o dia inteiro a cavalo, e é bem complicado conversar enquanto cavalgamos, principalmente nessa neblina infernal. E também...

— Sim? — instiga ela.

— Bem, já faz um ano que nós duas estamos juntas, Sonia. Não acha que ela deve se sentir meio excluída?

Sonia morde o lábio inferior. Reconheço este gesto, que faz sempre que pondera uma questão importante e elabora uma resposta com bastante cuidado.

— Talvez, mas fico me perguntando se não é algo mais.

— Por exemplo?

Sonia olha para o teto da tenda antes de me olhar em meio às trevas de nosso abrigo.

— Você não acha que... bem...

— O quê? O que foi?

Respira fundo.

— Estava lembrando que Virginia falou uma vez que as Almas fariam qualquer coisa para incomodar você, para causar desavenças entre nós.

Ela não precisa terminar. Sei o que quer insinuar.

— Sonia. — Digo o nome dela para ganhar tempo. — Sei que as Almas estão por aí, mas não podemos tirar conclusões só porque estamos distraídas, viajando por esta floresta cinzenta e enevoada.

Nossos olhares se cruzam.

– Tudo bem? – insisto.

Ela faz que sim.

– Tudo bem, Lia.

Mais tarde, bem depois de Sonia ter se calado, Luisa volta para a tenda. Movimenta-se sem fazer barulho, acomodando-se sob as cobertas em silêncio. Seria mais simples fazer as perguntas incitadas mais cedo diretamente para ela, e no entanto não falo nada. Não quero dar crédito aos medos de Sonia expressando-os em voz alta.

– Hoje vamos fazer a mudança – declara Edmund tranquilamente, do alto do cavalo, quando deixamos o acampamento.

– Do que está falando? – indaga Luisa.

Edmund não desvia o olhar da neblina, ainda densa como o manto de lã que cobre meus ombros.

– A mudança de mundo, do nosso para os Paralelos, onde fica Altus.

Assinto como se entendesse exatamente o que ele diz. Não compreendo, mas isso não significa que descarto suas palavras, pois também senti o vento mudar. Tenho a impressão de que, montados a cavalo, adentramos cada vez mais a floresta. Tive esta impressão ao despertar do sono intermitente, ainda escutando as criaturas lúgubres, cheias de pés, que rodeavam nossa tenda no sonho. E tenho a mesma impressão quando Edmund toma a dianteira mais uma vez e nos guia em meio à densa folhagem da floresta.

O dia se arrasta e Sonia trava uma conversa tensa enquanto Luisa permanece calada quase o tempo todo. Edmund acha um lugar para almoçarmos e encher os cantis. Como tem sido de hábito, ele cuida dos cavalos, e eu desembrulho a comida para não termos trabalho com as refeições. Comemos num silêncio amistoso quando ouço. Não. Não é bem isso. Eu *acho* que ouço, mas é mais uma sensação, uma intuição sussurrada de que algo está para acontecer. A princípio, penso ser minha imaginação.

Mas olho ao redor.

Edmund, imóvel como uma estátua, olha as árvores numa concentração implacável. Até Sonia e Luisa estão caladas, os olhos voltados na mesma direção.

Observo os três e me dou conta de que também sentem as criaturas se aproximando pela floresta. E desta vez não é apenas um sonho.

9

– Levantem-se, montem os cavalos e me sigam. Agora! – profere Edmund essas palavras lentamente, de lábios quase trincados. – E não parem por motivo nenhum, a menos que eu mande.

Um segundo depois ele já está em cima do cavalo, seus olhos fixos na floresta que deixamos para trás, enquanto acatamos suas ordens. Somos bem mais vagarosas e ruidosas que ele ao nos prepararmos para cavalgar, embora nunca tenha me considerado uma pessoa especialmente desajeitada ou barulhenta.

Quando estamos prontas, Edmund vira o cavalo dele na direção que vínhamos percorrendo e parte como um raio, sem falar nada para o animal. Os nossos também correm sem precisar ser incitados, uma espécie de comunicação secreta que lhes informa que a rapidez é essencial, apesar de ninguém dar qualquer ordem.

Cavalgamos na velocidade da luz. Não faço ideia da direção que seguimos e se ainda estamos no caminho de Altus, mas Edmund não hesita ao nos guiar pela floresta. É difícil dizer se é por ter certeza do caminho ou se é por ter tanto medo da coisa que nos persegue.

Viajamos tão rápido que sou forçada a me curvar sobre o pescoço de Sargent, e ainda assim os ramos das árvores ficam presos ao meu cabelo e os galhos arranham minha pele. Sinto tudo isso num estado de contemplação distante. Sei que vou pela floresta com apenas um arco e a adaga de minha mãe como proteção. É provável que esteja correndo para salvar a minha vida. Mas por alguma razão não consigo sentir o pavor que sei estar espreitando minha pele.

Ouço o rio antes de vê-lo. É um som que jamais esquecerei. Quando ele finalmente aparece diante de meus olhos, fico aliviada por Edmund puxar as rédeas com força, fazendo seu cavalo, e nossa comitiva, parar abruptamente na ribanceira.

Ele contempla a água e conduzo meu cavalo para perto do dele, seguindo seu olhar.

– O que você acha, Edmund? Acha que dá para atravessá-lo? – indago.

Seu peito se estufa e se encolhe, o único indício de seu empenho.

– Acho que sim.

– Você acha que sim? – Minha voz sai mais alta e estridente do que pretendia.

Ele dá de ombros.

– Não há garantia, mas acho que conseguimos. No entanto, é uma pena.

Suas palavras são enigmáticas e tenho a impressão de ter perdido uma parte importante da conversa.

– O que é uma pena?

– O rio não ser mais fundo.

Balanço a cabeça.

– Sim, mas se fosse muito talvez não conseguíssemos atravessá-lo.

– É verdade. – Ele junta as rédeas na mão, preparando-se para encorajar o cavalo a entrar na água. – Se fosse um problema para nós atravessá-lo, seria também para nossos perseguidores. E se eles são o que eu acho que são, a gente deve rezar para ser o mais fundo que já vimos.

Cruzá-lo não é difícil como eu temia. Sinto uma pontada de angústia quando chegamos à parte mais funda, com a água quase batendo nos joelhos, mas Sargent segue contra a corrente sem o mínimo problema.

Não tenho tempo para continuar a conversa com Edmund a respeito da coisa que nos persegue floresta adentro. Depois de atravessarmos, viajamos a toda velocidade o resto do dia. Só paramos para comer, beber água ou descansar depois que o sol se põe por completo e escurece tanto que mal nos enxergamos. Fica evidente que Edmund gostaria de continuar, mas ninguém pergunta se devemos prosseguir com a jornada. A segurança de nosso grupo é o mais importante. Não vai ser nada bom se alguém se machucar no meio do caminho.

Trabalhamos juntos para preparar a comida, cuidar dos cavalos e montar as tendas. Pela primeira vez Sonia e Luisa nos ajudam, e me questiono se elas também sentem os nervos estremecerem de pavor. Auxilio Edmund com o jantar, encho um balde de água para os cavalos no córrego da redondeza e os alimento com maçãs. Nesse ínterim, escuto com atenção. Meu olhar se desvia para as árvores que cercam nosso acampamento e espero pela aparição na clareira das criaturas que nos perseguiram pela floresta.

Após o jantar, Sonia e Luisa sentam em volta da fogueira, caladas. O silêncio entre elas me deixa inquieta, mas outras preocupações ocupam-me a cabeça. Eu me aproximo de Edmund, que escova um dos cavalos amarrados à árvore.

Ele assente quando chego perto e pego a outra escova no chão. Penteio a áspera pelagem cinza do cavalo de Sonia e tento pôr em ordem as diversas perguntas que passam pela cabeça. Não é difícil escolher a que está em primeiro plano.

– O que é, Edmund? A coisa que nos persegue?

Ele não responde de imediato. Nem olha para mim, e fico sem saber se sequer me ouviu. Quando enfim abre a boca, não é para responder.

– Não viajo por esta floresta e por este mundo intermediário faz muito tempo.

Paro de escovar e viro a cabeça para ele.

– Edmund. Eu confiaria nas suas suspeitas mais do que na certeza de qualquer outra pessoa numa questão como esta.

Ele assente devagar, erguendo o olhar para mim.

– Então, está bem. Creio que estamos sendo perseguidos pelos Cérberos, o bando de lobos demoníacos de Samael.

Levo um instante tentando ligar meus conhecimentos sobre os cérberos mitológicos à possibilidade de que estejam atrás de nós.

– Mas... os Cérberos não são reais, Edmund.

– E daí? – diz ele, levantando as sobrancelhas. – Há quem negue a existência de outros mundos, almas demoníacas e seres que mudam de forma. Ele tem razão, obviamente. Se o grau de realidade fosse baseado apenas nas coisas em que o resto do mundo acredita, não haveria Samael, nem Almas Perdidas, nem profecia. No entanto, sabemos que existem de verdade. Então faz sentido que aceitemos a realidade em que estamos, por mais distante que seja da de todas as outras pessoas.

– O que querem? – indago.

Delicadamente, ele põe a escova no chão e depois se levanta para acariciar a crina do cavalo.

– Só posso imaginar que queiram você. Os Cérberos são discípulos escolhidos do exército de Samael. Conseguiram chegar aqui através das Irmãs do passado, dos Portais. Samael sabe que a cada passo que damos nesta floresta, mais perto ficamos de Altus. E isso significa estar mais próximo das páginas sumidas do livro, que talvez ajudem a fechar a porta dele para o nosso mundo eternamente.

A explicação de Edmund não me abala como deveria. Não que eu não tenha medo, pois neste exato instante sinto o sangue correndo mais rápido pelas minhas veias diante da ideia de ser morta nas mãos dos Cérberos, mas sei que para chegar ao final de uma situação é preciso começar do ponto de partida.

– Tudo bem. Então como escapar dos Cérberos? Como derrotá-los?

Ele suspira.

– Nunca encontrei um deles, mas já ouvi histórias. Acho que é só isso que tenho para nos prepararmos. – Ele hesita antes de continuar. – São maiores e mais fortes do que qualquer lobo do nosso mundo, disso você pode ter certeza. No entanto, eles ocupam um corpo vivo que é vulnerável à morte como todos os outros. É mais difícil matar um dos Cérberos do que algo que seja do nosso mundo, mas não é impossível. A questão é... – Ele passou o dedo nos pelos que brotaram em suas faces nos últimos dias. Ouço-os arranhar a palma de sua mão.

– Sim? Qual é a questão?

– Não sabemos quantos são. Se viajam em grupos grandes, bem... nós só temos um rifle. Sou bom de pontaria, mas não apostaria em mim contra uma alcateia inteira de lobos demoníacos. Prefiro apostar em outra fraqueza.

– Que tipo de fraqueza?

Ele olha ao redor como se temesse ser ouvido, embora eu não consiga imaginar quem poderia estar por perto além da nossa comitiva. Quando fala, é em voz baixa.

– Ouvi dizer que existe uma coisa específica que faz com que os Cérberos parem para pensar.

Recordo-me das palavras de Edmund antes de atravessarmos o rio: *E se eles são o que eu acho que são, a gente deve rezar para o rio ser o mais fundo que já vimos.*

Encaro Edmund quando me dou conta do que quer dizer.

– Água! Eles têm medo de água!

Ele faz que sim.

– Acertou. Bem, acredito que tenha acertado, mas acho que "medo" não é a palavra exata. Não sei se os Cérberos têm medo de alguma coisa, mas dizem que a água funda, com corredeiras, faz com que parem para pensar. É a morte que mais temem, e já ouvi falar que, quando se deparam com um rio, preferem dar meia-volta a continuar a perseguição.

Morte por afogamento, penso antes de me lembrar de outra coisa.

– Mas eles não podem mudar de forma, digamos... virar um peixe ou uma ave ou um outro ser que possa atravessar a água? Pelo menos até o perigo acabar? – Foi Madame Berrier, em Nova York, quem me explicou que as Almas têm a capacidade de mudar de forma. Desde então, não consigo olhar um grupo de pessoas com os mesmos olhos.

Edmund faz que não.

– Os Cérberos, ao contrário das Almas que mudam de forma, nascem e morrem com a mesma aparência. Têm a honra de se sacrificar em nome de tal papel, pois só existe uma outra função mais cobiçada que a dos Lobos.

– Qual?

Ele enfia a mão no bolso para pegar uma maçã e alimentar o cavalo cinza.

– A de Guardas, que formam o contingente de Almas de Samael no mundo real. Os Cérberos só vigiam este espaço intermediário que serve de caminho para Altus, enquanto os membros da Guarda têm liberdade para transitar entre nós e podem mudar de forma a fim de seguir as ordens de Samael no nosso mundo. Embora você deva temer qualquer Alma que tome a forma humana, são os membros da Guarda que devem ser mais temidos. Eles são escolhidos a dedo por sua crueldade.

– Mas como identificá-los? Desconfio de qualquer pessoa desconhecida, e até de animais, por medo de que seja uma das Almas disfarçada. Como é que vou ficar atenta e identificar membros da Guarda? – Mal consigo compreender este novo medo, esta nova ameaça.

– Eles têm uma marca. Que existe quando tomam a forma humana. – Ele examina o solo, evitando meu olhar.

– Que tipo de marca?

Faz um gesto indicando o meu pulso, embora esteja coberto pela manga do casaco.

– Uma serpente, como a sua. Em volta do pescoço.

Estamos parados, rodeados pelas trevas, imersos em pensamentos. Deixo de acariciar o cavalo, e ele funga minha mão para me lembrar de sua presença. Aliso sua cabeça tentando não imaginar algo terrível como uma legião extremamente cruel de Almas com a detestável marca em volta do pescoço.

– Quanto tempo acha que temos? – pergunto depois de um tempo, voltando a me concentrar nos Cérberos.

– Cavalgamos bastante hoje. Percorremos uma grande distância, a toda velocidade. Tentei seguir o rumo de Altus e ao mesmo tempo fazer um caminho sinuoso pela floresta, para tentar deixá-los para trás, nem que fosse por um tempo. E então nos deparamos com o rio... É verdade que não era muito fundo, mas até aquele é capaz de intimidar os Cérberos. Ao menos podemos ter esperanças de que tenham parado para pensar antes de atravessá-lo.

Tento não deixar que a frustração e o medo me vençam.

– Quanto tempo?

Ele curva os ombros, demonstrando-se abatido.

– No máximo uns dois dias. E mais um, se amanhã cavalgarmos como hoje e tivermos muita sorte, muita mesmo.

10

Antes de deitar, anuncio a existência dos Cérberos para Sonia e Luisa. É uma prova da situação esquisita que vivemos, o fato de não demonstrarem surpresa ao saber da ameaça à nossa segurança, e ficamos tristes e caladas enquanto nos preparamos para dormir. Edmund insistiu em vigiar o acampamento, com uma espingarda na mão, enquanto dormimos. Sinto-me culpada ao me deitar na tenda com certo conforto, mas sei que não posso me oferecer para ajudá-lo na vigília.

Esta noite, minha maior preocupação não são os Cérberos, mas Alice.

Ponderei bastante a ideia de encontrá-la no Plano dos Mundos Paralelos. Na verdade, tal ideia tem estado latente na minha cabeça desde que Edmund me contou sobre ela e James. Encontrá-la é arriscado, mas o jogo que está fazendo com ele também é. E não tenho dúvida de que *é* um jogo.

Todos os atos de Alice giram em torno do desejo de trazer Samael para nosso mundo e poder assumir o cargo de autoridade ao qual acredita ter direito. É impossível não ficar magoada com a notícia de que ela e James se aproximaram com a minha ausência, mas não consigo sentir nenhum pingo de raiva por causa disso. Apenas medo por James e, sendo franca comigo mesma, uma boa pontada de ciúme.

Portanto, preciso encontrá-la. Não há outro jeito, na verdade, de mensurar suas intenções. Posso tomar conhecimento delas por meio de tia Virginia ou de Edmund, mas eu sou a irmã gêmea dela. Sou o Portal, e ela é a Guardiã, por mais que nossos papéis tenham se entrelaçado.

Viajar pelo Plano sempre me pareceu um exercício íntimo, e espero até ter a certeza de que Sonia e Luisa estão dormindo. A respiração de ambas desacelera, adquirindo o ritmo constante que só existe durante o sono profundo.

Não demoro tanto tempo quanto antigamente, nem preciso fazer tanto esforço para entrar no estado assustador de semissonolência necessário para que minha alma saia do corpo e entre no Plano. É difícil lembrar da época em que fazer isso era apavorante. Agora, ao passear nos Mundos Paralelos pela estrada sinuosa, só tenho a sensação de liberdade.

Sobrevoo os campos que cercam Birchwood, meus pés quase tocando o chão. Ainda estou ligada ao mundo real e por isso estou mais vulnerável voando pelo Plano. Mas é inevitável, pois é a forma mais rápida de percorrer o caminho. Minha maior garantia de segurança – embora não seja muito grande – é permanecer perto do chão, encerrar meus assuntos nos Mundos Paralelos e voltar para o meu o quanto antes.

Sigo o rio, passo pela casa e vou em direção ao estábulo. A água corre lá embaixo e preciso me empenhar para não pensar em Henry. Não o vejo nos Mundos Paralelos desde que morreu, mas também não encontro meus pais desde pouco antes disso. Não tentei contatá-los no Plano. Sei muito bem do risco que correm.

Eles têm fugido das Almas desde que morreram, recusando-se a passar para o Mundo Final, para o caso de eu precisar de sua ajuda. Só me resta ter esperança de que, onde quer que habitem, estejam com meu irmão.

Há um lago a certa distância dos estábulos, e é neste local que meus pés pisam o capim que margeia a água. É cada vez mais difícil achar lugares próximos da casa onde passei a infância que não guardem lembranças horripilantes, mas este ainda é um canto onde nada ruim aconteceu. Mesmo estando no Plano, sinto o capim, verde e macio, sob meus pés. Ele me lembra das diversas ocasiões em que Alice e eu estávamos descalças neste exato ponto, revezando para atirar pedras na água e ver quem conseguia jogá-las mais longe.

Olho em direção à casa e não me surpreendo ao vê-la se aproximando. Faz um bom tempo que aprendi o poder que os pensamentos têm no Plano. É só pensar em quem você deseja ver, e a pessoa ou ser sente o chamado.

Alice vem do estábulo em minha direção e sei que até este pequeno gesto, a opção por andar, em vez de voar, não é mero acidente. É o jeito que achou para me lembrar que aqui nos Mundos Paralelos estou no território dela. E ainda de que sob a proteção das Almas pode caminhar sem pressa, enquanto eu tenho de ser rápida e me esconder.

Observo minha irmã se aproximando, examinando-lhe a aparência, mais delgada agora do que quando parti. Ainda caminha com a autoconfiança que lhe é característica, o queixo erguido e a postura ereta que sempre foi típica de minha irmã. Mas quando ela para diante de mim, fico realmente perplexa.

Sua pele está tão pálida quanto os lençóis que cobriam a mobília do Quarto Escuro após a morte de nossa mãe. Imaginaria que Alice está doente se não fosse a onda de tensão. Sinto-a correr sob sua pele, tão tangível quanto se crepitasse sob a minha. Os molares saltam no rosto, um eco da magreza de seu corpo, outrora feminino e agora tão magro que suas roupas ficam frouxas.

Mas é o olhar que faz meu estômago se revirar de pavor e perda. A luminosidade vibrante que sempre foi característica de Alice foi substituída por um brilho anormal. Representa a profecia milenar que nos domina e a maldade das Almas e o poder que têm sobre minha irmã. Percebo que ela está perdida.

Ela me observa com minúcia, como se ao me olhar com atenção pudesse enxergar as mudanças e meu poder recém-descoberto. Após alguns instantes, sorri, e é isso o que transforma a tristeza que tenho no coração em algo quase insuportável, pois se trata do sorriso da antiga Alice, o que ela guardava só para mim. Aquele em que posso entrever o sofrimento espreitando sob seu encanto quase maníaco. É perturbador ver sua sombra vagando por baixo das faces desarmônicas e os olhos encovados.

Faço força para engolir em seco e me desvencilhar das lembranças. Quando pronuncio o nome dela, tenho a sensação de estar dizendo uma palavra desconhecida.

— Alice.
— Olá, Lia. — Sua voz é exatamente como me lembrava. Não fosse pelo fato de que estamos nos Mundos Paralelos, em um lugar que poucos admitem ser real e pouquíssimos podem habitar, eu poderia imaginar que nos encontramos para tomar um chá. — Senti o seu chamado.
Faço que sim.
— Eu queria te ver. — É simplesmente a verdade, embora as razões não sejam nada simples.
Ela inclina a cabeça.
— Que motivo teria para querer me ver? Imagino que esteja muito ocupada neste momento. — Há uma ironia condescendente em seu tom de voz, como se minha viagem para Altus fosse uma aventura imaginária criada por uma criança.
— Assim como você, pelo que soube.
Seus olhos ficam pétreos de raiva contida.
— Então creio que tia Virginia ande falando de mim.
— Ela só estava me dando notícias de minha irmã. E mesmo assim não disse nada que não possa enxergar com meus próprios olhos. — Pergunto-me se vai negar ter entrado no mundo real para que eu a visse perambulando pelos corredores da mansão Milthorpe, mas ela não o faz.
— Ah, você deve estar falando da minha visita, uns dias atrás. — Na verdade, ela parece se divertir com o fato.
— Alice, o véu que separa os mundos é sagrado. Você está infringindo as leis do Plano, definidas pelo Grigori. Nunca duvidei do seu poder, da sua capacidade de enxergar e fazer coisas que vão além dos limites impostos às outras Irmãs, mas usar o Plano para se transportar para outro lugar no mundo real é proibido.

Ela solta uma gargalhada, e o som viaja pelos campos do Plano dos Mundos Paralelos.

– Proibido? Bem, você sabe o que dizem por aí: tal mãe, tal filha. – A amargura em sua voz é palpável. Sinto seu bafo no meu rosto.

– Nossa mãe sabia que não estaria aqui para sofrer as consequências de seus atos. – Agora é mais difícil falar dela. Sei por experiência própria o que é ser escravizada pela profecia, e é complicado culpá-la por fugir dela, por mais que seus métodos tenham sido horripilantes. – Ela fez o que fez só para proteger a filha, como qualquer mãe faria. Você não percebe a diferença entre a motivação dela e a sua?

O rosto de Alice se enrijece ainda mais.

– Os atos de nossa mãe, qualquer que fosse a motivação, também foram uma infração às leis do Grigori. Ela alterou o rumo da profecia jogando um feitiço de proteção sobre você. Não tenho vontade nenhuma de parabenizá-la por transgredir uma lei milenar antes de se matar para fugir das consequências.

Não é fácil manter a calma, mas a conversa sobre nossa mãe não vai nos levar a lugar nenhum. Há questões mais urgentes com as quais devo me preocupar.

– Edmund me falou que você tem visto James.

O sorriso, sinistro e sarcástico, se insinua nos cantos de sua boca.

– Bem, os Douglas *são* amigos queridos da nossa família. E James sempre se interessou pela biblioteca do nosso pai, como você sabe muito bem.

– Não brinque comigo, Alice. Edmund falou que tem sido afetuosa, que está passando tempo com o James... convidando-o para tomar chá.

Ela dá de ombros.

– E daí? Ele ficou triste com sua partida. Oferecer minha amizade depois da perda que sofreu não é a atitude correta? Ou existe somente uma irmã Milthorpe boa o bastante para James Douglas?

Tenho que respirar fundo antes de responder. Até agora, é impossível imaginar James com outra pessoa que não eu.

– Alice... Você sabe bem quais são meus sentimentos por ele. Até na profecia há coisas... coisas sagradas, com as quais não se brinca. Henry é um exemplo. – Digo essas palavras com a sensação de que cortam minha garganta em pedacinhos. – James é outra. Um inocente. Ele não fez nada contra você, nem contra ninguém. Eu te peço, de irmã para irmã, que o deixe em paz.

O rosto dela torna-se inexpressivo. Adquire uma impassibilidade familiar, e me lembro de uma época em que podia observá-la durante o que pareciam horas e horas sem que suas belas feições traíssem sequer uma centelha de emoção. Num momento de ingenuidade, acredito que ela talvez leve meu apelo em conta. Mas no mesmo instante vejo a ira turvar-lhe o olhar. Pior que ira, pior que ambivalência, vejo o prazer que sente por causar mal aos outros.

Vejo e sei que meu pedido não terá resultado. Pelo contrário: será considerado um desafio, uma afronta que Alice não será capaz de ignorar. Enxergo tudo isso num instante e percebo que prejudiquei James muito mais do que se nunca tivesse mencionado o seu nome. Quando ela finalmente abre a boca, suas palavras não me surpreendem.

– Acho que a vida dele não é da sua conta, Lia. Na verdade, seria justo dizer que você abriu mão do direito de se intrometer na vida dele quando o abandonou, fugiu para Londres e mal se explicou.

Eu me controlo diante de suas palavras, pois é óbvio que ela tem razão. De fato abandonei James, e o fiz com apenas uma carta, uma menção casual ao nosso amor antes de embarcar no trem que me levaria para longe de Birchwood.

Longe de Birchwood e longe dele.

Portanto não tenho mais nada a dizer. Alice usará todo e qualquer poder que tiver para que Samael possa entrar em nosso mundo, e fará isso sem pensar duas vezes, assim como age em relação a James, tornando-o um fantoche no jogo da profecia.

– É só isso, Lia? – indaga Alice. – Porque, francamente, estou ficando cansada dessas conversas em que você faz as mesmas perguntas milhares de vezes. Questões tolas, na verdade, e cujas respostas são as mais simples que existem: porque eu quero. Porque eu posso. – Ela abre um sorriso, e é tão puro e genuíno que por um instante creio estar à beira da loucura. – Algo mais?

– Não. – Quero que minha voz seja forte, mas é apenas um sussurro. – Nada mais. Não precisa se preocupar, não voltarei a procurar você. Não com um objetivo desses ou para fazer uma pergunta simples. Da próxima vez, vai ser para acabar com isso de uma vez por todas.

Estreita os olhos, avaliando-me com minúcia, e desta vez não há como me enganar: é ela quem tenta medir o *meu* poder.

– Mas tenha certeza de que você quer dar um fim a isso – declara. – Pois quando você o fizer, quando tudo tiver se encerrado para sempre, uma de nós estará morta.

Ela vai embora sem dizer mais nada. Eu a observo até o momento em que se torna um ponto distante.

11

Quando desperto na manhã seguinte, está tão escuro que imagino ainda ser noite. Mas ao olhar ao redor da tenda, vejo que Luisa não está ali. Sonia ainda dorme, então saio de debaixo das cobertas e vou para fora, tentando descobrir que horas são. É o céu que me diz que já é manhã, pois embora lá em cima seja a calada da noite, a cor clareia aos poucos, tingindo de azul bem claro o ponto onde o sol nasce, ao longe.

Mesmo assim, sei que deve ser muito cedo. Edmund está acordado, ainda a postos na beirada do acampamento. Aproximo-me dele sem tentar fazer silêncio. Não quero a espingarda apontada na minha direção. Digo seu nome quando ainda estou a certa distância.

– Edmund?

Ele vira a cabeça sem se assustar.

– Ainda está cedo. O que está fazendo de pé?

Paro diante dele, sentando numa rocha para ficarmos na mesma altura.

– Não sei. Acordei e vi que Luisa não está na tenda. Você a viu?

Ele faz que não, uma perplexidade genuína no olhar.

– Não. Não ouvi nada.

Contemplo a escuridão da floresta. É bem possível que ela tenha tido necessidades pessoais que precisasse satisfazer. Não digo nada a ele por medo de constranger nós dois, apesar de ficar desconcertada com a ideia de que Luisa iria sozinha para o bosque depois que discutimos por Sonia ter feito exatamente isto.

– Houve algum problema ontem à noite? – pergunto.

Ele nega com a cabeça.

– Não. Ouvi certos ruídos, mas o que quer que tenha sido, não me pareceu grande nem veloz. Provavelmente eram apenas os animais que habitam esta floresta.

– Quais são as nossas chances, de verdade, de escapar dos Cérberos?

Ele não responde imediatamente, e percebo que não vai me dar a resposta que quero, mas sim a verdadeira, baseada em ponderações e cálculos.

– Eu diria que mais ou menos cinquenta por cento, principalmente por estarmos no meio da floresta e cada vez mais perto do mar. Riachos e córregos já estão virando rios mais largos. Nossas chances de nos deparamos com um rio grande aumenta a cada dia que passa. Só algumas coisas me preocupam.

Invisto contra o meu pânico diante da ideia de atravessar um rio profundo e corredio.

— Por exemplo?

— Se Samael mandou os Cérberos nos perseguirem, há outra coisa que pode colocar no caminho. Talvez os Cérberos não sejam o único obstáculo.

Eu o instigo a continuar.

— Tudo bem. Você disse "outra coisa". Como o quê?

Ele olha o chão antes de olhar nos meus olhos.

— Um rio extenso seria uma bênção e uma maldição. Qualquer coisa grande o bastante para impedir que os Cérberos a atravessem pode bastar para nos impedir também. Mas isso não é o pior, se é que entende onde estou querendo chegar.

Assinto.

— Se encontrarmos um rio, nossa única opção será tentar atravessá-lo para fugir dos Cérberos. Mas talvez a gente só saiba se é possível fazê-lo quando estivermos na metade do caminho.

— Exatamente.

— Então não temos outra opção, não é? — prossigo sem esperar resposta. — Vamos ter de seguir em frente e enfrentar a água quando chegar a hora. Por enquanto, o tempo e a sorte estão do nosso lado. Temos de ter esperanças de que continue assim.

— Imagino que tenha razão. — Mas ele não parece ter certeza absoluta.

Levanto e limpo minhas roupas.

— Ainda não escutei os passos de Luisa, mas acho que sei onde está. Vou ver se a encontro. Não fica longe daqui.

Ele concorda.

— Vou começar a preparar o café da manhã. Vamos embora logo. — Já estou a caminho da fileira de árvores quando ouço suas recomendações: – Não vá muito longe. Sou veloz, mas se surgirem problemas, é melhor que esteja por perto.

Ele nem precisa me advertir. Sei que é perigoso me afastar de seu campo de visão, também sei que poderia aguardar, Luisa provavelmente voltará a qualquer minuto. Mas a verdade é que estou curiosa. O medo de Sonia quanto à lealdade de Luisa ecoa no meu coração, por mais que queira descartá-lo. O comportamento dela nos últimos tempos *tem* me deixado apreensiva, e embora não goste da ideia de espionar, sinto que cabe a mim cogitar todas as conjunturas possíveis.

Até a de que as Almas usem Luisa para sabotar nossa missão.

À medida que me afasto do acampamento, o ambiente fica mais escuro. A fogueira quase apagada e o luar iluminavam muito mal a clareira, mas agora estou cercada de árvores por todos os lados. Elas se erguem acima de minha cabeça, mirando o céu opaco devido à manhã que se aproxima.

É fácil achar a curta trilha que Sonia e eu providenciamos logo depois de chegarmos, na noite anterior. Por motivos óbvios, tornou-se um hábito acharmos um lugar reservado nas redondezas sempre que Edmund monta um acampamento novo. A trilha é rodeada de árvores que oferecem abrigo para as necessidades que surgem enquanto empreendemos uma jornada como a nossa. Leva a um córrego pequeno, e ouço a água fluir bem antes de chegar à sua margem.

Não quero anunciar minha chegada, portanto caminho cuidadosamente pela trilha que leva ao riacho, atenta à possibilidade de ver Luisa. Não a vejo no caminho. Na verdade, ela quase me passa despercebida, mesmo quando chego à clareira que se estende até a água.

Meus olhos demoram um instante para se acostumarem à luz surgida, mas, quando o fazem, Luisa fica visível, debruçada sobre algo, perto da beirada do riacho. Digo a mim mesma que pode estar se lavando, a fim de se preparar para o dia que teremos, mas de algum modo sei que não é só isso.

Não quero que ela veja minha sombra, portanto rastejo ao longo da fileira de árvores, tentando me esconder enquanto me aproximo da margem do riacho. A grande sorte é a correnteza ser ruidosa. O som abafa meus passos desajeitados e o estalo de galhos secos que cruzam meu caminho. Quando chego à beira, tenho uma perspectiva melhor de Luisa e vejo nitidamente o que está fazendo.

Ela olha uma das tigelas de estanho que usamos nas refeições. Percebo a água reluzindo dentro dela, mas é praticamente só isso o que vejo, e entendo na mesma hora que está lendo o futuro. Não é uma revelação muito importante, na verdade. De fato fizemos um pacto tempos atrás de não usarmos nossos poderes, a não ser que seja necessário para o objetivo de encerrar a profecia, mas é bem possível que tenha resolvido ler o futuro na tentativa de prever o avanço dos Cérberos ou os obstáculos extras que teremos de superar.

Parece inofensivo. A princípio.

Só quando fico parada e contemplo os gestos de Luisa por mais um tempo é que tenho a impressão de que há algo errado. Levo um instante para entender qual o problema, e ao fazê-lo compreendo por que me incomoda tanto.

A verdade nua e crua é que não tomamos, não *podemos* tomar decisões a respeito da profecia – nossa participação nela e nossos poderes – sem consultarmos umas às outras. No entanto, ela está prevendo o futuro na calada da noite, depois de ter saído da tenda para enfrentar sozinha a floresta enquanto os Cérberos nos perseguem. E faz isso sem nos dizer nada, o que me incita a questionar: o que está escondendo?

Nossos temperamentos estão tão sombrios quanto o céu no momento em que arrumamos tudo para outro dia cavalgando.

Acordo Sonia após voltar às escondidas para a tenda, e Luisa retorna em seguida. Não me surpreendo quando usa a desculpa de cuidar de questões pessoais e de não querer nos acordar para justificar sua ausência. Mesmo quando saiu da tenda para tomar o café da manhã, não relato a Sonia nada sobre a excursão matinal para espionar Luisa. Não sei por quê, já que de todos os fatos esquisitos que aconteceram neste último ano, a recente mania que há entre nós três de guardar segredos é a mais perturbadora.

Edmund nos apressa enquanto desmontamos o acampamento. Percebo o indício de preocupação em suas ordens estranhamente sucintas, e, quando ele apanha a espingarda, começo a ficar aflita de verdade.

– Fiquem aqui – ordena ele, virando-se sem dizer mais nada e desaparecendo na floresta.

Ficamos imóveis, caladas, acompanhando-o com o olhar. Não faz muito tempo que estamos viajando, mas nesses poucos dias já estabelecemos uma espécie de rotina – que envolve acordar de manhã, trocar de roupa e organizar as coisas para o dia o mais rápido possível, carregar os suprimentos individuais e fazer uma refeição apressada antes de montarmos nossos cavalos e darmos início à jornada. Em nenhum momento desta rotina Edmund partiu para a floresta com a espingarda na mão.

– O que está fazendo? – indaga Sonia.

Balanço a cabeça.

– Não faço ideia, mas o que quer que seja, tenho certeza de que é totalmente necessário.

Sonia e Luisa ainda estão em estado de choque, os olhos direcionados para o local da floresta onde ele desapareceu. Como sempre, me falta paciência para sentar e para ficar de pé, e ando de um lado para o outro da clareira onde acampamos, preocupada com o que Edmund estará fazendo e me perguntando quanto tempo devemos esperar antes de sair para procurá-lo. Felizmente, não preciso responder tal pergunta, pois ele reaparece na clareira pouco depois. Desta vez, está com pressa.

– Montem seus cavalos. Agora. – Ele segue em direção ao dele sem nem uma olhadela para uma de nós. Em segundos, já está montado e pronto para cavalgar.

Não o questiono. Edmund não se moveria com tamanha rapidez nem ordenaria que nós o fizéssemos se não houvesse motivo. Mas Luisa não foi tão complacente.

– Qual é o problema, Edmund? Algo errado?

Ele responde por entre os dentes trincados.

– Com todo o respeito, srta. Torelli, teremos tempo para todas as perguntas que tiver, mais tarde. Agora é hora de montar seu cavalo.

Luisa põe as mãos na cintura.

– Acredito que tenho o direito de saber por que a pressa repentina para irmos embora do acampamento.

Edmund suspira, passando a mão pelo rosto.

— A verdade é que os Cérberos estão próximos e há algo mais nos rondando.

Minha cabeça se levanta praticamente por vontade própria.

— Do que você está falando? O que é?

— Não sei. — Ele vira o cavalo na direção da floresta. — Mas o que quer que seja, *quem* quer que seja, está a cavalo. E no nosso rastro.

12

A manhã demora a passar, silenciosa, à exceção dos cascos dos cavalos traçando o caminho pela floresta. Aceleramos por dentro dela, muitas vezes tão perto uns dos outros que o caminho parece estreito demais para ser atravessado. Permaneço abaixada, segurando-me ao pescoço de Sargent enquanto o vento chicoteia meu rosto com a crina negra do cavalo e meus cabelos várias vezes se enroscam nos ramos das árvores.

Durante o trajeto, não tenho muito a fazer além de refletir. E tenho muito em que pensar: minha irmã e nosso encontro no Plano, o temor que sinto por James, Sonia e Luisa e a distância que parece crescer entre nós, a viagem até Altus e os Cérberos demoníacos que nos perseguem.

Mas é para Luisa que meus pensamentos sempre voltam.

Desejo negar a conclusão que se forma na minha cabeça, mas as imagens se repetem e tornam as tentativas cada vez mais impossíveis. Vejo o rosto de Luisa, com a mesma expressão brava e estranha que tem exibido quase todos os dias desde que partimos de Londres. Penso nela entrando na tenda depois de seus sumiços frequentes e mal explicados, e depois agachada sob o sol nascente à margem do rio, prevendo o futuro às escondidas.

Já sabia, é claro, que isso era possível. As Almas poderiam, e provavelmente iriam, tentar nos afastar. Mas não me dei conta de que aconteceria desse jeito, de que poderia ser tão traiçoeiro, uma dissolução gradual do elo que pensava ser sagrado entre Sonia, Luisa e eu – duas das chaves e o Portal. Óbvio que fui ingênua.

Chegará a hora em que confrontarei a traição de Luisa, seja sua participação de má ou de boa vontade, mas neste momento, enquanto avançamos pela floresta, nos aproximando cada vez mais de Altus, não posso me permitir tal distração. Por enquanto, tenho de presumir que tudo o que Luisa sabe, as Almas também sabem. E isso significa que tenho de lhe dar o mínimo de informações possível.

Só paramos uma vez para alimentar e banhar os cavalos. A desconfiança no ar é palpável, uma entidade viva. Ando de um lado para o outro enquanto Edmund cuida dos cavalos e Sonia e Luisa repousam, encostadas em árvores junto ao córrego. Ninguém conversa enquanto esperamos os animais se acalmarem o bastante para seguirmos em frente. Ninguém faz perguntas sobre os planos ou sobre a proximidade do oceano, que indica estarmos perto de Altus.

Meus nervos enrijecem com a crescente angústia que comecei a sentir em algum ponto da jornada matinal. É uma angústia que tem pouco a ver com Luisa e tudo a ver com a coisa que nos persegue pela floresta. Aprendi a não desacreditar tais sensações, nem no Plano, nem em nosso mundo. Em geral, são suscitados pelos meus dons e sentidos recém-fortalecidos. Sei ver os puxões incessantes e irritantes dos meus nervos pelo que são: um aviso da rápida aproximação dos Cérberos. Em um canto obscuro de minha mente tenho certeza de que ouço a respiração deles à medida que se aproximam.

Quando Edmund finalmente monta o cavalo e pede que façamos o mesmo, levo apenas segundos, de tanta pressa que tenho. Paro o meu ao lado do dele e falo em voz baixa, para que as outras, ocupadas se posicionando, não me escutem.

– Eles vão nos alcançar, não vão?

Ele respira fundo e assente.

– Hoje, se não acharmos um rio.

– E vamos achar? – pergunto logo, ciente de que temos pouco tempo antes de que as outras estejam prontas para partir.

Ele olha ao redor, certificando-se de que temos privacidade antes de diminuir o tom da voz para continuar.

– Tenho uma espécie de mapa. É antigo, mas não acho que esta floresta tenha mudado nos últimos cem anos.

Fico surpresa. Edmund nunca fizera menção ao mapa.

– É assim que você tem nos guiado?

Ele confirma com a cabeça.

– Minha memória já não é tão boa, entende? Não quero falar para ninguém... – Ele olha de novo na direção de Sonia e Luisa. – Não quero que alguém ponha as mãos nele. A localização de Altus sempre foi muito secreta. Pouquíssimas pessoas sequer sabem de sua existência, e ainda menos sabem como chegar lá. Seu pai me deixou o mapa antes de morrer para garantir que eu poderia levá-la até lá se precisasse de um porto seguro. Há outros... meios de proteção para excluir visitas indesejadas, mas, mesmo assim, detestaria conduzir um inimigo até a cidade.

Mal estou à altura de julgar Edmund e seu segredo. Eu mesma tenho vários.

Assinto.

– Então, tudo bem. E quanto ao mapa?

– No início, estava levando vocês a Altus pelo caminho mais rápido, mas quando percebi que os Cérberos estavam atrás de nós, adotei uma rota mais sinuosa.

– Mas... se os Cérberos estão atrás de nós, não é melhor a gente tentar chegar a Altus *mais rápido*, em vez de mais devagar?

Ele concorda.

– É uma forma de avaliar a situação, mas mesmo se viajarmos depressa, sempre existe a possibilidade de nos alcançarem. Mas o mapa... mostra um rio muito grande que pode servir para nos livrar deles. É apenas um mínimo desvio de nossa rota original e não fica muito distante do oceano onde vamos pegar o barco até Altus. Se nos livrarmos dos Cérberos no rio e seguirmos direto para o mar, poderemos ficar totalmente fora de perigo. Pelo menos no que diz respeito a eles.

– É fundo o bastante?

Ele suspira e começa a virar o cavalo, olhando para mim por cima do ombro.

– É essa a questão. A gente só vai saber quando chegar lá, mas pelo mapa parece ser largo.

Ele berra instruções para o restante do grupo enquanto tomo minha posição normal na fila. Tento não ponderar demais a revelação de Edmund. É impossível saber se poderemos deixar os Cérberos para trás, assim como prever se o rio será fundo o suficiente para que os deixemos para trás ou mesmo adivinhar quem nos segue a cavalo pela floresta escura. A única atitude lógica é não gastar minha energia com coisas que eu não seja capaz de controlar.

Por enquanto, só me resta cavalgar.

Gostaria de pensar que vamos fazê-los comer poeira, que ficaram para trás de tal forma que nos alcançar é apenas uma possibilidade remota, mas não é a verdade. Sei que estão se aproximando mais e mais, embora viajemos numa velocidade tamanha que eu nem consigo imaginar o quão velozes os Cérberos devem ser para serem capazes de correr mais ainda.

Sei que Edmund tem a mesma impressão, já que pouco depois de darmos partida, incita o cavalo a correr ainda mais rápido. Eu o ouço gritar com o animal e me agarro mais ao pescoço de Sargent, implorando em silêncio que se mexa ainda mais rápido, embora perceba por meio de sua respiração ofegante que já está fazendo um esforço excessivo.

Não tive tempo de olhar o mapa de Edmund. Nem tive tempo de lhe perguntar a que distância estamos do rio que ele imagina ser a nossa salvação. Mas enquanto cavalgamos sem parar em meio às árvores e o céu escurece porque a noite se aproxima, espero fervorosamente que esteja perto e profiro súplicas murmuradas a qualquer um que possa estar me ouvindo – Deus, as Irmãs, o Grigori.

Mas não basta. Apenas segundos depois de minhas preces apressadas, eu os ouço passar pelas árvores, logo atrás de nós. O que se move pela floresta não é um mero animal. Escuto uivos e sei imediatamente que um lobo ou um cão seriam uma bênção em comparação com o que nos segue. Não é o som de um bicho, mas sim de algo muito, muito mais assustador.

Algo *inumano*.

Em seguida se dá a colisão. As criaturas não nos perseguem com as passadas leves e graciosas de um animal selvagem. Elas batem ferozmente contra a folhagem com força e energia. Galhos caem das árvores à medida que correm no nosso encalço. Seus passos são o ruído do céu partindo-se em dois.

Luisa e Sonia não olham para trás e acompanham o ritmo de Edmund, totalmente concentradas. Foco nas costas delas e repasso a lista dolorosamente curta de fugas possíveis, e então ouço o barulho inconfundível de água corrente. O trajeto adiante se ilumina, primeiro aos poucos e depois de uma só vez, e percebo que estamos próximos do rio.

– Não pare. Por favor, não pare – sussurro no ouvido de Sargent. Um rio como Edmund descrevera faria qualquer cavalo hesitar, e não podemos nos dar a esse luxo.

Irrompemos pela clareira, e eu o vejo, uma joia verde cintilando sob o sol poente. Mesmo ao nos desvencilharmos das árvores e avançarmos em direção à água, os Cérberos estão tão próximos que consigo sentir-lhes o cheiro, uma estranha mistura de pelo, suor e algo podre.

O cavalo de Edmund entra no rio sem hesitar, seguido pelo de Luisa. Mas o de Sonia desacelera, parando à margem. Eu a escuto insistir para que ele vá em frente, suplicar como se entendesse o que ela diz. Não dá certo. O animal cinza teima em ficar parado.

Há apenas um instante – um instante em que tudo passa tanto rápido como devagar demais – para decidir o que fazer. É uma decisão fácil devido à falta de opções.

Faço meu cavalo parar e viro para encarar os Cérberos. A princípio, não há nada na clareira diante de mim. Mas ouço sua aproximação e uso o tempo que me resta para pegar o arco que carrego nas costas e tirar uma flecha da mochila.

Posicionar a flecha e puxá-la, armando-me contra eles, é um ato instintivo, mas nem todo o treinamento em Whitney Grove poderia me preparar para a primeira criatura que emerge por entre as árvores.

Não é o que eu esperava, a criatura não é negra de olhos vermelhos. Não. Só as orelhas brilham, carmesins, mas sua pelagem branca é cristalina como um vidro lapidado. É um contraste sombrio ver um animal daqueles – e é um quase da altura de Sargent – coberto com um pelo imaculado. Eu seria quase capaz de enfrentar meu medo para acariciá-lo, se não fosse os olhos cor de esmeralda. Olhos iguais aos meus, aos de minha mãe e de minha irmã. Eles me chamam, um lembrete apavorante de que, embora estejamos em lados opostos, somos ligados de maneira inexorável através da profecia que nos aprisiona.

Ouço os outros uivando atrás do Cérbero que lidera o caminho. Não sei quantos vão segui-lo, mas a única opção é tentar eliminar tantos quantos possíveis e ter esperanças de ganhar tempo para que meus amigos atravessem o rio.

Não é fácil mirar. São mais rápidos que qualquer animal que já tenha visto e a pelagem quase transparente se confunde com a neblina que os cerca. Apenas o brilho de suas orelhas e os olhos magnéticos me impedem de perdê-los de vista completamente.

Mirando cuidadosamente no lugar que espero ser o peito da criatura, tento descobrir o padrão de seu modo de andar. Então puxo o arco e deixo a flecha voar. Ela percorre o ar, traçando um arco gracioso sobre a clareira e atingindo o Cérbero tão repentinamente que quase me surpreendo ao vê-lo cair.

Estou puxando o arco para dar outra flechada quando vejo algo pelo canto dos olhos e outra criatura cristalina irrompe da fileira de árvores à minha direita. Avança pela clareira enquanto minha mente trabalha a todo vapor, tentando calcular a probabilidade de acertar mais um. Rapidamente me concentro no Cérbero diante dos meus olhos. Tenho certeza de que posso acertá-lo antes que me alcance, e então outro Cérbero surge pela esquerda.

E muitos, muitos mais uivam na floresta, atrás desses dois.

Meus braços começam a tremer enquanto me mantenho posicionada... pensando, pensando... tentando decidir o que fazer. Um estrondo súbito ressoa atrás de mim, à esquerda, e o Cérbero que surge na clareira cai no instante seguinte. O cheiro de pólvora se espalha e sei, sem tirar os olhos da clareira, que Edmund está me dando cobertura com o rifle.

– Lia! Não dá tempo! Entre no rio *agora*.

A voz de Edmund derruba minha certeza. Ainda segurando o arco, faço Sargent se voltar para o rio e entrar na água com toda a velocidade de que sou capaz sem agarrar meu arco com força demais. Edmund passa zunindo ao meu lado, em direção ao meio do rio, mas o cavalo de Sonia continua à margem. Ela se esforça com as rédeas, tentando persuadi-lo a entrar na água, em vão. Ele dá pequenos passos no solo pedregoso, levantando e virando a cabeça em resposta às ordens dela. Não tenho tempo para pensar. Não mesmo. Correndo em direção à água, estico a mão ao passar por trás do cavalo de Sonia. Quando alcanço o flanco, dou-lhe um tapa com toda a minha força.

De início, não sei se funcionou, pois o meu cavalo passa pelo de Sonia e entra logo na água. Os cascos batem contra o fundo do rio, mas é mais uma sensação que um ruído, pois só escuto os Cérberos. Os uivos parecem tão próximos que creio sentir o bafo deles nas costas. Incito Sargent a entrar ainda mais no rio, rezando para que não pare, dê meia-volta e retorne à margem.

Mas não é com Sargent que devo me preocupar. Ele está motivado e consegue ir até o meio do rio. É meu próprio medo que cresce dentro de mim, começando pelos pés, submersos na água, e subindo pelas pernas até chegar ao peito, de modo que meu coração fica tão acelerado que nem ouço mais os uivos. Minha respiração se torna ofegante e superficial, mas não tenho vontade de fugir. Não: eu puxo as rédeas com força, obrigando Sargent a parar tão abrupta e repentinamente que ele quase se empina para fora da água, ao mesmo tempo que Sonia passa correndo por nós.

Mas estou presa a Sargent, e Sargent, sob minhas ordens, está preso ao leito do rio. Fico tão apavorada que sou tomada por uma espécie de apatia, e neste momento preferiria morrer nas garras dos Cérberos a enfrentar o rio.

— É hora de partir.

Viro-me para o local de onde vem a voz. Ao fazê-lo, vejo Edmund de novo ao meu lado. Ao mesmo tempo que queria que ele continuasse até o outro lado, eu o amo por ter ficado ali.

Só nos entreolhamos por um segundo, e então um ruído oriundo da ribanceira atrai minha atenção. Não são os Cérberos, mas sim outra coisa. *Outra pessoa*, atrás deles. Uma figura encapuzada montada em um cavalo negro parado atrás deles, como se agora eles não passassem de cães de caça.

Só isso já seria bastante desconcertante. Mas quando a figura tira o capuz, minha cabeça se enche ainda mais de perguntas.

13

Tento captar coisas demais ao mesmo tempo: os Cérberos entrando na água, embora sua hesitação seja nítida, Edmund parado ao meu lado, recusando-se a seguir adiante com as outras, e Dimitri Markov montado a cavalo, tranquilo, atrás dos Cérberos que estão à margem do rio.

Nada disso me incita a ir em frente.

– É hora de ir, Lia. – A voz de Edmund é gentil mas firme, e mesmo apavorada noto que foi a primeira vez que usou meu nome desde que o conheço. – Eles sentem o seu medo. Estão atrás de você. São numerosos demais para a espingarda e não está perto o bastante da outra margem para mantê-los afastados.

Suas palavras fazem sentido em algum canto obscuro de minha mente, mas ainda assim não me mexo. Os Cérberos entram na água com muito cuidado, molhando primeiro as patas e depois o resto do corpo, bem devagar, até submergirem até a altura da barriga e ficarem parados a poucos centímetros de Edmund e de mim.

E ainda assim permaneço imóvel, incapaz de me dispor a incitar Sargent a avançar, embora seus músculos estejam tencionados pelo ímpeto de fugir. Sei que ele percebe tanto quanto eu o perigo no ar.

É só quando Dimitri vai em direção ao rio, em direção a mim, que me liberto do torpor, mas não o suficiente para me mover. Não sou a única que para a fim de observar sua investida. Os Cérberos também se viram, suas cabeças brancas como neve giram para encarar o novo personagem do drama. Dimitri os olha até que desviem o olhar, e por um momento tenho certeza de que há uma linguagem tácita entre eles.

Os Cérberos ficam tensos quando o cavalo de pelo luzidio de Dimitri entra na parte mais rasa do rio e se aproxima de nós. Com o corpo parado, viram a cabeça de um lado para outro, olhando para mim e acompanhando seu avançar. É como se o conhecessem, como se lhe concedessem um tipo bizarro de respeito. Vejo a aflição em seus olhares quando me encaram, o desejo de galgar o espaço que nos separa e me levarem embora enquanto podem.

Mas a sede deles permanece insaciada. Simplesmente observam Dimitri conduzindo seu cavalo para perto do meu. A correnteza fica mais agitada e o céu escurece, transformando o dia em noite, e sinto que Sargent tenta manter os pés firmes nas rochas do leito do rio quando Dimitri estica os braços e pega as rédeas de minhas mãos geladas. Ele olha bem no fundo dos meus olhos e tenho a impressão de que nos conhecemos desde sempre.

– Está tudo bem. Confie em mim e eu te guio até a outra margem. – Há ternura na voz dele, como se algo íntimo mas indizível tivesse acontecido entre nós desde que nos conhecemos na Sociedade, apesar de não nos vermos desde aquela ocasião.

– Eu... eu estou com medo. – As palavras saem da minha boca sem que eu tenha tempo de pensar. Espero que tenham sido pronunciadas num tom mais baixo do que imagino, para que Dimitri não tenha percebido a covardia em minha voz por causa do barulho do rio.

Ele assente.

– Eu sei. – Seus olhos queimam os meus. Há neles uma promessa. – Mas não vou deixar que nada aconteça a você.

Engulo em seco e, de alguma forma, sei que ele morreria antes de pôr minha vida em risco, embora não saiba por quê, já que não nos conhecemos. No entanto, eu assinto, calada, e seguro as rédeas.

Dimitri põe a mão no meu arco.

– Deixe que eu te ajude com isto.

Fico surpresa ao ver que o arco ainda está nas minhas mãos. Segurá-lo é um hábito. Meus dedos estão tão frios que Dimitri mal consegue pegá-lo de minha mão, mas, um instante depois, consegue tirar o arco de meus dedos enrijecidos. Ele o passa por cima da minha cabeça, colocando-o onde carrego com muita delicadeza.

– Pronto. Agora segure com força. – Ele aperta minhas mãos contra a parte da frente da sela, até que meus dedos agarrem o couro por vontade própria.

Desta vez não reclamei por ser tratada como criança.

Dimitri e Edmund se entreolham, e Edmund assente, como se o chamasse para tomar a dianteira, mas Dimitri faz que não.

– Você tem que ir na frente. Caso contrário, não estará sob minha proteção. – Edmund hesita, e Dimitri prossegue. – Você tem minha palavra: nada vai acontecer a Lia.

Ao ouvir Dimitri dizer meu nome, Edmund assente, incitando seu cavalo a avançar até a parte mais funda da água, enquanto Dimitri pega as rédeas de Sargent, aproximando-o do próprio cavalo.

– Segure-se. – É a última coisa que diz antes de seguir Edmund.

A princípio, Sargent tem de ser puxado para a frente pelas mãos vigorosas de Dimitri, mas o cavalo vai achando cada vez mais difícil manter-se firme contra a força da correnteza e começa a segui-lo sem impor dificuldades. Percebo o medo do cavalo, pois ele tateia os seixos no fundo do rio antes de pisar firme.

Agarro-me à sela com todas as forças. Tenho câimbra nos dedos, mas não sinto mais nada. Tento me concentrar em Edmund, à nossa frente, e, ao olhar mais além, vejo Sonia e Luisa montadas em seus cavalos, na margem oposta do rio. Fico feliz ao ver que conseguiram.

Se elas conseguiram, também somos capazes.

Mas não tenho tempo de ter esperanças. De repente, Sargent vacila, escorregando e lutando para readquirir o controle de suas patas. O pânico me domina quando deslizo por suas costas, a água circundando minhas coxas enquanto tento desesperadamente não soltar a sela. Não é a água em si o que desperta meu pavor, mas seus ruídos, que colocam em risco os últimos vestígios de sanidade que ainda me restam. Aquele estrondo enlouquecido, aquele fluxo frenético de água sobre as rochas. É o som da morte de meu irmão. O som da proximidade de minha própria morte ao tentar, em vão, salvá-lo.

Luto contra a vontade de gritar, mas ao olhar para Dimitri seus olhos estão pétreos como o céu acima de nós. Ele não tem medo, e na sua crença inabalável de que vamos atravessar o rio encontro minha própria fé.

Seguro-me com mais força.

– Vamos lá, Sargent. Estamos quase chegando. Não desista de mim agora.

Ele não desiste. Parece entender, pois suas pernas ganham firmeza e ele se ergue mais acima da água, empenhando-se para avançar atrás de Dimitri e de seu cavalo, como se o ato de fazê-lo nunca fosse motivo para questionamento. Apenas segundos depois a água começa a baixar, revelando primeiro minhas coxas encharcadas, cobertas pela lã molhada das calças, e em seguida minhas panturrilhas. Logo depois, emergimos das profundezas do rio e meus pés saem completamente de dentro da água quando Dimitri conduz Sargent para perto dos outros, que esperavam na ribanceira.

– Ah, meu Deus, Lia! – Luisa desce do cavalo e em um segundo já está com os pés no chão. Ela corre em minha direção, a blusa e as calças tão encharcadas quanto as minhas. – Você está bem? Fiquei apavorada!

Sonia aproxima seu cavalo do meu, esticando o braço para segurar minhas mãos geladas.

– Não sabia se iria conseguir!

Neste momento, toda a desconfiança dos dias anteriores se dissipa. Somos três amigas de novo, como fomos desde que a profecia nos envolveu com seus segredos nebulosos.

Edmund trota em seu cavalo, chegando perto de nós. Ele encara Dimitri com um olhar que parece ser de admiração.

— Esperava que você só fosse aparecer daqui a uns dois dias, mas preciso dizer que estou contente por ter chegado mais cedo.

As ideias de minha mente estão turvas, e mal registro as palavras de Edmund e o fato de que ele conhece Dimitri e de que já o aguardava de alguma forma. Um tinido surge em meio ao silêncio. De início, não percebo que vem da minha boca, mas logo meus dentes batem e fazem tanto barulho que posso escutá-los, apesar do rio.

— Ela está gelada e em choque — diz Dimitri.

— Vamos para longe da ribanceira. — Edmund desvia o olhar para os Cérberos, ainda parados na água, como se fossem correr na nossa direção a qualquer instante. — Não gosto da aparência deles.

Dimitri acompanha o olhar de Edmund até os Cérberos antes de voltar-se para nós.

— Eles não irão nos seguir, mas isso não quer dizer que não corremos mais perigo. Seria bom montarmos um acampamento para esta noite e depois nos reunirmos.

Edmund se vira e reassume a liderança. Formamos uma fila por força do hábito, apesar de Dimitri ainda conduzir Sargent pelas rédeas. Não tenho energia para insistir que sou capaz de me virar bem sozinha. Para ser totalmente sincera, fico aliviada em deixar alguém assumir o comando por uns tempos.

A floresta recomeça, não muito longe da ribanceira. Ao entrar na escuridão do bosque, ouso olhar para trás. Vejo os Cérberos por cima dos ombros de Edmund, ainda parados na água, onde estavam quando partimos. Seus olhos verdes encaram os meus, mesmo estando do outro lado da correnteza, mesmo no crepúsculo nebuloso. São as últimas coisas que vejo antes de sumirmos na floresta mais uma vez.

༄

– Beba isto. – Dimitri me entrega um copo de latão e me faz companhia enquanto os outros se despem das roupas molhadas. Estico a mão para fora da coberta enrolada nos meus ombros para pegar o copo.

– Obrigada.

É um chá ruim, cheio de folhas e ao mesmo tempo fraco. Acostumei-me a ele nos últimos dias, e depois da água gelada do rio e do choque causado pelos Cérberos mal noto sua quentura amarga. Seguro o copo com as mãos, bebericando enquanto tento esquentá-las.

Dimitri acomoda-se na tora ao meu lado, esticando os braços em direção à fogueira que Edmund acendeu assim que escolheu este lugar para montar o acampamento da noite.

– Você está bem, Lia? – Meu nome soa natural e adequado, pronunciado por ele.

– Acho que sim. Só estou com muito frio. – Engulo em seco, tentando, sem sucesso, bloquear da minha mente o pânico que senti no rio. – Não sei o que aconteceu lá. Eu simplesmente... não conseguia me mexer.

— Lia...

Não quero me virar ao ouvir meu nome, mas meus olhos sentem uma atração implacável pelos dele. Sua voz é uma ordem que não posso ignorar, apesar de gentil como a névoa que paira sobre a floresta depois que a noite cai.

— Sei o que aconteceu — continua ele —, e não a culpo por isso.

Seu olhar é compreensivo. Ele me confunde e, sim, me enfurece. Deixo o copo no chão.

— O que exatamente você sabe a meu respeito? E como você sabe?

Sua expressão torna-se mais branda.

— Sei do seu irmão. Sei que ele morreu no rio, e que você estava lá.

Lágrimas ardem em meus olhos e me levanto de supetão. Caminho, vacilante, até a beirada do acampamento a fim de me recompor. Quando acho que sou capaz de falar sem que minha voz falhe, vou até Dimitri, permitindo que toda a raiva e a frustração das últimas semanas, não, dos últimos meses, saiam por todos os poros do meu corpo.

— O que é que *você* sabe sobre meu irmão? Como é que sabe da morte dele e do papel que tive nisso? — Sou incapaz de impedir que a amargura emane de minha boca. Perdi as contas das minhas próprias perguntas, mas obter respostas não é mais o objetivo. — Você não sabe nada a meu respeito. Nada! E nem tem o direito de falar dele.

A minha própria menção a Henry dissolve minha ira em um instante, e de repente volto a lutar contra a tristeza, o desespero devastador, exaustivo, que quase me levou a pular do penhasco próximo a Birchwood antes de vir para Londres.

Subitamente, só me resta ficar parada diante de Dimitri, ainda agarrada à coberta jogada sobre meus ombros enquanto minha respiração se torna difícil, ofegante, devido à minha invectiva.

Ele levanta e se aproxima de mim, parando só quando está bem perto. Perto demais.

Suas palavras, quando as enuncia, são carregadas de ternura.

– Sei mais do que imagina. Sobre a profecia, sobre sua vida em Londres, sobre você, Lia.

Por um instante, penso que vou me perder em seus olhos e me afundar mais e mais no oceano que existe neles, até não desejar mais encontrar o caminho de volta para casa. Mas então suas palavras voltam à minha mente: *Sei mais do que você imagina sobre a profecia...*

A profecia. Ele sabe da profecia.

– Espera um minuto. – Eu recuo. Estou ofegante, mas desta vez o motivo é mais complexo que a raiva. – Como é que você sabe da profecia? Quem, exatamente, *é* você?

14

Dimitri passa os dedos pelos cabelos castanhos e por um instante quase parece um menino. Tem uma expressão severa ao indicar o tronco ao lado de nossos pés.

– Devia se sentar.

– Se não se importa, gostaria de saber quem você é antes de me sentar. – Cruzo os braços.

Ele dá uma risadinha e lanço-lhe um olhar para que pare de rir imediatamente. Não dá certo. Não num primeiro momento.

Ele suspira.

– Se eu garantir que estou do seu lado, que só estou aqui para protegê-la, você se senta e me deixa explicar?

Tento achar a malícia ou a desonestidade em seu rosto e em seus olhos, mas há apenas verdade.

Faço que sim e sento. Afinal, ele me salvou dos Cérberos. E apesar de não poder falar em nome de Edmund, está claro que os dois de certo modo já se conhecem.

Dimitri abaixa e senta ao meu lado. Passa um instante contemplando a fogueira antes de começar.

– Eu não devia estar aqui – declara. – Eu... ultrapassei os limites para estar aqui. Limites sagrados que não devem ser ultrapassados.

Estou exausta e com frio, mas tento conter a frustração.

– Por que não me conta tudo?

Ele ergue a cabeça, me encarando.

– Sou membro do Grigori.

– Do Grigori? Mas eu pensava que o objetivo do Grigori era criar as leis dos Mundos Paralelos e garantir seu cumprimento.

– E é – diz ele, simplesmente.

Dou de ombros, sem entender.

– Então por que você está aqui?

– Fui enviado para tomar conta de você enquanto procura as páginas desaparecidas e as outras chaves da profecia.

– Para tomar conta de mim? Você quer dizer que deve me proteger?

Ele respira fundo.

– Não exatamente.

Fico preocupada.

– Por que não explica *exatamente* qual é sua função?

– Fui enviado para garantir que não usará magias proibidas em sua tentativa de encerrar a profecia. – Ele diz tudo de uma vez, e levo apenas um instante para perceber por que demorou tanto tempo para dizer algo tão simples.

– Você foi enviado para *me espionar*?

Ele tem ao menos a dignidade de parecer mortificado.

– Lia, você precisa entender. A profecia vem se desenrolando há séculos, mas ninguém chegou tão perto de encontrar seu final. Nunca tantos seres dos Mundos Paralelos acreditaram que o fim pode de fato estar próximo. Que o reinado de Samael pode finalmente acabar naquele mundo e, talvez, neste também.

– O Grigori deseja mais do que ninguém ver a profecia chegar ao fim, alcançar a paz nos Mundos Paralelos. Mas as coisas saíram do controle. E alguém precisa tentar mantê-las em *ordem* até onde for possível. Esta sempre foi a função do Grigori.

Meu furor transborda quando penso em minha irmã.

– E enquanto estou sob sua supervisão, o que é feito de Alice? Quem está tomando conta dela enquanto brinca de burlar as leis do Grigori?

– Nós tentamos tomar conta de Alice. – Ouço o tom de derrota em sua voz. – Não deu certo. Até as Almas reconhecem nosso poder, pelo menos aparentemente, mas Alice, não. Ela não liga para as leis dos Mundos Paralelos, nem reconhece nossa autoridade. Pior ainda, é poderosa o bastante para viajar pelo Plano na hora que quiser sem ser notada. Embora eu odeie admitir, está fora do nosso controle. Acredito que até as Almas achem um desafio lidar com ela.

– Então por que eles agem de comum acordo com Alice? Por que se aliam a ela?

Ele levanta as palmas das mãos em um gesto resignado.

– Porque não podem se aliar a você. Alice é a aliada mais poderosa do mundo real, ainda mais poderosa que as diversas Almas que estão aqui aguardando a chegada de Samael, pois é ligada a você. Através dela mantêm as esperanças de chegar até você.

Balanço a cabeça.

– Mas... Alice não tem nenhuma influência sobre mim. Somos, para todos os efeitos, inimigas.

Ele inclina a cabeça.

– Mas não é verdade que você vai se ela chama? Que *ela* vem quando você pede? Não é verdade que vê o vulto de sua irmã à noite, quando ela viaja pelo Plano? Que ela também já a viu no meio da noite, embora estejam a quilômetros de distância?

– Sim, mas não era minha intenção. Não quis aparecer para Alice, ultrapassar os limites dos Mundos Paralelos. Fiquei muito surpresa quando ela interrompeu o ritual e me viu ali.

– Eu sei. Todos nós sabemos. É Alice quem desacata as leis dos Mundos Paralelos usando seus poderes de Feiticeira. Mas não é esta a questão, é? Pelo menos a desta conversa? – Ele estica o braço para segurar minha mão. – O fato é que vocês *estão* ligadas, Lia. Partilham do elo insolúvel que há entre irmãs, gêmeas, e ainda há o elo da profecia.

– As Almas sabem disso. Não têm como saber ao certo se Alice vai lhes garantir alguma vantagem no objetivo de fazer com que Samael entre no mundo real através do Portal. Através de *você*, Lia. Mas também não podem se dar ao luxo de acabar com ela. Até agora, Alice foi muito útil para elas. Alice tem sido seus olhos e ouvidos no mundo real. E também há o problema das páginas sumidas.

Entrei num estado de calma quase total apenas com o calor da fogueira e o toque gentil da mão de Dimitri. Mas a menção às páginas sumidas me encerra a bruma formada em minha mente.

– As páginas? O que têm a ver com Alice, além do fato de que ela não quer que eu as encontre?

Ele parece surpreso.

– Bem, quer dizer... Ninguém sabe exatamente o que elas acarretarão. Foram escondidas há muito tempo por uma questão de segurança. Sabemos que nelas há detalhes sobre o término da profecia, e só podemos presumir que essas pistas que contêm envolvem a Guardiã *e* o Portal. Imagino que as Almas prefiram tomar conta de Alice, mesmo que atualmente esteja descontrolada, a arriscar perdê-la e precisar dela mais tarde.

Desvio o olhar para as brasas, ponderando as palavras de Dimitri no silêncio que as sucede. Existem perguntas. Sinto que planam como fantasmas na minha consciência, mas o susto dos Cérberos e do rio, junto com as palavras ditas por Dimitri, torna tudo difícil de absorver. Apenas uma coisa se destaca em minha mente. Algo que se debate nas profundezas de meus pensamentos tortuosos para chegar à superfície.

– Você disse que ultrapassou os limites para estar aqui. "Limites que não devem ser ultrapassados." O que você quis dizer com isso?

Ele suspira. Quando olho, seu rosto está voltado para a fogueira. Imagino que seja sua vez de tentar achar as respostas nas brasas. Ele olha para as próprias mãos quando começa a falar.

– Não é papel do Grigori se envolver com um dos lados da profecia. Eu devia ter observado você de longe, e consegui agir assim por um tempo, usando o Plano. No entanto...

– Sim? – incentivo.

Ele para de olhar as próprias mãos, virando para mim seus olhos escuros. Reluzem como ébano polido na escuridão da noite.

– Não pude deixar de intervir. Desde a primeira vez que a vi, senti... uma coisa.

Ergo as sobrancelhas, achando graça nas palavras que escolheu.

– *Uma coisa?*

Um sorriso se esboça nos cantos de seus lábios.

– Sinto-me atraído por você, Lia. Não sei por quê, mas não pude deixar que você enfrentasse os Cérberos sem ajuda.

Meu coração se anima dentro do peito.

– É muito bondoso da sua parte. Mas quais consequências vai ter de encarar por infringir as leis do Grigori? Ou elas só valem para mortais e para quem está nos Mundos Paralelos?

Ele volta a ficar sério.

– As leis valem para todo mundo, inclusive para mim. Na verdade, valem ainda mais para mim. – Não tenho tempo de questionar este comentário antes que ele prossiga. – Eu *vou* encarar as consequências, mas sejam quais forem, serão menos difíceis de aguentar do que a ideia de deixá-la atravessar esta floresta sem uma escolta que lhe dê segurança.

Sua declaração é simples, como se não houvesse nada estranho em ficar preocupado em tão pouco tempo. Mas o mais espantoso de tudo é minha aceitação, pois mesmo depois de tudo isso, parece natural que estejamos juntos na floresta, a caminho de Altus. Como se, assim como Edmund, eu esperasse a chegada de Dimitri desde o início.

As duas horas antes de irmos para a cama são usadas para comer, para tomar banho e para cuidar dos cavalos, apesar de não permitirem de jeito nenhum que eu ajude. Enquanto nos alimentamos, Dimitri dá ao grupo uma breve explicação de sua presença. Até onde Sonia e Luisa sabem, ele é um membro do Grigori enviado para ajudar Edmund a nos acompanhar a Altus. Não entra na questão de seus sentimentos por mim e das possíveis consequências que enfrentará por nos auxiliar.

Quando entro na tenda, após dar boa-noite para Edmund e Dimitri, o ambiente está mais tenso que de hábito. Já me acostumei com os silêncios hostis entre Luisa e Sonia – entre todas nós –, mas desta vez quase consigo sentir o peso das palavras que ou foram ditas na minha ausência ou adquiriram ainda mais peso por não terem sido pronunciadas.

Porém, mesmo esta estranheza recém-descoberta não contém a curiosidade gerada pela súbita aparição de Dimitri.

O sussurro de Sonia não é muito discreto.

– Este é o cavalheiro da Sociedade!

– Sim. – A preparação para que eu me deite torna mais fácil evitar seu olhar.

– Espere um minuto – interrompe Luisa. – Quer dizer que vocês já conheciam Dimitri?

Há uma certa rispidez em sua voz e me pergunto se ela está com ciúme por Sonia e eu termos mais uma experiência em comum. Meu coração amolece, mas não por muito tempo. Não há espaço para ternura se Luisa é uma traidora em acordo com as Almas, mesmo que seja contra sua vontade.

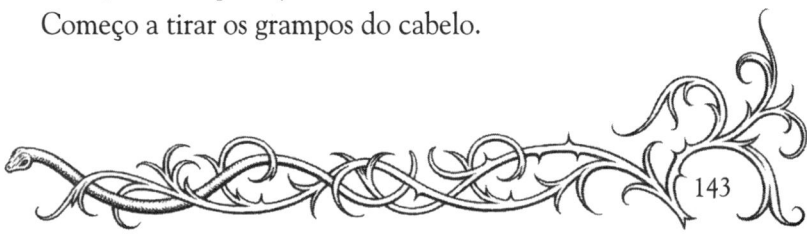

Começo a tirar os grampos do cabelo.

– *Conhecer* não é a palavra exata. Sonia e eu o vimos em uma reunião em Londres, só isso.

– Na época já sabia quem ele era? – indaga Sonia.

Abaixo os braços, meu cabelo ainda meio preso, ao me virar para olhá-la. Sua voz tem um tom de acusação com um toque de raiva.

– Claro que não! Se soubesse, teria contado.

– Teria, Lia? Teria mesmo? – Seus olhos se acendem com uma fúria que não entendo.

Inclino a cabeça, incapaz de acreditar no que estou ouvindo.

– Sonia... É claro que eu contaria. Como você é capaz de imaginar o contrário?

Ela aperta os olhos como se não tivesse certeza se deve ou não acreditar em mim, e ficamos desse jeito por um instante, num silêncio incômodo, e depois Sonia relaxa os ombros e o ar escapa de sua boca num suspiro.

– Desculpe. – Ela passa as mãos pelas têmporas, retraindo-se como se sentisse dor. – Estou cansada. Esgotada dos cavalos e da floresta e do eterno pavor dos Cérberos e das Almas.

– Todos nós estamos. Mas juro que não sabia nada a respeito de Dimitri até momentos atrás. – Soltando um suspiro, tento conter minha própria frustração. Minha própria exaustão. – Não aguento mais isso. Vou para a cama. Sem dúvida teremos mais um longo dia pela frente.

Não espero para ver se elas concordam antes de me virar para trocar de roupa. Não importa se querem continuar conversando ou não, pois se continuarmos, se eu for obrigada a ouvir mais reclamações e ressentimentos mesquinhos, temo ficar irritada. Amanhã vou falar com Sonia sobre a traição de Luisa. Não é uma conversa que aguardo com ansiedade.

Mais tarde, quando me acomodo debaixo das cobertas em meio ao silêncio da nossa tenda, imagino que vou ficar muito tempo acordada revivendo o perigo das horas anteriores. Mas eles me esgotaram e adormeço praticamente na hora em que encosto a cabeça no chão.

Tenho a sensação de que estou dormindo profundamente há algum tempo quando desperto dentro de um sonho. Tenho certeza de que não estou viajando, apesar de o sonho parecer bastante real. Nele, estou parada dentro de um círculo, de mãos dadas com indivíduos sem rosto. Uma fogueira enorme queima diante de mim, e do lado oposto das labaredas tremeluzentes vejo outras pessoas cobertas por mortalhas e também de mãos dadas.

Um cântico sombrio surge do centro do grupo e me surpreendo ao sentir meus lábios se mexendo, ao ouvir as palavras, ao mesmo tempo estrangeiras e familiares, emergindo da minha boca no mesmo ritmo que emerge das outras. Tenho a sensação de que estou entrando em um transe, e quase me entrego a ele, quase paro de questionar os fatos na minha própria cabeça, quando um estalo terrível percorre meu corpo. Eu berro, meu canto lúgubre suspenso enquanto os outros prosseguem como se não houvesse nada errado. Como se eu não estivesse, naquele exato instante, sendo partida ao meio por um intruso invisível.

Recuo instintivamente, tropeçando em direção ao fogo enquanto as mãos que antes estavam entrelaçadas às minhas se fecham, prendendo-me num círculo de figuras cobertas.

Avançando aos tropeços, caio no chão, num monte de terra, quando a dor volta a lacerar meu corpo. Mesmo no sonho, sinto o cheiro da grama, doce e almiscarado sob meu corpo, e uso as mãos para tentar levantar do chão. Tentar ficar de pé outra vez.

Mas não é minha queda nem meu esforço para me levantar que me sacodem e me tiram do sonho. Não. É a minha mão apoiada na terra dura. Ou não exatamente a minha mão, mas meu pulso e o medalhão que o circunda.

O medalhão que, por segurança, ficara no pulso de Sonia desde que fomos embora de Nova York, um ano atrás.

E continua até agora.

15

Sinto-me reconfortada quando vejo a face de Sonia bem perto da minha ao despertar do sonho. Apesar da recente tensão, o rosto dela representa a amizade desde o começo da jornada para encerrar a profecia.

Sento-me com as mãos apertadas contra o peito, como se tentasse aplacar os batimentos desenfreados.

– Ai! Ai, meu Deus!

Sonia põe a mão no meu braço.

– Shh. Cale-se, Lia. Eu sei. Eu sei. – Ela me empurra para o travesseiro, e há uma doçura sinistra em sua voz, ainda mais assustadora por sua inocência. – Descanse, Lia, não precisa ser assim tão difícil.

A princípio, fico confusa. Suas palavras são um bando de bobagens que não tenho cabeça para entender. Mas, no final das contas, palavras são desnecessárias porque é o medalhão, preso junto ao meu pulso assim como no sonho, que me diz tudo o que preciso saber.

– O que... o que é isso? Por que o medalhão está no meu pulso, Sonia? – Não perco tempo tentando achar o fecho na escuridão. Rasgo a fita de veludo a que ele fica preso até conseguir arrancá-lo do pulso, e então ele cai no chão da tenda.

Sonia tateia em meio às trevas, revirando as cobertas que forram o chão. Começo a entender antes mesmo que ela o encontre, mas quando rasteja até mim com o medalhão não me resta dúvida.

– Use isto, Lia. Só por um tempo. É bom para todo mundo, principalmente para você. – Seus olhos brilham na escuridão e neste momento sinto um pavor maior do que quando me deparei com as Almas, com o medalhão e até com o próprio Samael. Neste momento, vê-la com os olhos acesos pela loucura é o pior castigo que existe.

Não sei por quanto tempo encaro seus olhos azuis na tentativa de conciliar a Sonia que conheço com a garota diante de mim, a que agora tenta me usar como o Portal que o mal poderá atravessar. Mas quando finalmente recobro a consciência, corro até a parede da tenda.

E então grito e grito e grito.

– Pensei que fosse você. – Minhas palavras são ditas a Luisa, sentada ao meu lado diante da fogueira.

Por enquanto estamos a sós, enroladas nas cobertas para nos protegermos do frio, enquanto Edmund e Dimitri vencem

Sonia na outra tenda. Não vejo nenhum dos dois desde que a afastaram de mim, aos berros e pontapés.

Luisa fica perplexa.

– Eu? Por quê?

Dou de ombros.

– Você estava agindo de um jeito estranho, desaparecendo em momentos bizarros, parecendo... brava e retraída.

Ela se aproxima de mim, pegando minha mão.

– Eu sabia, Lia. Percebi que tinha algo errado com Sonia. Perguntei sobre isso, mas só serviu para ela ficar na defensiva.

– Mas... eu vi você. Lendo o futuro à beira do rio. – Mesmo sob tais circunstâncias, tenho vergonha de admitir que estava espionando.

Porém, Luisa não se importa.

– Eu *estava* lendo o futuro. Estava tentando ver algo sobre Sonia. Algo que me ajudasse a convencer você.

– Por que não me falou? Por que não me avisou?

Ela suspira, soltando-me quando um lampejo de arrependimento passa por suas feições exóticas.

– Você não teria acreditado em mim se fosse falar apenas sobre desconfianças. Não a respeito de Sonia. Eu esperava por provas. – Não há em sua voz o ressentimento ao qual me habituei, gerado pela intimidade que tenho com Sonia. Agora ela só parece triste.

Uma gargalhada irônica irrompe de minha boca.

– Bom, agora nós temos uma, não é?

Não é uma pergunta que peça resposta, e ambas sabemos disso. Não sei o que falar de Sonia, e é óbvio, Luisa também não, pois permanecemos em silêncio, só interrompido pela crepitação do fogo. Ouço os murmúrios que vêm da tenda, mas não tento decifrar as palavras ditas por Edmund, Dimitri e Sonia. Não passam de pano de fundo para meus pensamentos confusos.

O som de botas esmagando a terra endurecida anuncia que Dimitri se aproxima, saído das trevas intocadas pela luz da fogueira. Quando viro a cabeça, ele está ali.

– Por enquanto está quieta – diz ele, e sei que se refere a Sonia. – Você está bem?

– Estou. – Não tenho palavras para explicar que *não* estou bem, mas totalmente abalada pela percepção de que as Almas são capazes de jogar até a aliada em quem mais confiava contra mim. Que não temos mais um lugar seguro para guardarmos o medalhão até encontrarmos as páginas sumidas.

Dimitri senta ao meu outro lado, e Luisa se inclina para olhá-lo.

– Como ela está, sr. Markov?

– Se é para conversar sobre essas questões, insisto que me chame de Dimitri – pede.

Dou de ombros quando ela me olha, buscando minha aprovação.

– Então, tudo bem. Dimitri – diz –, como está Sonia?

– Está... perturbada, não está lúcida.

– O que quer dizer? – indaga Luisa. – Ela entende o que tentou fazer? Ela se lembra?

– Ah, sim, lembra muito bem e não se arrepende. Fica resmungando as razões para Lia usar o medalhão... que ela agiu da forma certa ao colocá-lo em seu pulso enquanto ela dormia. Tentamos fazê-la recobrar o bom senso, mas parece que as Almas realmente se apossaram dela.

– Não pode ser. – Eu nego com a cabeça. – A Sonia é tão forte.

– Até aqueles dentre nós que são dotados dos maiores dons teriam de lutar para manter as Almas afastadas. – Dimitri tem um olhar compassivo ao explicar. – Provavelmente sabiam que estava com o medalhão, assim como do fato de serem amigas e confidentes. Na verdade, nenhum de nós devia se surpreender porque as coisas terminaram assim.

Mas estou surpresa. Sonia sempre pareceu a mais forte de nós. Melhor, de certa forma, e mais segura dos próprios dons e do papel que tem na profecia. É quase um sacrilégio imaginá-la trabalhando em prol das Almas. Não digo isto em voz alta, entretanto. Só vai servir para que eu pareça ingênua.

– Então, o que vamos fazer? – pergunta Luisa a Dimitri. – Quanto a Sonia, Lia e o medalhão?

– Temos que manter Sonia longe de Lia até o fim da jornada. E temos de tentar mantê-la calma.

– Como propõe que a gente faça isso, levando em consideração seu estado mental? – Lembrando das súplicas exaltadas de Sonia e dos berros quando Dimitri tirou-a da tenda, a tarefa não parece nada simples.

– Coloquei visco moído no chá dela. Acho que vai deixá-la bastante serena, pelo menos por um tempo – diz Dimitri.

Me recordo de algo que li numa das diversas aulas que meu pai deu na biblioteca de Birchwood.

– Visco não é venenoso?

Dimitri faz que não.

– Não esta espécie. É uma planta antiga, conhecida por induzir à calma e encontrada apenas nesta floresta e na ilha de

Altus. Provavelmente conseguiremos achar o suficiente para aturar Sonia até podermos levá-la para as Irmãs.

Luisa assente.

– Tudo bem. E quanto ao medalhão? Mantê-lo no pulso de Sonia foi o único jeito de deixá-lo afastado de Lia este tempo todo.

Dimitri olha para as próprias mãos e sei que está ponderando, tentando inventar uma maneira de manter o medalhão por perto, para garantir que esteja num local seguro, e ao mesmo tempo certificar-se de que estarei a salvo de seu poder de usar-me como Portal.

Levanto quando uma ideia se forma em minha mente, e uma onda de inquietude começa a percorrer meus ossos.

– Quanto tempo ainda levaremos para chegar à ilha? – Minha pergunta é dirigida a Dimitri, na esperança de que conheça a floresta melhor do que eu.

Ele franze a testa.

– Bem, é difícil dizer ao certo. Depende da velocidade com que viajaremos.

Luisa suspira. No momento em que a conheci, notei que a paciência não era uma de suas maiores virtudes.

– Uma estimativa já basta, Dimitri.

Vejo um lampejo de irritação antes de ele se virar para mim e responder.

– Imagino que uns três dias. Por quê?

Não respondo à pergunta de imediato. Em vez disso, faço mais uma pergunta.

– Quem está com o medalhão agora?

– Bem... eu estou – declara.

– Posso? – Estico o braço, mas o pedido é mera formalidade. Se aquele objeto pertence a alguém, é a mim.

– Tem certeza de que é uma boa ideia, Lia? – Sinto receio na voz de Luisa. É um eco do meu próprio medo, mas sei que não tem outro jeito.

– Preciso do medalhão, por favor. – Quero crer que vejo admiração no olhar de Dimitri, mas talvez seja apenas resignação.

Em todo caso, ele enfia a mão no bolso e tira algo dali. O ar fica preso na minha garganta quando vislumbro a fita de veludo preto caindo de sua mão. Eu a tinha observado, é claro, quando estava no pulso de Sonia. Mas vê-la bem apertada contra o pulso de alguém em quem eu confiava de olhos fechados é diferente de vê-la solta. Não há dúvida de que parece muito mais perigosa devido à sua liberdade.

Dimitri me entrega o medalhão e fecho os olhos quando meus dedos se fecham em volta do veludo sussurrante. Isso, além do metal frio do medalhão, é mais familiar que minha própria alma. O reconhecimento vem em ondas quando uma mistura de ódio com um desejo apavorante golpeia meu corpo. Preciso me esforçar para abrir os olhos. Para voltar ao presente e organizar os pensamentos.

Tudo isso e eu ainda nem encostei o medalhão na minha pele.

Porém, não posso insistir em algo que não pode ser mudado. O que tem de ser feito, por mais doloroso e aterrorizante que seja, por mais impossível que pareça.

Passo a fita em torno do meu pulso direito e fecho o colchete de ouro. A marca está no lado esquerdo, mas sei que isso não é uma garantia. No passado, o medalhão encontrou o caminho de volta para o meu pulso em circunstâncias bem mais absurdas do que esta.

A voz de Luisa está trêmula.

– Mas... Lia, você não pode usar o medalhão. Sabe o que pode acontecer.

– Sei melhor do que ninguém, mas não há outro jeito.

– Talvez você possa dá-lo para Edmund ou... para Dimitri? Qualquer pessoa, menos você...

Não me ofendo com suas palavras. Sei que ela só quer me proteger, e sabe que sou a pessoa mais vulnerável à influência do medalhão. Meu maldito papel de Portal leva a isso.

– Não, Luisa. Tive a sorte de Sonia ter cuidado dele por um tempo, mas não posso adiar a responsabilidade que tenho com ele eternamente.

– Sim, mas... – Ela olha para mim, para Dimitri e depois volta a me olhar. – Dimitri?

Ele me olha fixo. Não sei o que enxerga, o que o leva a me encarar de tal maneira que sinto todos os segredos de minha alma revelados, mas seja o que for, ele com certeza o enxerga.

– A Lia tem razão – diz. – É ela quem deve tomar conta do medalhão. Ele lhe pertence.

Dimitri não hesita, e neste momento, sem nem um traço de dúvida em seus olhos, vejo indícios de algo mais profundo que a atração física. Mais do que o estranho elo que nos uniu praticamente desde o início.

Luisa se exalta.

– Mas como é que vai impedir que ele passe para o outro pulso ao longo de três dias e três noites?

Me esforço para desviar o olhar de Dimitri para Luisa.
– Só perdi o controle dele enquanto dormia.

Ela me olha como se eu tivesse enlouquecido.

– Pois então?

Dou de ombros.

– Simplesmente vou ficar sem dormir.

– Como assim, não vai dormir?

– É exatamente o que disse. São três dias até Altus. Vou ficar acordada até chegarmos lá. Tenho certeza de que quando isso acontecer, as Irmãs terão alguma ideia do que fazer.

Luisa se volta para Dimitri.

– Será que não pode fazê-la cair em si? Por favor?

Ele anda em minha direção e segura-me a mão antes de sorrir para Luisa.

– Ela me parece totalmente sensata. É a melhor solução que temos neste momento. Confio mais em Lia para ficar com o medalhão do que em qualquer outra pessoa.

Ela nos olha como se estivéssemos doidos e depois levanta as mãos para o ar.

– E Sonia? Vamos deixar Lia responsável por ela também?

Os olhos de Dimitri se tornam sombrios à luz bruxuleante da fogueira.

– Claro que não. Edmund e eu já discutimos a questão. Ele vai na frente, com o cavalo de Sonia amarrado ao dele. Você – olha para Luisa – vai atrás deles, seguida por Lia. Eu vou no final da fila, para o caso de acontecer algo errado. Caso Sonia tenha de cuidar de necessidades pessoais, você irá acompanhá-la. Mesmo no estado atual, não consigo imaginar que tente fugir. – Ele levanta a cabeça, absorvendo a escuridão que nos cerca para além da luz da fogueira. – Ela simplesmente não tem para onde ir.

Por um instante, imagino que Luisa tentará argumentar. Abre a boca como se fosse dizer algo, mas a fecha imediatamente.

– Tudo bem – diz ela, e ouço a admiração relutante em seu tom de voz.

Dimitri assente para ela.

– Lia talvez não possa dormir, mas você precisa descansar. Ela vai precisar de todos nós nos próximos dias.

Luisa concorda, mas não sem hesitar, e me dou conta de que não quer que eu enfrente sozinha a noite insone.

– Tem certeza de que vai ficar bem, Lia?

Faço que sim com a cabeça.

– É claro. Já dormi metade da noite. Mas amanhã a história será outra.

– Não precisa se preocupar, Luisa. – Dimitri passa o braço em volta dos meus ombros. – Vou ficar aqui a noite toda. Lia não vai ficar nem um segundo sozinha.

O alívio que toma conta de seu rosto é impossível de ser disfarçado, e com ele vem o cansaço espreitando do canto de seus olhos. Ela se aproxima e me abraça.

– Então nos vemos pela manhã. Se precisar de alguma coisa, é só gritar, viu?

Eu assinto, e ela se vira para retornar ao acampamento.

– Venha. – Dimitri estende o braço para que eu vá para perto dele, sentado no chão, ao lado do fogo. Ele está encostado no tronco e me puxa para trás de modo que eu me apoie em seu peito. – Vou lhe fazer companhia até que amanheça.

– Não há necessidade. Juro, vou ficar bem. – A princípio, luto contra tamanha intimidade, distanciando um pouco meu corpo do dele. No entanto, depois de alguns minutos, não resisto e encosto a cabeça contra seu ombro forte. O encaixe é perfeito, como se eu fosse feita para me aninhar exatamente naquele lugar. – Você devia dormir – digo. – Só porque eu não posso, não quer dizer que você não deva.

Sua face roça o meu cabelo quando ele nega com a cabeça.

– Não – diz ele. – Se você ficar acordada, eu também fico.

E ao longo da noite, permanece acordado.

Só mais tarde percebo, com uma pontada de vergonha, há quanto tempo não penso em James.

16

Só estamos cavalgando há uma hora, mas já sei que ignorar as súplicas de Sonia será a parte mais complicada. Começaram assim que o sol nasceu na manhã enevoada.

Abaixei a cabeça quando passei pela tenda onde lhe serviram o café da manhã, mas não tive como evitar sua voz. E embora só entendesse fragmentos, não precisava captar tudo o que falava para compreender o quanto estava perdida.

"... Por favor, tenho certeza de que se você simplesmente falar com a Lia..."

"Ela não entende... Samael é aliado dela..."

"... No final, só vai piorar as coisas para ela."

O som da voz de Sonia, que me acompanhou em situações tanto maravilhosas como apavorantes no último ano, advogando em prol de Samael, era mais do que eu seria capaz de aguentar. Como se isso não bastasse, fiquei abalada pela insistência de Dimitri para que eu permanecesse fora dos limites do acampamento quando Sonia fosse levada até o cavalo. Não entendi se estava nos mantendo afastadas por temer minha fraqueza ou a força de Sonia, mas desta vez obedeci.

Não estou cansada. Ainda não, mas sei que ficarei logo. Por enquanto, sou guiada pela tensão e pela consciência de que as vibrações do medalhão percorrem meu corpo. Não o uso desde que saí de Nova York e notei o perigo de colocá-lo com o poder limitado que possuía na época.

Agora ele é só meu.

Sua presença faz com que me sinta extremamente forte, como se cada nervo estivesse exposto, em carne viva. Sinto o sussurro do vento, o farfalhar da folhagem das árvores, como se estivessem sob minha pele. Cada batida do meu coração pulsa com uma força quase dolorosa por ter de ser refreada.

Tento não pensar nisso.

No decorrer do longo dia de cavalgada, concentro-me nas costas de Luisa e no corpo vigoroso de Sargent me conduzindo pela floresta. Ela se transforma numa mesmice verde-escura que paro de notar depois de um tempo. Enquanto andamos, desejo apenas duas coisas: chegar logo à ilha e ser capaz de permanecer acordada até que isso aconteça.

As sombras são compridas e o ar gelado quando Edmund finalmente descobre um lugar para acamparmos próximo o bastante da água e coberto o suficiente para termos a impressão de que estaremos abrigados, caso necessário. Conduzo Sargent para a lateral do acampamento, enquanto Edmund e Dimitri escoltam Sonia até a outra ponta. O efeito do visco que Dimitri pôs no chá da manhã deve estar passando, pois sua voz está potente e chega a meus ouvidos, carregada pelo vento cada vez mais gelado.

– Lia! Lia! Você pode falar comigo só um instante?

Dói ter que virar o rosto para o som de sua voz, mas é isso o que faço.

Depois de amarrar Sargent a uma árvore, desabo no chão, encostando num tronco e fechando os olhos para apagar a voz de Sonia.

– Tente não escutar, Lia. – Luisa se acomoda ao meu lado, sentando-se no chão duro. Nenhuma de nós se importa com o conforto neste momento e, além disso, até a terra é melhor que mais um instante em cima da sela.

Viro para olhar Luisa e apoio a cabeça nos meus joelhos dobrados.

– Nos últimos meses, escutar Sonia foi praticamente a única coisa que fiz.

Ela inclina a cabeça, demonstrando compaixão.

– Eu sei. Mas você sabe que na verdade não é Sonia quem está te chamando agora, não sabe? Não foi ela quem pôs o medalhão no seu pulso na calada da noite.

– Sei. Mas isso não facilita. Eu olho para ela e vejo Sonia, mas suas palavras... – Não preciso terminar a frase.

Luisa estica o braço e arruma uma madeixa desgarrada atrás de minha orelha.

– Isso vai passar, Lia. Vai, sim. Quando chegarmos a Altus, as Irmãs ajudarão Sonia a se reencontrar.

– E o que será de mim? – indago. – Não posso ficar acordada para sempre, mas o medalhão será meu fardo daqui para a frente. O que será de mim?

– Não sei. Mas já chegamos bem longe. – Luisa sorri. – Vamos pensar em uma coisa de cada vez. Primeiro vamos chegar a Altus, depois a gente vê o que acontece.

Assinto, levantando-me do chão.

– Vou ajudar com o jantar.

Ela volta o olhar para a única tenda já montada – a tenda onde sei que Sonia foi alojada por motivos de segurança.

– Você acha sensato? Talvez seja melhor deixarmos que os homens tomem conta do acampamento esta noite. – A comiseração fica evidente em seus olhos. – Ela não vai parar, Lia.

– Tenho que fazer alguma coisa. Vou enlouquecer se continuar sentada, sem fazer nada.

Caminhamos em direção à fogueira que Edmund acabou de acender. Não sei como Sonia percebe minha aproximação, já que faço questão de não falar nas redondezas da tenda, mas ela começa a me fustigar quase que imediatamente.

A expressão de Edmund se abranda quando chego à fogueira.

– Você está bem?

Engulo a tristeza que se ergue como uma maré diante da pergunta.

– Gostaria de ajudar com o jantar, por favor.

Ele hesita, assentindo devagar, e oferece uma faca e um saco de cenouras. Levo tudo para a mesinha que usamos para preparar a comida. Por um tempo, concentro-me em picar tudo e consigo ignorar Sonia, que se alterna entre súplicas e reclamações dentro da tenda.

Ou pelo menos é disso que tento me convencer enquanto tento bloquear sua voz de minha mente.

Dimitri e eu sentamos diante da fogueira enquanto Edmund fica de vigia do lado de fora da tenda de Sonia. Luisa fica com a outra tenda só para si. Provavelmente será a única a dormir bem esta noite.

– Está bem aquecida? – Dimitri arruma a coberta em volta dos meus ombros. Ele insistiu em me fazer companhia durante mais uma longa noite, e embora não admita, é bom sentir seu peito vigoroso atrás de mim quando apoio as costas contra seu corpo.

– Estou bem, obrigada. Mas você devia dormir. Alguém no grupo tem que manter a lucidez, e tenho certeza de que não serei eu.

A voz de Dimitri vem de perto do meu ouvido.

– Preciso descansar muito menos do que imagina. Além disso, ultimamente, quando durmo, só sonho com você.

Solto uma risada nervosa, pois a declaração ousada me pegou desprevenida, e tento fazer pouco desse momento.

– Pois bem, vamos ver se isso ainda vai acontecer depois que passar uns dias sem dormir e eu for a culpada!

Dimitri vira a cabeça para ter uma visão melhor de meu rosto. Ouço o toque de provocação em sua voz.

– Você duvida da minha capacidade de permanecer acordado ao seu lado? – Ele prossegue sem esperar minha resposta. – Nossa, parece que está me propondo um desafio. E eu aceito!

Não consigo evitar o riso, mesmo sob tais circunstâncias.

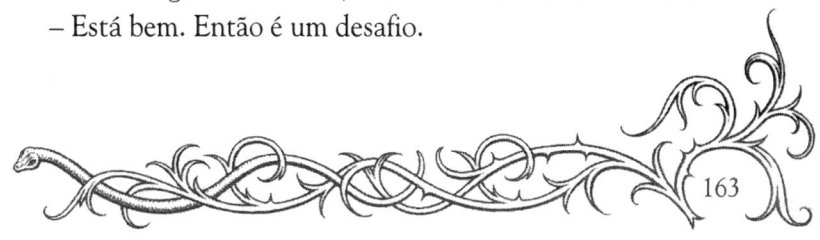

– Está bem. Então é um desafio.

Ele se acomoda atrás de mim, afundando o rosto no meu cabelo, e me espanto com o quanto me sinto à vontade perto dele. Talvez seja esta floresta mística que dê a impressão de que estamos em outra dimensão, mas sinto que conheço Dimitri desde sempre. Não sinto a estranheza que esperaria de tamanha proximidade com um cavalheiro que conheço há tão pouco tempo. Meu sossego é por si só uma distração, e começo a questionar minha capacidade de continuar acordada sendo aquecida pela fogueira e pelo calor do corpo dele contra o meu.

Em um esforço para me manter alerta, proponho um jogo de Cem Perguntas, e nos revezamos, fazendo perguntas cujos temas vão do absurdo ao amargo. Por um tempo, a profecia fica em segundo plano e somos como duas pessoas normais que simplesmente tentam se conhecer melhor. Gargalhamos, sussurramos e trocamos confidências, e sinto que nos tornamos mais íntimos a cada minuto que passamos juntos na escuridão. Só quando nos cansamos de fazer e responder perguntas, muito antes de um dos dois completar as cem, é que voltamos a ficar em silêncio.

Dimitri aninha o rosto no meu cabelo, inspirando profundamente.

— O que é que está fazendo?

— O cheiro do seu cabelo é delicioso — responde ele, a voz abafada pelos fios.

De brincadeira, dou um tapa em seu braço.

— Argh! É bem pouco provável que ele cheire bem. Uma jornada como esta impede que alguém se esforce para manter a higiene.

Ele ergue a cabeça e levanta meu cabelo de modo a deixar meu pescoço exposto.

– Ele está *mesmo* com um cheiro delicioso. Tem o aroma da floresta, da água gelada do rio... de você. – Ele encosta o rosto no meu pescoço e me arrepio quando seus lábios tocam a minha pele.

Por vontade própria, minha cabeça pende para o lado. Racionalmente, sei que é um escândalo dar a um cavalheiro tamanha liberdade, em especial a um que conheço faz tão pouco tempo. Mas o resto de mim, a parte que não pensa, quer que os beijos continuem. É esta parte que estica o braço para trás, entrelaça os dedos em seus densos cabelos escuros e puxa sua cabeça contra minha pele.

Ele solta um suspiro abafado. Sinto a vibração de seu hálito no meu pescoço.

– Lia, Lia... Não é assim que eu devia mantê-la acordada. – Ouço angústia em sua voz e sei que também luta contra a maré de desejo e as expectativas da sociedade civilizada.

Mas no momento não fazemos parte de nada. Aqui na floresta, a caminho de Altus, estamos a sós.

Viro-me em seus braços até ficar ajoelhada diante dele, grata pela facilidade de movimentação que as calças de montaria me permitem. Segurando o rosto de Dimitri entre as mãos, encaro seus olhos insondáveis.

– Não é você me mantendo acordada. – Levo meus lábios à altura de sua boca, aguardando até que os dele se abram junto aos meus, e recuo o bastante para poder falar. – Somos nós, ficando acordados juntos. Sou eu – meus lábios tocam levemente os dele – ficando acordada com você porque quero.

Uma rajada de ar escapa de sua boca e ele me puxa para o chão, acomodando minha cabeça na coberta dobrada. Suas mãos percorrem meu corpo por cima das roupas, e não sinto que estou fazendo algo errado. Não sinto que é escandaloso ou inadequado.

Nos inundamos de beijos de todos os tipos imagináveis, dos ternos aos tão apaixonados que chegam a me tirar o fôlego e fazer com que Dimitri se afaste para se recompor. Passado um tempo, por alguma deixa velada, nós paramos. Estamos em um estado de completo desalinho, e quando me deito com a cabeça apoiada no ombro de Dimitri, noto nossos trajes retorcidos e a respiração ofegante e fico contente porque Edmund está do lado oposto de nosso acampamento silencioso.

Não estou cansada. Na verdade, o sangue parece fluir com um novo fervor por minhas veias, e apesar de estar confiante e de repente pronta para lidar com a profecia de uma vez por todas, também tenho uma tremenda sensação de paz. Como se, pela primeira vez em mais de um ano, eu estivesse exatamente onde devia estar.

17

– Lia, o medalhão. – Luisa está diante de mim, com a mão estendida, em pé, depois do café da manhã. – Por favor.

Eu suspiro.

– Não posso fazer isso, Luisa.

– Mas... Lia. – É óbvio que está irritada comigo. – Olhe só para você! Está exausta!

Dou uma risada, vendo um quê de humor negro no comentário.

– Tenho certeza de que minha aparência não está nem um pouco agradável, mas para ser bem franca, Luisa, tenho muito mais com que me preocupar. – É a verdade. Não tenho energia para cuidar da aparência, apesar de saber que não está boa. Meus olhos ardem pela falta de descanso e não me lembro quando foi a última vez que cuidei dos cabelos.

Luisa me encara de olhos semicerrados.

— Você sabe o que estou querendo dizer. Não pode continuar sem dormir. É perigoso cavalgar nesta condição.

— Dimitri insistiu que eu fosse com ele, assim não faço Sargent topar contra uma árvore, se é isso o que te preocupa.

— Não é isso. Você sabe que não. — Ela senta ao meu lado. — Estou preocupada com *você*. Se me der o medalhão por algumas horas, poderá descansar o bastante para terminar a viagem. Eu faria isso por você, Lia. Eu faria.

Mal tenho energia para esboçar o sorrisinho que lhe dou, mas o esboço mesmo assim e estico o braço para segurar-lhe a mão.

— Eu sei que faria, e lhe agradeço por isso, Luisa. Mas você pode me garantir, com toda a segurança, que o medalhão estará a salvo? Que não vai achar um jeito de ir para o pulso, de modo que Samael possa me usar como Portal?

Um pequeno vinco se forma em sua testa, e sei que deseja fazer a promessa. Deseja fazê-la e cumpri-la. No final das contas, entretanto, nenhuma de nós se surpreende quando não a faz.

— Não. Não posso garantir, mas posso *tentar*.

— Isso não basta, Luisa, mas agradeço por ter oferecido ajuda. Agradeço mesmo. — Eu balanço a cabeça. — O medalhão é meu. Não vai sair do meu pulso até que isso chegue ao fim. Pelo menos, voluntariamente. Eu vou dar um jeito.

Ela concorda com a cabeça e me oferece sua xícara.

— Então é melhor tomar isto aqui. Você vai precisar.

Aceito e bebo aos poucos. O café está ácido e tenho esperanças de que seu gosto terrível baste para me manter acordada ao longo da primeira parte da jornada de hoje. Termino a xícara bem na hora em que ouço Edmund reunir os cavalos.

Luisa se aproxima dos animais, e eu me levanto para procurar Dimitri. Estou indo em direção ao restante do grupo quando ele surge, trotando, montado em seu cavalo suntuoso.

– Pronta? – indaga.

Faço que sim, já que não confio em minha voz. Mesmo exausta como estou, Dimitri continua tão atraente que chega a ser absurdo.

Ele salta do cavalo, segurando-se no arco da sela.

– Primeiro você, então.

Só neste momento me ocorre que não monto um cavalo acompanhada desde criança, e na época eu ficava entre as pernas de meu pai.

– Mas... como é que eu vou... Quer dizer, como é que nós dois vamos caber aí? – Domino a vergonha que surge, e sei que um rubor toma minhas faces.

O sorriso dele é devasso.

– É simples: você monta o cavalo na parte da frente da sela e eu monto atrás de você. – Ele chega perto, tão perto que sinto o aroma de seu pó dental mentolado. Minha boca fica seca. – Espero que não tenha nenhuma objeção contra tal arranjo.

Levanto o queixo.

– De modo algum. – Lanço um olhar travesso quando ponho o pé no estribo. – Na verdade, parece um arranjo bem agradável.

Flagro seu sorriso admirado quando me acomodo na sela, e em seguida ele está atrás de mim, suas coxas junto às minhas e os braços segurando as rédeas, uma de cada lado. Uma vibração percorre desde a minha cabeça até as pontas dos dedos dos pés.

Enquanto cavalgamos ao encontro dos outros, Sonia me lança um olhar do alto de seu cavalo, amarrado ao de Edmund. Espero que ela grite meu nome, que implore, suplique, bajule. Ela não faz nada isso. Está completamente muda, e talvez seja por isso que os outros não tentam me proteger dela, como fizeram ontem. Sei que deveria estar aliviada com seu silêncio, mas se tiver que nomear a sensação que tenho ao iniciarmos este novo dia, não direi que é alívio. Qualquer consolo que possa encontrar no silêncio de Sonia é corrompido pela lembrança de seus olhos azuis e aquele olhar inexpressivo, zombeteiro.

Assim que os cavalos estão enfileirados e uma última checagem é feita para termos certeza de que não deixamos nada para trás, avançamos floresta adentro. Vamos mais devagar agora que temos de guiar tanto o meu cavalo como o de Sonia, e não demoro muito para me questionar sobre a prudência de minha decisão de montar o mesmo cavalo que Dimitri.

É agradável. É exatamente este o problema. Caso estivesse no meu próprio cavalo, seria obrigada a me manter alerta, a prestar atenção ao grupo e à direção que seguimos. Nestas circunstâncias, passo o dia entrando e saindo de um estado de semiconsciência, a neblina da floresta se adensando a cada passo e depois se tornando uma mortalha que bloqueia praticamente todos os vestígios de luz.

Sem os raios do sol, é impossível saber se é meio-dia ou meia-noite ou algo entre um e outro. Não quero incomodar Dimitri com tal pergunta. No final das contas, não importa. Temos de continuar viajando, independente da hora, até chegarmos ao oceano que nos levará a Altus. E tenho de permanecer acordada até chegarmos lá.

Sinto estar em estado de alerta pela primeira vez em horas, e sei que é por causa de Henry. À distância, bem-escondido em meio às árvores da floresta, talvez eu não visse se fosse outra pessoa. Mas claro que é ele. Henry poderia estar escondido por um milhão de folhas de um milhão de galhos de um milhão de árvores, e ainda assim eu encontraria o caminho até ele.

Olho para o riacho onde todo mundo está banhando os cavalos. Meio que espero que tenha sumido quando voltar a olhar naquela direção, mas Henry não some. Está parado no mesmo lugar onde estava segundos antes, mas desta vez com o dedo na frente da boca, pedindo que eu fique calada. Em seguida, gesticula para que eu me aproxime.

Olho outra vez para o resto do grupo, ainda concentrado em cuidar dos cavalos e de seus detalhes pessoais antes de continuarmos a viagem. Não vão sentir falta de mim se eu me ausentar somente um minuto, e não posso deixar um momento como este passar. Um instante em que posso falar com meu irmão pela primeira vez desde sua morte.

Caminho em direção à fileira de árvores que contorna a pequena clareira. Não hesito quando chega a hora de entrar na parte onde as copas das árvores só formam sombras. Quando chego, Henry se vira para adentrar ainda mais a floresta. Não estou surpresa por vê-lo andar. A morte o libertou das pernas inúteis e da cadeira de rodas que era ao mesmo tempo sua companheira constante e sua prisão.

Sua voz chega a mim através da neblina.

– Lia! Vem cá, Lia! Preciso falar com você.

Falo em voz baixa, sem querer que os outros notem minha ausência.

– Não posso ficar muito tempo, Henry. Os outros estão me esperando.

Ele desaparece atrás de uma das inúmeras árvores, mas sua voz ainda me encontra.

– Tudo bem, Lia. Vamos conversar rapidinho. Em um instante você volta.

Continuo a caminhar pela floresta, aproximando-me da árvore onde ele estava da última vez que o vi. A princípio, penso que é um truque de minha própria imaginação e do cansaço, pois ele não está ali. Mas então o vejo, sentado em um tronco caído à minha esquerda.

– Henry. – É só o que posso dizer. Tenho medo de que ele desapareça se eu não tomar cuidado com o que falo naquele silêncio.

Ele sorri.

– Lia. Vem cá, sente-se aqui do meu lado. Vem!

Ele fala do mesmo jeito de sempre, e não fico temerosa ao vê-lo aqui, no meu mundo. Os dons dos Mundos Paralelos e a profecia são vastos, e nem sempre previsíveis. Dificilmente me surpreenderia depois de tudo o que vi.

Eu me aproximo e sento ao lado dele. Quando olho em seus olhos, eles estão tão escuros e impenetráveis quanto em minhas lembranças. São como os de meu pai, intensos e afetuosos, e por um momento meu pesar é tão grandioso que acho que não conseguirei respirar outra vez.

Recupero o juízo, pois não sei quanto tempo terei para conversar a sós com ele.

– Que bom te ver, Henry. – Estendo o braço para tocar-lhe as faces macias. – Nem acredito que está aqui.

– Ele dá uma risadinha que se espalha pela floresta como fumaça.

– Claro que estou, sua boba! Vim para ver você. – Seu rosto adquire uma expressão séria e ele estende os braços curtos, dando-me um abraço infantil. – Senti saudades, Lia.

Eu inalo seu cheiro, e é exatamente como eu me lembrava: aquele aroma complexo de suor juvenil, livros antigos e muitos, muitos anos de confinamento.

– Eu também senti saudades, Henry. Muito mais do que imagina.

Ficamos assim por alguns instantes e depois recuo com certa relutância.

– Você viu mamãe e papai? Eles estão bem?

Ele me olha fixo e, desta vez, é quem estica a mão e toca em meu rosto. As pontas de seus dedos estão quentes.

– Estão bem, sim, e tenho muitas coisas para contar. Mas você parece estar muito cansada, Lia. *Você* não me parece bem.

Confirmo com a cabeça.

– Não posso dormir. São as Almas, entende? Elas se infiltraram no grupo. Contaminaram Sonia. – Mostro-lhe a mão. – Agora só eu posso usar o medalhão. E não posso dormir, Henry. Só poderei quando chegarmos a Altus e encontramos a tia Abigail.

Seu olhar demonstra pena e compaixão.

– Sim, mas você não vai conseguir lutar contra as Almas quando chegar a hora, nem vai enfrentá-las agora se não estiver descansada. – Ele chega mais perto de mim. – Deite a cabeça no meu ombro. Só por um tempinho. Fechar os olhos, mesmo que só por alguns instantes, vai ajudar a aguentar o resto da viagem. Vou cuidar de você, prometo.

Ele tem razão, é óbvio. Não é fácil equilibrar a necessidade de me proteger do medalhão com a de estar preparada para um ataque das Almas. Caso descanse, terei mais disposição para enfrentar qualquer coisa que estejam preparando para mim no caminho até Altus. E quem seria mais digno de confiança que meu querido irmão, que pôs sua vida em risco para esconder a lista de chaves, a fim de que Alice não a usasse em benefício próprio?

Apoio a cabeça no ombro dele, inspirando o cheiro de seu colete de lã. Deste ângulo, a floresta é esquisita – inclinada para os lados, de repente parece exótica e sombria, com poucos sinais de familiaridade. Deixo que os olhos se fechem, imergindo no delicioso vazio do sono, uma sensação valiosa pelo simples fato de que não pude vê-la como um fato corriqueiro nos últimos dias.

Gostaria de poder dizer que tive um momento de paz, uns minutos furtivos de descanso, e talvez isso seja verdade. Mas quando dou por mim, um vento brutal sopra ao meu redor. Não, não é isso. O vento sopra *através* de mim, vindo de algum lugar primevo que se abre nas entranhas.

Tenho um vislumbre do mar dos diversos verões que passamos na ilha quando crianças. Alice e eu aprendemos a nadar lá. Ficávamos paradas na praia, no lugar onde as ondas atingiam nossos pés, maravilhadas com o poder que o mar tinha de arrastar tanta areia para as profundezas de suas águas, deixando-nos com os pés fincados em um abismo escavado. É esta a sensação.

Como se algo tivesse se aberto dentro de mim e arrastasse tudo o que há de relevante, tudo o que há em mim, para um lugar milenar, deixando apenas uma concha vazia na praia conhecida.
– Liiaa! Onde está você, Lia? – As vozes vêm de longe. Não tenho forças para abrir os olhos e achá-las. Além disso, o ombro de Henry é tão reconfortante, tão firme sob meu rosto. Gostaria de permanecer ali por muito tempo.
Mas não me dou ao luxo do descanso. Da ignorância. Ao contrário: desperto com um tremor violento e depois, surpreendentemente, por um tapa forte no rosto.
– Lia! O que pensa que está fazendo? – É o rosto de Luisa, seus olhos fulvos que vejo ao acordar.
– Só estou descansando. Com o Henry. – Minhas palavras soam emboladas, quase incoerentes, até para meus próprios ouvidos.
– Lia... Lia. Me ouça – diz Luisa enquanto Dimitri e Edmund aparecem atrás dela, ofegantes como se tivessem corrido. – Henry não está aqui. Você foi enganada e entrou na floresta!
A indignação nada até a superfície de meu torpor.
– Ele *está* aqui. Está cuidando de mim enquanto durmo, e depois vai me dizer tudo o que preciso saber para chegar a Altus sem correr riscos.
Mas quando tento ver Henry, percebo que não estou sentada em um tronco caído como quando me sentei. Estou deitada no chão, em meio às folhas secas, quebradiças. Olho para além de Luisa, de Dimitri e de Edmund. Não vejo Henry.
– Ele *estava* aqui. Poucos segundos atrás.
Vacilo ao me levantar do chão, e Dimitri corre para pôr o braço sob o meu. Levo um instante para recuperar o equilíbrio.

Então, viro-me devagar, em um círculo, esquadrinhando a floresta em busca de seus vestígios. Mas de algum modo sei que não está aqui. Nunca esteve. Tapo o rosto com as mãos.

Dimitri afasta meus dedos. Segura minhas mãos entre as dele.

– Olhe para mim, Lia.

Porém, estou com vergonha. Eu, justo eu, deixei-me seduzir e cair no sono. Deixei que as Almas usassem o amor que sinto pelo meu irmão. Balanço a cabeça.

– Olhe para mim. – Ele solta uma de minhas mãos e inclina meu queixo para que minha única opção seja olhar para seus olhos negros. – Você não teve culpa. Não teve. Você é mais forte que qualquer um de nós, Lia, mas é humana. É de admirar que não tenha caído no feitiço delas antes.

Desvencilho minha mão da dele e me viro, tomando distância. São só alguns passos, e a ira toma conta de mim, e viro o rosto para Dimitri.

– Elas usaram *o meu irmão*! Logo ele... de todas as coisas sagradas que elas poderiam usar, por que logo ele? – A pergunta começa com raiva, mas termina numa lástima.

Dimitri se aproxima com dois passos largos. Põe as mãos em ambos os lados de minha cabeça e olha nos meus olhos.

– Porque elas usam tudo o que podem, Lia. *Nada* é sagrado para elas. Só o poder e a autoridade que desejam. Se você não souber de mais nada, não se lembrar de mais nada, pelo menos saiba e lembre-se disso. É uma necessidade.

18

À noite, quando montamos o acampamento, fico extremamente alerta. Tenho a impressão de que não conseguiria dormir nem se tivesse oportunidade, embora nunca tenha sentido tamanha exaustão física em toda a vida. Depois que Luisa e Sonia são abrigadas, cada uma em sua tenda, e os outros se aquietam, concluo que só movimentos e pensamentos constantes me manterão acordada.

Passo a circular pelo diâmetro do acampamento enquanto Edmund e Dimitri acomodam os cavalos para que descansem. Mais tarde, Edmund sentará do lado de fora da tenda de Sonia para vigiá-la, como tem feito nos últimos dias. Ainda não sei se ele a vigia sempre para me proteger dela ou se para protegê-la de si mesma. Ando cansada demais para perguntar.

Enquanto caminho de um lado para o outro, reflito. Tento me imaginar mais adiante, na última parte da jornada, na hora em que verei tia Abigail em Altus, e mais adiante ainda, na jornada que se seguirá – a que me levará às páginas sumidas. É bom ocupar a mente, e também há o benefício de vislumbrar os possíveis obstáculos enquanto ainda posso planejar uma forma de contorná-los.

– Quer companhia? – A voz vem de trás e me dá um susto, de tão imersa que estou em pensamentos e na exaustão.

Não paro de andar, mas quando viro a cabeça vejo Dimitri andando ao meu lado.

Faço que não.

– Não há necessidade, Dimitri. É melhor descansar. Estou bem.

Ele ri.

– Estou me sentindo ótimo, na verdade. Mais alerta que de hábito.

Sorrio para ele.

– Mesmo assim. Estou contando com você para me levar a Altus. Se ficar esgotado, nós dois poderemos acabar em outra ilha!

Ele estica o braço e segura minha mão.

– Eu garanto a você: estou tão alerta quanto no dia em que a encontrei cercada de Cérberos. Já falei que não preciso dormir como você.

Inclino a cabeça para olhá-lo enquanto caminhamos.

– E como é isso, exatamente? Você não é... mortal?

Ele ergue a cabeça para o céu e gargalha para o azul.

– Claro que sou mortal! O que acha que sou, uma besta? – Ele mostra os dentes e uiva de brincadeira.

Reviro os olhos.

– Muito engraçado. Não tenho motivos para perguntar? De que outra forma conseguiria ficar sem dormir?

– Nunca falei que podia ficar sem dormir. Só disse que posso aguentar muito mais tempo sem dormir que você.

Eu lhe lanço um olhar travesso.

– Acho que está desviando do assunto. Ande, não podemos ter segredos nestas circunstâncias! – Estou aproveitando os gracejos maliciosos. Fazem com que me sinta menos esquisita. Como se pudéssemos estar caminhando por um dos diversos parques de Londres num belo dia de verão.

Ele suspira. Quando volta a olhar para mim, tem um sorriso meio triste.

– Sou tão mortal quanto você, mas, por um lado, sou descendente de uma das linhagens mais antigas do Grigori, e pelo outro, da mais antiga da Irmandade. Na verdade, todos os meus ancestrais, desde a época dos Sentinelas, se uniram a membros da Irmandade. Por causa disso, meus... dons são extraordinários. Ou pelo menos foi o que me disseram.

– Do que está falando, exatamente? A que dons você se refere? – Não consigo evitar a impressão de que escondeu algo importante de mim.

Ele aperta minha mão.

– Os mesmos dons que você tem: a capacidade de viajar pelo Plano, de prever o futuro, de falar com os mortos... Quanto maior o grau de parentesco com os primeiros Sentinelas e membros do Grigori, mais poder nós retemos.

Contemplo a noite, tentando compreender o que me fez parar para pensar. Quando descubro, torno a olhar para ele.

– Você disse "nós".

– Sim.

– O que quer dizer? – pergunto.

Ele me olha com um leve sorriso nos lábios.

– Você também descende dessa linhagem antiga. Uma linhagem pura. Não sabia?

Faço que não, mas há uma conclusão, algo escondido nas trevas de minha mente letárgica, lutando para chegar à superfície.

– Só recentemente descobri que meu pai era membro do Grigori. Não tive tempo de perguntar sobre a linhagem.

Dimitri para de andar e aperta a minha mão até que eu pare a seu lado.

– Ele era um membro tão poderoso do Grigori quanto sua mãe era da Irmandade, Lia. Você também é descendente de uma longa série de uniões entre as Irmãs e o Grigori. É por isso que tem tanta força.

Balanço a cabeça e volto a caminhar, agora num ritmo tão rápido que ele tem de dar passos largos para me acompanhar. Não quero achar as ligações que já começo a perceber, apesar de não saber minhas razões para isso.

– Lia... O que foi? Isso não é nada... Bem, nada que deva chateá-la. No mínimo tem mais chance de encerrar a profecia do que qualquer pessoa anterior a você, em função da sua linhagem. É por este motivo que sua tia Abigail era tão poderosa, e sua mãe também.

Assinto.

– Sim, mas isso também quer dizer que provavelmente a Alice é mais poderosa do que eu achava, e já a considero muita coisa. Além disso...

– Além disso?

Sinto seu olhar, mas não o encaro de imediato. Continuo andando, tentando achar um jeito de expressar em palavras a tristeza que sinto de súbito. Um tempinho depois, paro outra vez de andar.

– Além disso, estou começando a entender que nunca conheci meu pai de verdade. Que ele devia se sentir muito sozinho e que não acreditava que podia dividir suas preocupações comigo.

– Estava tentando protegê-la, Lia. Só isso. É só isso o que nós, do Grigori, nos esforçamos para fazer pelas Irmãs.

Não me resta nada a fazer além de assentir. Assentir e andar.

Depois disso nos calamos, mas Dimitri em nenhum momento sai de perto de mim. Passamos a noite inteira caminhando, às vezes em silêncio, outras conversando aos murmúrios, traçando círculos em volta do acampamento. Enquanto isso, ao longe, o céu fica azul-escuro, lilás e laranja-claro. Caminhamos até a hora em que novamente temos de cavalgar.

Uma hora depois de começarmos a cavalgar, sinto o cheiro do mar. Percebê-lo tão próximo torna possível lutar contra o chamado traiçoeiro do sono, embora eu tenha desistido da noção de dignidade e não cavalgue ereta sobre o cavalo, mas sim apoiada contra o peito de Dimitri. Nem sei se Sonia olha em minha direção ou presta alguma atenção em mim. Já faz tempo que parei de gastar minhas energias me preocupando com isso. Neste momento, está sossegada, e é o que me basta.

A floresta passa por nós como um nevoeiro indistinto, e a cada instante meu único desejo é fechar os olhos. É apenas dormir e dormir e dormir. Mas o cheiro salgado do mar me dá motivos para acreditar que o fim está próximo.

A floresta desbota gradualmente; primeiro, as árvores se tornam um pouco menos densas, diminuindo a ponto de não parecerem ser parte de uma floresta. Depois, cruzamos um limiar invisível e chegamos à praia.

Os cavalos param de repente e o oceano se estende, temperamental e cinzento, a uma distância infinita. Nós o contemplamos em silêncio.

Luisa é a primeira a descer do cavalo, caindo no chão com a graça que lhe é peculiar e desamarrando as botas. Ela as tira e em seguida abandona as meias. Quando fica de pés descalços, agita os dedos na areia, observando-os antes de olhar para mim.

— Não está cansada a ponto de não querer mergulhar os pés no mar, não é, Lia?

Houve uma época em que seu sorriso travesso teria me seduzido, em que eu correria para me juntar a ela. Agora suas palavras vêm de longe. Demoram muito tempo para me alcançar, e quando o fazem, mal deixam marca no meu consciente.

— Lia? — A voz de Dimitri, perto de meu ouvido, é rouca, seu peito vigoroso contra minhas costas. — Por que não vai com Luisa? A água fria vai fazer bem. — O ar gelado bate em minhas costas quando ele desmonta do cavalo. Já com os pés no chão, estica a mão. — Venha.

Pego a mão dele num ato instintivo e passo a perna por cima da sela do cavalo, vacilando um pouco ao chegar no chão. Luisa se ajoelha, segurando um de meus pés.

— Pronto. Deixe que eu pego isso. — Ela solta a lateral da minha bota e, obediente, levanto a perna, apoiando-me no cavalo de Dimitri.

Ela tira a bota e a meia primeiro de um pé e depois do outro. Quando sinto a areia fria contra os pés, Luisa se levanta e segura minha mão, arrastando-me em direção à água sem falar mais nada.

Não perdi toda a capacidade de pensar. Mesmo ao cambalear até a água atrás de Luisa, pergunto-me como chegaremos a Altus e o que virá em seguida nessa jornada. Mas não tenho disposição para pensar sobre o assunto por muito tempo. Deixo que Luisa me conduza em direção às ondas até que engulam meus pés. A água está gelada e sinto o golpe de algo semelhante à dor misturado com euforia quando meus dedos são envolvidos pela astúcia escorregadia do mar.

O riso de Luisa se espalha através do vento, aparentemente até um ponto longínquo do oceano. Ela solta minha mão e segue adiante, pegando punhados de água e atirando-os para todos os lados, como uma criança. Até neste momento sinto falta de Sonia, pois ela devia estar dentro da água, gargalhando e comemorando o longo caminho que percorremos juntas... a proximidade de Altus. Mas ela é basicamente uma prisioneira, vigiada por Edmund e Dimitri, que estão atrás de nós. A tristeza e o ressentimento travam uma guerra dentro de mim. É uma batalha perdida, independente do resultado.

— Espere um minutinho... — Luisa parou de brincar nas ondas. Está alguns metros à minha frente, tentando enxergar por entre a neblina que há ao longe. Olho para o mesmo lugar que ela, mas não vejo nada. A névoa se espalha por todos os lados, mesclando-se ao tom cinzento do mar e à desolação do céu.

Mas Luisa enxerga alguma coisa. Olha fixo até se virar para Edmund e os outros.

– Edmund? Aquilo é...? – Ela não termina a frase, e torna a se virar para a água.

Quando me viro para olhar o restante do grupo, Edmund se aproxima de nós, devagar, e examina o mesmo ponto distante. Ele entra na água, desatento às botas molhadas, e para ao meu lado.

– Isso mesmo, srta. Torelli. Creio que tenha razão. – E embora chame Luisa pelo nome, parece estar falando ao mesmo tempo com todo mundo e com ninguém em especial.

Olho para ele.

– Tem razão sobre o quê? – Minha língua parece dormente.

– Tem razão sobre o que ela está vendo – diz Edmund. – Ali.

Viro na mesma direção que ele e, sim, há algo escuro vindo ao nosso encontro. Talvez seja a falta de descanso, mas vou ficando mais amedrontada à medida que o objeto se aproxima. Ele é monstruoso. Uma coisa imensa, parruda, cujo silêncio torna ainda mais apavorante. Sinto um grito irracional, histérico formar-se na garganta quando o objeto rompe a última parede de névoa que paira sobre o mar.

Luisa vira-se para nós com um sorriso largo.

– Está vendo? – Ela faz uma mesura teatral e, ao erguer o corpo, estende o braço em direção à coisa que flutua na água sem fazer barulho. – Sua carruagem a aguarda.

E então eu compreendo.

Enquanto subimos e descemos com as ondas, sou incapaz de lembrar por que achava que a água seria melhor que os cavalos. Já faz um tempo que estamos em alto-mar, mas é impossível saber se são horas ou minutos: o céu exibe o mesmo tom cinza que teve ao longo do dia. Não está mais escuro ou mais claro. Levando este fator em consideração, imagino que não se passou outra noite.

Nem sequer tento acompanhar nosso progresso. O cansaço está entranhado demais para que eu pense com clareza e, de todo modo, a neblina logo engole a costa. Resolvo crer na vaga ideia de que estamos rumando para o norte. A marulha ritmada me deixa tão sonolenta que sinto um desejo irracional de pular na água, de fugir do balanço hipnótico do barco de qualquer forma possível.

Iniciamos a viagem logo depois que o barco chegou à praia. Edmund e Dimitri permaneceram calmos, como se fosse totalmente natural um barco surgir de repente em meio à neblina e nos carregar, sem uma palavra, para uma ilha que não existe nos mapas da civilização. Fico me perguntando como sabia que estávamos ali.

Também fico me perguntando o que acontecerá com Sargent e os outros cavalos, apesar de Edmund ter me garantido que "tomariam conta deles". Fico me questionando sobre os vultos encapuzados em ambos os lados do barco, nos conduzindo pela água sem emitir quase nenhum ruído. Não têm características que os distinga – nem saberia dizer se são do sexo masculino ou feminino – e não falaram nada. Embora tenha muito o que perguntar, fico em silêncio, pois minha cabeça não está tão sã a ponto de poder fazer questionamentos em voz alta.

Sonia está na proa do barco, e eu, na popa. Quanto mais tempo em alto-mar, mais calma ela fica. Com o tempo, para de virar a cabeça e me fuzilar com os olhos e opta por contemplar a neblina. Edmund nunca sai do lado dela, enquanto Dimitri nunca sai do meu. Sua presença me conforta, ainda que permaneça calado. Apoio-me no corpo dele, arrastando os dedos no mar. Luisa cochila no meio do barco, as mãos sob a cabeça.

A imobilidade da água é bizarra. Há o balanço, mas é o movimento vagaroso, delicado do barco, pois, do lado de fora, tudo está tão liso quanto o espelho pendurado sobre o console da lareira em meus aposentos de Birchwood. Pergunto-me, ao olhar para a água, se o espelho ainda estará lá. Se o quarto está como deixei ou se foi despido de tudo o que fez dele meu lar ao longo de tantos anos.

No começo, não há nada para ver. O céu está tão cinzento que nem acho meu reflexo, e o mar não está cristalino o bastante para que eu decifre algo sob a superfície. Mas continuo arrastando os dedos por ela e algo bate contra a minha mão. Pergunto-me se será um golfinho ou um tubarão e recolho o braço, pois sei que pode tratar-se de qualquer uma das criaturas esquisitas que vi nos diversos livros de meu pai cujas histórias se passavam no mar.

Inclino a cabeça e sou recompensada pelo vislumbre de um olho. Parece mais um jacaré ou um crocodilo, a forma como emerge da água, espreitando-me com o resto do corpo sob a superfície. Mas é óbvio que não é o caso. Não no oceano. Desvio o olhar da criatura por um instante, avaliando se algum dos meus companheiros de embarcação percebeu.

Pela primeira vez desde o início da viagem, Dimitri cochila ao meu lado. Percorrendo rapidamente o barco com o olhar, vejo que a jornada cobra seu preço sobre todo mundo. Sonia e Luisa dormem como bebês, enquanto Edmund contempla o mar da proa do barco, numa espécie de transe.

Torno a olhar para a água, imaginando se a criatura marinha não seria fruto da imaginação. Mas não é. Ainda está ali, mexendo-se ao lado do barco sem precisar fazer esforço, dando a impressão de que me analisa com um olhar solidário. A criatura pisca e dá um saltinho. É semelhante a um cavalo, mas quando sua cauda cheia de escamas sai da água e volta, sem fazer barulho, noto que não se parece com nenhum cavalo que eu já tenha visto.

É o olho que me cativa. Embora não saiba explicar, demonstra entendimento. Compreensão de tudo o que enfrentei. A juba ondeia como uma alga sobre a cabeça de tamanho considerável, e ponho ainda mais o braço para fora do barco, esticando-me para alcançar o pescoço forte que se move sob a água. É ao mesmo tempo emplumado e escorregadio, e fico hipnotizada pelo olhar insondável e pela textura curiosa de sua pele. Acaricio o pescoço da criatura e seu olho se fecha por um momento, como se curtisse o carinho. Quando torna a se abrir, percebo o erro que cometi.

Não consigo afastar a mão.

Ela está presa no corpo da criatura. Seu olho pisca uma vez e em seguida abaixa dentro da água, levando-me junto. Num primeiro momento, fico tão chocada que não digo nem faço nada, mas quando meu corpo é puxado de dentro do barco, começo a chutar e a me debater. A comoção faz com que todo mundo desperte.

Mas é tarde demais. A criatura é mais forte e mais poderosa do que eu imaginava, e em poucos segundos passo sobre a lateral do barco e caio na água. As últimas coisas que vejo não são os olhos de Dimitri, assustados e confusos, mas sim os vultos sem rosto que ainda tripulam a proa e a popa. Eles não se movem diante do caos que se formou no barco.

Consigo respirar fundo antes de ser puxada totalmente para dentro da água. De início, eu luto. Tento de todas as formas tirar a mão do pescoço daquela coisa, mas não demoro muito tempo para me dar conta de que é inútil. Ela não corre para o fundo do mar, embora eu tenha certeza de que tenha capacidade para isso. Desce de um jeito lânguido, como se tivesse todo o tempo do mundo. Seu ritmo é tortuoso, como que para meu fim não chegar rápido. Não. Tenho tempo de contemplar minha morte.

A água é um submundo turvo de vultos obscuros e objetos escorregadios que chocam-se contra meu corpo, e em pouquíssimo tempo sou tomada por uma apatia que sei ser típica do afogamento. Flutuo atrás da grandiosa criatura, mas minha mão está presa a seu pescoço de maneira irrevogável, assim como no instante em que fui arrastada. A vontade de lutar se esvai de uma só vez e me deixo ser puxada, descendo cada vez mais para o fundo, imóvel. A verdade é que estou cansada. Muito cansada. Esta é a segunda vez que a água disputa minha vida.

Talvez seja o destino. Talvez esteja destinada a reivindicar minha alma.

Este é o último pensamento consciente.

19

Apesar de tudo o que aconteceu, tenho certeza de que é a asfixia que me matará.

Estou acordada no casco do barco, cuspindo água e tossindo tanto que minha garganta fica em carne viva. Vejo as sombras de outros vultos pelo canto dos olhos, mas é o rosto de Dimitri, preocupado e tristonho, que está bem diante de mim. Ele se curva, segurando um de meus ombros enquanto tusso a infindável corrente de água salgada que parece ter penetrado todos os poros do meu corpo, todas as fendas, todas as veias.

Por fim, a tosse passa, ao menos temporariamente, e Dimitri me envolve nos braços e me apoia no seu peito molhado.

– Desculpe – digo. Não há dúvida de que a culpa é minha. Não me lembro de tudo, mas da criatura bizarra que me arrastou para a água e de minha própria ingenuidade não vou esquecer tão cedo.

Ele balança a cabeça, e quando abre a boca para falar, sua voz está rouca e gutural.

– Eu devia ter cuidado melhor de você... ter prestado mais atenção.

Estou esgotada demais para refutá-lo. Passo os braços em torno dele e aperto meu corpo encharcado contra o dele.

Luisa se ajoelha ao meu lado, a expressão mais preocupada que já vi em seu rosto.

– Você está bem, Lia? Num instante eu estava dormindo profundamente, e no instante seguinte seu pé estava desaparecendo no mar!

– Foi uma ondina – esclarece Dimitri, como se fosse a coisa mais realista do mundo, e não uma criatura existente apenas em livros de mitologia antiga. – Provavelmente estava seguindo ordens das Almas, assim como os Cérberos que encontramos na floresta. Querem impedir você de chegar a Altus e achar as páginas desaparecidas.

Luisa começa a tirar objetos de sua bolsa.

– Vocês dois estão tremendo! Assim vão ficar doentes!

Mesmo em condição atual, consigo ver a ironia de seu apelo, mas fico grata pelas cobertas que tira primeiro da própria bagagem e depois da que pertence a Edmund. Dimitri me enrola em uma delas, colocando a outra em volta dos próprios ombros, e em seguida se apoia na lateral do barco, puxando-me para perto.

Luisa, satisfeita por estarmos, ao menos por enquanto, sãos e salvos, volta para o lugar onde estivera sentada. Edmund está a postos ao lado de Sonia, que aparentemente nem se mexeu no decorrer do incidente. É só neste momento que o olho de verdade. Seu rosto não está normal. É como se tivesse envelhecido dez anos desde que o vi pela última vez, suas feições conturbadas pelo medo, pela angústia e pela desolação. Sei muito bem por quê, e meu coração se retorce de culpa.

Edmund já perdeu um filho na água. Henry podia não ser filho de Edmund no sentido tradicional, mas não é possível que existam dúvidas de que amava meu irmão como se fosse. Perdê-lo quase acabou com Edmund, e agora eu o trouxe de volta àquele momento... o momento apavorante em que qualquer coisa, por mais valiosa que seja, pode ser levada embora sem aviso prévio nem pedido de perdão.

Sei que devia dizer algo. Pedir desculpas pela preocupação que causei. Mas não encontro palavras, e minha garganta se fecha de remorso. Nossos olhares se cruzam e espero que ele saiba.

— Foi você, não foi? Quem me salvou?

Estou encostada contra o peito de Dimitri. Mesmo com as cobertas e o calor do corpo dele, sinto tanto frio que não temo mais cair no sono. Não acho que meu corpo seria capaz de relaxar o suficiente para se entregar ao torpor, mesmo se fosse possível.

Ele não responde de imediato, e percebo que tenta resolver o quanto vai me contar. Os momentos que passei submersa se perderam para mim. Só tenho vagas lembranças da escuridão inesgotável, de vultos sombrios e, por fim, de uma luz esquisita que iluminou as trevas um momento antes de me imaginar morta.

Mas *foi* Dimitri. Isso fica claro através de sua roupa e de seus cabelos encharcados. Quero entender. Entender *Dimitri*.

Seu peito infla sob o meu corpo quando ele respira fundo para responder.

– Sim. Exerci minha autoridade como membro do Grigori sobre a criatura.

– Você tem tamanha autoridade?

– Tenho. – Ele hesita. – Mas não devia usá-la.

Viro-me em seus braços para olhá-lo de frente.

– O que você está querendo dizer?

Ele suspira.

– Eu não devia interferir no rumo da profecia. Não devia ajudá-la de modo algum, na verdade. Tenho caminhado por um caminho tênue, e creio que fiz isso dentro dos limites impostos pela lei do Grigori, ao ajudá-la a ficar acordada, ao servir de guia até Altus. Nem mesmo com os Cérberos, tecnicamente, eu interferi. Eles abriram caminho por vontade própria quando viram que eu estava com você.

Devido à sua hesitação, percebo que há algo que não me conta.

– Mas tem mais coisa aí, não tem?

– Não é nada com que deva se preocupar, Lia. Não quero que se martirize com uma decisão que eu tomei e tomaria de novo, se fosse o caso. Não ir atrás de você não era opção. Nunca seria uma opção.

Toco no rosto dele. Sinto sua pele fria com as pontas dos dedos.

– Mas estamos juntos nisso, não estamos? Agora mais do que nunca.

Ele vacila antes de concordar com a cabeça.

– Qualquer consequência que tenha de enfrentar por ter interferido não será sozinho, se eu tiver como ajudar.

– Cruzei um limite bastante real ao ir atrás de você. Usei magia... magia proibida no mundo real, para deixar a ondina impotente. A força dela, embora maior que a de um mortal, ainda é bem menor que a de um membro do Grigori. E também de muitas das Irmãs. Na verdade, teria conseguido escapar sozinha se tivesse tido um pouco mais de treino. Seus poderes também são enormes, mas ainda estão pouco desenvolvidos.

Sei que não tem a ver com o assunto em pauta, mas não consigo evitar o sentimento de indignação. Afinal, passei meses aperfeiçoando os poderes.

– Não sou tão entendida no uso de meus dons quanto você, mas acho que me saí muito bem aprimorando habilidades nos últimos meses.

Ele inclina a cabeça.

– Mas não as desenvolveu sozinha. Não é verdade?

A princípio, não entendo o que quer dizer com isso, mas quando percebo, o faço com um horror profundo.

– Sonia. Tenho treinado com ela. – Balanço a cabeça, como se meu protesto fosse invalidar a alegação que fez. – Mas ela estava bem. Estava bem até entrarmos na floresta.

Ele ajeita uma mecha de cabelo, pegajosa e endurecida pelo sal, atrás de minha orelha.

– Estava mesmo? – Ele respira fundo. – Lia, as Almas não se apoderaram de Sonia em uma noite. É mais provável que tenha sido progressivo.

Viro-me para encostar de novo as costas contra o peito dele. Não quero que veja a mistura de tristeza, raiva e descrença que sei refletir-se em meu rosto.

— Você acha que Sonia já estava sob influência das Almas havia algum tempo.

Não é uma pergunta, mas ele responde mesmo assim.

— Acho que é mais provável que o oposto, concorda? Talvez a aliança dela com as Almas tenha começado com uma sugestão sutil, talvez até disfarçada sob a aparência de alguém que não as Almas...

— Mas... isso significaria... — Não consigo terminar.

Dimitri faz isso por mim:

— Significaria que talvez Sonia não tenha ajudado você a descobrir por completo o poder que tem, por acaso ou por vontade própria. — Ele dá de ombros. — Por exemplo: você sabia que pode lançar feitiços, assim como Alice? Vai levar tempo para aperfeiçoar este seu dom, mas ele existe. Pode ter certeza. Imagino que Sonia também soubesse disso.

Não consigo encará-lo, apesar de não me surpreender com a revelação. Não sei por que sinto vergonha, pois foi Sonia quem traiu nossa causa. Foi ela quem me enganou. Só sei que me sinto terrivelmente tola.

E agora tudo faz sentido, por mais que eu não queira que faça.

Sonia, sob o domínio das Almas, me ajudou a desenvolver meus poderes *só o estritamente necessário*. O bastante para que eu acreditasse que estava me fortalecendo, para que eu acreditasse ter chance de lutar. O suficiente para que eu não buscasse ter mais, para que não acreditasse que *havia* mais. Sua insistência para que viajássemos juntas pelo Plano em nome da minha segurança na verdade era o desejo de saber cada passo que eu dava em prol da profecia. A preocupação que tinha de que eu fizesse um excesso de esforço era, na verdade, mero interesse de que eu não aprimorasse meus poderes rápido demais.

Quando me lembro de sua insistência insana para que eu usasse o medalhão, mal me importa se sua traição começou por escolha própria ou porque foi ludibriada. Está bem claro como ela terminou.

Começo a tremer. Não de medo ou de tristeza. Não. De fúria absoluta, desenfreada. Nem sequer consigo olhar para a figura curvada de Sonia na proa do barco, por medo de avançar sobre ela e a derrubar da embarcação.

Minha raiva, não, minha *ira*, me assusta. Ao mesmo tempo me encanto com sua força, embora não ouse analisar o que isso diz sobre o quanto mudei. Nunca senti tanto ódio. Não em relação à minha irmã. Talvez seja porque sempre tive medo de Alice. Sempre soube que não poderia confiar totalmente nela, apesar de ter levado muitos anos para admitir este fato até para mim mesma.

Mas Sonia... Sonia era diferente. Sua pureza e inocência me faziam acreditar na bondade. Faziam-me acreditar que havia esperança. De certa forma, a destruição disso me deixa ainda mais irada do que qualquer outra traição.

Dimitri esfrega meus ombros.

– Não é ela, Lia. Não é. Você sabe disso.

Só consigo assentir.

Permanecemos ali, calados, em meio à neblina total e absoluta. Ela ficou ainda mais densa depois que fui resgatada da água. Nem mesmo as outras pessoas que estão embarcadas passam de sombras, de borrões na névoa. Então, de repente, o barco interrompe sua viagem tranquila.

Eu me sento.

– Por que o barco não está se mexendo?

– Porque chegamos – explica Dimitri.

Levanto para sentar em uma das tábuas que servem de cadeira dentro do barco e tento distinguir algum vulto à distância. Mas não dá certo. A cerração esconde tudo.

– Por que paramos, sr. Markov? – indaga Luisa, com uma voz grogue, do meio do barco.

– Chegamos a Altus – anuncia ele.

Ela olha em volta, como se ele tivesse enlouquecido.

– O senhor deve estar imaginando coisas. Não há nada por perto além desta neblina maldita!

Ou estou embriagada pelo sono ou estou me sentindo mais eu mesma, pois a palavra de baixo calão me faz gargalhar.

Dimitri passa a palma da mão no próprio rosto, num gesto que indica cansaço ou frustração diante da empolgação de Luisa.

– Acredite em mim, Altus é aqui. Se esperar um momento, vai ver o que quero dizer.

Luisa cruza os braços para externar sua impaciência, mas Edmund olha na mesma direção que Dimitri. A agitação não faz com que Sonia se mexa. Está mais indiferente do que nunca e parece não ter nenhum interesse em saber se chegamos ou não a Altus.

Notando a movimentação perto da proa do barco, desvio o olhar para averiguar se um dos vultos encapuzados se virou em direção à água. Vislumbro dedos longos e finos se erguendo no ar, e então o capuz do manto se abaixa e revela uma cascata de cabelos tão louros que se assemelham à platina. Brilham, descendo pelas costas da garota na proa do barco, e vejo que *é* uma garota, ou, para ser mais precisa, uma jovem.

Fico encantada quando ela levanta os braços, as laterais do manto caindo e revelando sua pele leitosa. Um silêncio estranho nos domina. A água não bate contra a lateral do barco, e parece que todos nós prendemos a respiração, esperando para ver o que acontecerá em seguida.

A espera vale a pena.

A garota murmura algo numa língua que nunca ouvi. Parece com latim, mas sei que não é. Sua voz serpenteia em meio à neblina. Passa ao nosso redor e depois desliza acima da água. Ouço as palavras viajando muito depois de saírem de sua boca, mas não como um eco. É outra coisa. Uma recordação.

Espalha-se até que a neblina começa a subir, não de uma vez só, mas numa rapidez que basta para saber que a natureza não está agindo sozinha.

O mar reluz sob os raios do sol que não estavam ali momentos atrás. O céu, antes cinzento e opaco, quando sequer estava visível, brilha acima de nós, e me lembra o céu de outono em Nova York, com um azul mais intenso que em qualquer outra estação do ano.

Mas não é isso que me tira o fôlego.

Não. Perco o ar diante da ilha suntuosa que vemos.

Ela é refletida pela água, uma miragem de beleza e serenidade. Um pequeno refúgio não muito distante do barco, e a partir de suas margens a ilha se ergue em um declive sutil. Perto do lugar mais alto, ao longe, posso discernir uns poucos edifícios, mas estão distantes demais para que consiga desvendá-los plenamente.

No entanto, o mais belo são as árvores. Mesmo da água, dá para ver que a ilha é salpicada por macieiras, as frutas carmesins são uma lufada de pontos de exclamação em meio ao verde opulento das árvores e da grama que parecem cobrir a ilha.

– Ah... É uma beleza! – Parece pouco para descrever o que vejo, mas é só o que tenho neste momento.

Dimitri sorri para mim.

– É mesmo, não é? – Ele volta a olhá-la. – Sempre me deixa admirado.

Olho para ele.

– É de verdade?

Ele ri.

– Não está em nenhum mapa convencional, se é disso que está falando. Mas está aí, escondida pela neblina e existente para quem faz parte da Irmandade, do Grigori e para aqueles que os servem.

– Bem, eu gostaria de vê-la de perto – declara Luisa.

Edmund assente.

– A srta. Milthorpe precisa dormir, e a srta. Sorrensen precisa... bom, a srta. Sorrensen precisa de ajuda. – Todos olhamos para Sonia, que agora contempla Altus com uma expressão quase irada. Edmund olha para Dimitri. – Quanto antes, melhor.

Dimitri curva a cabeça para a mulher encapuzada que fez Altus aparecer. Ela volta ao seu posto na proa do barco e pega os remos, enquanto a mulher da popa faz a mesma coisa.

Eu me sento, observando a água se mover sob o barco, à medida que me leva para a ilha onde se abrigam as respostas às questões que ainda estou aprendendo a perguntar.

20

Fico surpresa ao me deparar com várias pessoas nos aguardando no desembarque. Assim como nossos companheiros de viagem, todos usam mantos roxos e estão enfileirados no píer. Sei, devido às suas feições delicadas, que são mulheres. Parecem nos esperar com cerimônia. Edmund desce do barco com Sonia primeiro, e depois é a vez de Luisa. Espero junto com Dimitri, desembarcando depois dele. Quando ele me apresenta como Amalia Milthorpe, a sobrinha-neta de Lady Abigail, as mulheres me fazem uma reverência, mas a desconfiança, e talvez até o ressentimento, é evidente em seus olhares.

Após a apresentação dos outros integrantes da comitiva, Dimitri se aproxima das mulheres, cumprimentando cada uma delas com murmúrios inaudíveis. Por fim, chega à mulher que encabeça a fila. É a mais velha, talvez até mais que tia Virginia, mas, ao tirar o capuz do manto para beijar as faces de

Dimitri, revela seus cabelos negros, sem nem um fio grisalho. Estão presos num coque tão volumoso que imagino tocarem o chão quando soltos. Ele lhe diz algo em voz baixa e em seguida olha na minha direção. A mulher assente e se aproxima, seu olhar fixo no meu. De repente, me sinto invadida.

Sua voz é suave e agradável, o que renega o medo que ela me inspira.

– Amalia, seja bem-vinda a Altus. Faz tempo que aguardamos sua chegada. O Irmão Markov me disse que está muito cansada e precisa de proteção e abrigo. Por favor, conceda-nos o privilégio de oferecer-lhe ambos.

Ela não aguarda minha resposta, nem espera por mim. Simplesmente dá meia-volta e inicia o trajeto por uma vereda de pedras que parece serpentear até o topo da ilha. Dimitri segura-me pela mão e pega minha mala, incitando-me a seguir adiante. Os outros formam uma fileira, as mulheres de manto atrás de nosso grupo de desconhecidos.

Mais ou menos na metade do caminho, começo a pensar que não vou conseguir chegar lá em cima. A exaustão, refreada pela queda apavorante e glacial no oceano, ressurge enquanto andamos pela ilha pacata. É uma exuberância de cores e sensações – o vermelho brilhante das maçãs nas árvores que parecem povoar todos os lados para onde olho, os muitos rostos encapuzados e meio escondidos que são ao mesmo tempo atraentes e temíveis, o verde viçoso do gramado que margeia a vereda e o aroma suave e doce que me lembra minha mãe. Está tudo ali, mas numa amálgama que é tanto assoberbante como surreal.

A voz de Luisa, quando a ouço, parece vir de dentro da minha cabeça. Está mais alta e mais abafada do que o normal.

– Meu Deus! – diz ela. – Não tem carruagem nem cavalo? Bastaria algum meio de transporte que não seja nos arrastarmos por esta montanha que nunca chega ao fim.

– As Irmãs acreditam que caminhar faz bem à alma – explica Dimitri, e mesmo no estado atual, imagino perceber o deboche em seu tom de voz.

Luisa não acha graça.

– Nada faz tão bem à alma quanto o conforto, na minha opinião. – Ela faz uma pausa para enxugar a testa com a manga da roupa.

Tento continuar a caminhada. Pôr um pé diante do outro. Penso que se for capaz de fazer só isso, se puder simplesmente não parar de me mover, chegarei ao final da vereda. Mas meu corpo não compartilha da ideia. Para de funcionar totalmente, até que me vejo parada, paralisada no meio do caminho.

– Lia? Você está bem? – Dimitri está parado diante de mim. Sinto seu braço no meu. Vejo sua expressão preocupada.

Quero tranquilizá-lo. Dizer que é claro que estou ótima e que vou apenas andar e andar e andar até o momento em que enfim conseguir me deitar e descansar com dignidade. O momento em que puder dormir sem temer que as Almas assumam o controle sobre o medalhão que, até mesmo agora, pesa no pulso e na mente.

Não falo nada disso. Na verdade, não falo absolutamente nada, pois as palavras que soam tão razoáveis na cabeça não se formam nos lábios. Pior: minhas pernas não estão mais dispostas a sustentar meu corpo. O chão corre na minha direção numa velocidade alarmante, até que algo me tira dele.

E então não há nada.

É a pulsação no meu peito que me puxa para fora das trevas. Eu a sinto, ao que parece, durante muito tempo antes de ter forças para emergir da letargia que sobrecarrega meus membros e também minha determinação. Quando enfim abro os olhos, deparo com uma jovem de olhos tão verdes quanto os meus, os cabelos formando uma auréola branca e brilhante contra a luz de uma vela que vem dos recônditos do quarto. Seu rosto é bondoso, a testa enrugada pela preocupação ao me olhar de cima.

– Shhh – pede ela. – Você precisa dormir.

– O que... O que... – Eu me esforço para alcançar a coisa que sinto no peito. Minhas mãos demoram a obedecer, mas quando isto acontece, perco o fôlego ao tatear o objeto oval e liso preso a um colar em torno do meu pescoço. É quente sob meus dedos e pulsa com uma energia quase audível. – O que é isto? – consigo finalmente perguntar.

Ela dá um sorriso amável.

– É só uma pedra da serpente, mas não se engane: ela é potente. Serve para protegê-la. Das Almas. – Ela pega minhas mãos e as coloca embaixo das cobertas grossas que aquecem meu corpo. – Agora durma, Irmã Amalia.

– E quanto a... e quanto a Dimitri, Luisa, Sonia e Edmund?

– Estão ótimos, juro. Está tudo sob controle. Em Altus, as Almas não entram, e a pedra da serpente vai protegê-la durante o sono. Você não tem nada a temer.

Ela se levanta da cama, desaparecendo no quarto mortiço, iluminado apenas por velas atrás dela. Quero ficar acordada.

Elaborar as muitas, muitas perguntas que clamam por atenção, mas volto ao nada antes de sequer tentar enfrentá-lo.

۞

– Está acordada agora? Completamente? Desta vez é uma outra garota que paira sobre mim. É mais jovem que a mulher misteriosa que me falou da pedra da serpente e cuidou de mim no período em que oscilei entre a consciência e o torpor. A garota me olha não com preocupação, mas sim com curiosidade.

Remexo-me sob as cobertas procurando meu pulso e suspiro, aliviada, quando meus dedos tocam a circunferência gelada do medalhão e o veludo farfalhante da fita. Continua ali, junto com a mistura familiar de alívio e rancor que acompanha sua presença.

A voz da outra mulher me vem em meio ao nevoeiro da memória: *É só uma pedra da serpente, mas não se engane: ela é potente. Serve para protegê-la. Das Almas.*

Minha mão parece feita de chumbo quando tento levá-la ao peito em busca da pedra pendurada no pescoço. Ao fechar os dedos em torno dela, fico perplexa ao descobrir que é lisa e que tem um calor que deveria incendiar a pele, mas, sabe-se lá como, não queima. Resolvo deixar para depois as perguntas a respeito da pedra e volto a apoiar a mão na coberta.

– Será que... – Minha garganta está tão seca que mal consigo falar. – Será que você me daria um pouco de água, por favor?

A garota dá risadinhas.

– No momento, você poderia pedir a lua que as Irmãs fariam com que ela fosse entregue na sua porta num embrulho lindo.

Não entendo o que quer dizer com isso, mas ela estica o braço em direção à mesa de cabeceira e despeja água numa pesada caneca de cerâmica, encostando-a nos meus lábios para que eu possa bebê-la. Está tão gelada e fresca que beira à doçura.

– Obrigada. – Deixo a cabeça cair outra vez sobre o travesseiro. – Por quanto tempo eu dormi?

– Uns dois dias, acordando e dormindo.

Assinto. Tenho vagas lembranças de despertar no quarto escuro, as velas bruxuleantes imprimindo sombras na parede enquanto figuras graciosas andavam de um lado para o outro à meia-luz.

– Cadê a outra garota? Aquela que cuidou de mim antes? – indago.

Ela comprime os lábios enquanto pondera.

– Ela tinha cabelos bem grisalhos e olhos verdes? Ou cabelos escuros que nem os seus?

– Eu... eu acho que claros.

– Você deve estar se referindo a Una. Foi quem mais cuidou de você.

– Por quê?

Ela encolhe os ombros.

– Você não quer saber meu nome? – Ela assume um ar petulante, e percebo que deve ter no máximo uns 12 anos.

– Claro que sim. Eu já ia perguntar. Seu cabelo é tão bonito. – Estico o braço e toco uma mecha cintilante. Parece dourada à luz das velas, e tento não sentir a dor perto do meu coração. – Me lembra uma amiga querida.

– Não é aquela que estão escondendo? – Ela parece zangada com a comparação.
– Não sei para onde a levaram. Mas para mim ela é querida como uma irmã. – Resolvo mudar de assunto. – Então? *Qual é o seu nome?*
– Astrid. – Ela fala com a satisfação de alguém que acha o próprio nome agradável.
Eu lhe sorrio, apesar de sentir que estou fazendo careta.
– É um nome lindo.
Minha mente, instigada pela conversa sobre cabelos e nomes, finalmente é acionada. Tento me apoiar nos cotovelos, na esperança de me vestir e encontrar Dimitri e os outros, mas meus braços vacilam e torno a cair em cima do travesseiro.
Mas esta não é a pior parte.
O pior é o lençol, que desce até minha cintura quando tento me levantar, revelando meu tronco nu, o que me deixa chocada. Agarro a borda do lençol, me cobrindo rapidamente até o pescoço e me dando conta, com verdadeiro pavor, de que a maciez e o frescor dos lençóis cobrem meu corpo inteiro. Ou, para ser exata, meu corpo *nu* inteiro.
Levo um tempo para articular as palavras. Quando as verbalizo, parecem mais uma explosão do que uma pergunta.
– Cadê minhas roupas?
Astrid ri outra vez.
– Você preferia ter dormido com as vestes que usou durante a viagem?
– Não, mas... ninguém podia ter me arrumado uma camisola... uma muda de roupas... qualquer coisa? Ou vocês não têm roupas aqui em Altus? – Arrependo-me do sarcasmo das

palavras, mas sou dominada por imagens mortificantes de um estranho me despindo como se eu fosse um bebê.

Astrid me olha com uma curiosidade ostensiva, como se eu fosse um animal exótico num zoológico.

– É óbvio que temos roupas, mas para quê vesti-las enquanto dorme? Você não acha desconfortável?

– Claro que não! – retruco. – A gente tem que usar roupas de dormir!

É uma conversa ridícula, assim como descrever uma cor para uma pessoa que não enxerga, e ignoro a voz diabólica dentro da minha cabeça que vê razão em seu argumento e não consegue deixar de notar o toque frio dos lençóis contra o meu corpo nu.

– Se você diz. – O sorriso de Astrid é ardiloso, como se percebesse o quanto meu argumento é absurdo e soubesse exatamente o que estou pensando.

Ergo o queixo, tentando recuperar um pouco de dignidade.

– Sim, bem... Preciso de ajuda para encontrar minhas roupas, por favor.

Ela inclina a cabeça de um jeito travesso.

– Eu acho que precisa se alimentar e descansar um pouco antes de retomar as atividades normais.

– É necessário cuidar de algumas coisas. Ver umas pessoas.

Ela faz que não.

– Receio que não. Recebi ordens expressas de que devo garantir que se alimente e descanse. Além disso, você mesma percebeu: ainda está fraca demais para andar por aí.

De repente, canso das risadas maliciosas e dos olhares sagazes de Astrid.

– Gostaria que chamasse a Una, por favor. – Pergunto-me se ficará ofendida, mas ela se levanta, soltando apenas um suspiro.

– Está bem. Vou pedir que venha lhe ver. Posso oferecer alguma coisa enquanto espera?

Faço que não, imaginando se seria demais pedir uma mordaça para sua língua condescendente.

Ela sai do quarto sem falar mais nada e aguardo num silêncio tão absoluto que me questiono se realmente há um mundo além do quarto. Não escuto vozes nem passos nem nada que indique que há pessoas vivendo, comendo ou respirando lá fora.

Olho ao redor, apertando o lençol contra o peito, até que o som fraco de passos graciosos se aproxima da porta. Ela se abre sem nenhum ruído e estranho que tal porta – que parece ter sido esculpida a partir de um pedaço gigantesco de carvalho – possa se mover sem ao menos um rangido.

Una a fecha depois de entrar. Não a conheço, mas mesmo assim fico feliz ao vê-la chegar perto da cama. Ela emana bondade e serenidade, e me lembro disso ainda que só tenha falado com ela confusa e sonolenta.

– Olá – diz ela, sorridente. – Fico contente que esteja acordada.

Vejo em seu olhar que está falando a verdade e retribuo o sorriso.

– Obrigada por vir. Eu... – Lanço um olhar em direção à porta. – Você foi muito bondosa comigo enquanto eu estava dormindo.

Ela ri e a alegria transparece no brilho de seus olhos.

– Às vezes a Astrid é meio chata, não é? Tinha que cuidar de outra coisa e não quis deixá-la sozinha. Ela foi uma peste?
– Bem... não *uma peste*.
Ela dá um largo sorriso.
– Hmmm, entendi. Ela foi tão ruim assim, é? – Olha para a caneca de água na mesa de cabeceira. – Pelo menos teve a sensatez de servir água. Você deve estar morrendo de sede e com muita fome também!
Não tinha pensado em comida até este momento, mas no instante em que Una a menciona, meu estômago se revira de tão vazio que está.
– Estou morrendo de fome! – digo.
– Não é de admirar! – diz, levantando-se. – Você passou quase dois dias dormindo. – Ela vai até o guarda-roupa, do outro lado do quarto, e continua falando enquanto isso. – Vou arrumar umas roupas e pedir que lhe tragam comida e bebida. Em dois segundos você já estará bem-disposta.
Tento me apoiar nos cotovelos de novo, e desta vez consigo. É a primeira vez que vislumbro o cômodo inteiro. Do ângulo em que estou, não é tão grande quanto aparentava quando as sombras escondiam seus recônditos. A mobília é esparsa, composta apenas por um guarda-roupa, uma cômoda e uma escrivaninha com cadeira, além da cama e da mesa de cabeceira. Uma janela repleta de drapeados se ergue do chão até o teto. As paredes são de pedra. Sinto o cheiro delas, frias e bolorentas; agora que sou capaz de pensar com coerência, de algum modo sei que elas abrigam as Irmãs há séculos. Este pensamento traz à tona a razão da nossa jornada.

– Como vai a minha tia Abigail? – pergunto a Una, que está do outro lado do quarto.

Ela se vira um pouco para que eu possa ver seu rosto. Em sua testa formam-se rugas de preocupação.

– Sinto dizer que não vai muito bem. Os Anciões estão fazendo tudo o que podem, mas... – Ela dá de ombros. – A vida é assim, não é? – Tem lógica, é claro, pois a tia Abigail deve estar muito idosa, mas até Una parece triste.

– Posso vê-la? – indago.

Ela fecha as portas do guarda-roupa e volta para perto da cama com uma peça pendurada no braço.

– Ela está dormindo. Há dias pergunta por você. Só conseguiu dormir, para falar a verdade, depois que soube que chegou sã e salva. Agora que finalmente está tranquila, seria melhor deixá-la descansar. Mas dou minha palavra de que você será chamada assim que ela acordar.

Assinto.

– Obrigada.

– Não. *Eu* agradeço. – Seu olhar encontra o meu com um sorriso que retribuo quando ela deixa a roupa na beira da cama.

– Pronto, aqui está. Vista-se enquanto preparo algo para você comer. Tem água na cômoda para se lavar.

– Sim, mas... – Não desejo ser rude diante de tamanha hospitalidade. – E as minhas próprias roupas?

– Estão sendo lavadas – explica ela. – Além disso, imagino que achará estas muito mais confortáveis. – Há um brilho de prazer em seus olhos e entrevejo uma leve semelhança com Astrid, à exceção do toque de malícia que imaginei ter vislumbrado nos olhos da garota.

Concordo com a cabeça.

– Então está bem. Obrigada.

Ela me responde com um sorriso e vira-se para ir embora, fechando a porta sem fazer barulho.

Aguardo um instante antes de pensar em levantar da cama. Já sinto fraqueza e não fiz nada além de sentar e conversar com Una. Tenho uma vaga lembrança de cair na vereda de pedras que levava ao topo da montanha momentos antes de perder a consciência. Fico aflita e espero fervorosamente não desmaiar no chão do quarto.

Começo jogando as cobertas para o lado e balançando as pernas sentada na beirada da cama. Surpreendo-me com a calidez do quarto, ainda que esteja nua. A corrente de ar frio que espero sem as cobertas não vem e, quando consigo pôr os pés no chão de pedra, percebo que também é quente.

Segurando na mesa de cabeceira, levanto com muito cuidado até ficar em pé. Uma onda de tontura percorre meu corpo, mas dura apenas alguns segundos. Quando passa, arrasto os pés até a ponta da cama, sustentada pelas pernas endurecidas pela falta de uso. A pedra da serpente jaz, petulante, entre meus seios despidos. Mesmo sozinha, não consigo evitar o constrangimento, mas, quando pego as roupas que Una separou para mim, tenho certeza de que houve um engano.

Ou de que alguém está rindo à minha custa.

21

– Você não me deixou tudo! Está faltando... todo tipo de coisa!

Una põe uma bandeja com pão, queijos e frutas em cima da mesa de cabeceira e se aproxima da cama, onde estou sentada. Seu manto macio e lilás, idêntico ao que uso, ondula em torno de seus pés e contra seu corpo. Vislumbro a silhueta da figura feminina sob o tecido, além do primeiro sinal de que, afinal de contas, não houve engano nenhum.

Ela me olha dos pés à cabeça.

– Não me parece que falta nada.

Sinto a vergonha tingir minhas faces.

– Mas não tem pano suficiente!

Ela inclina a cabeça e dá um sorriso.

– Tem roupas íntimas e manto. Do que mais você precisa?

Levanto-me, vacilando um pouco até que o rastro de tonteira passa.

– Ah, não sei... Calças? Vestido? Que tal sapatos e meias? Ou vou sair descalça?

– Lia... – Levo um susto ao ouvir meu apelido. – Ah, posso chamá-la de Lia? É bem menos convencional que Amalia.

Faço que sim, e ela prossegue:

– Vou lhe dar sandálias quando sairmos do quarto, mas enquanto estiver aqui, no Santuário, não precisará de mais nada. Além disso – diz, erguendo as sobrancelhas –, levei suas roupas para serem lavadas, e reparei que são *muitas*! Não é desconfortável usar aquele amontoado de panos o tempo todo?

Não consigo evitar a indignação. Imaginava ser uma jovem independente, mais livre que na época de Wycliffe, mas Una virou esta ideia do avesso.

Ignorando a pergunta, endireito a coluna e me esforço para não dar a impressão de que estou brava.

– Muito bem. Mas vou querer minhas roupas de volta, para o caso de precisar.

Ela vai em direção à porta.

– Vou pedir que as tragam enquanto toma o café da manhã.

Digo antes que ela feche a porta:

– Imagino que saiba que uso calças quando monto a cavalo!

Vejo seu sorriso compreensivo ao fechar a porta e tenho a nítida sensação de que ela acha muita graça dos meus ideais puritanos.

– Luisa ficará contente em ver você – diz Una. – Assim como seu guia, Edmund, embora esteja cuidando de negócios, pelo que sei.

Caminhamos por um longo corredor de pedras exposto à natureza, mas coberto por um telhado. Faz lembrar os *palazzi* que vi quando viajei pela Itália com meu pai. Noto que Una não menciona Sonia, e apesar de imaginar que esteja sendo diplomática, é Sonia quem mais pesa em minha mente.

– E quanto à minha outra amiga? – Viro a cabeça enquanto caminhamos, na esperança de entrever uma nuança em sua expressão que me diga algo que as palavras não dizem.

Ela suspira, analisando-me com os olhos. Pergunto-me se será sincera ou gentil.

– Ela não está bem, Lia, mas vou deixar que o Irmão Markov conte os detalhes. É provável que, no posto que ocupa, ele saiba mais do que eu, de qualquer modo.

Irmão Markov. Fico curiosa em relação ao título e a referência ao posto de Dimitri, mas Sonia é prioridade em meus pensamentos.

– Posso vê-la?

Una faz que não.

– Hoje não.

Seu tom soa tão definitivo que não me dou ao trabalho de argumentar. Pedirei ao Dimitri.

Una ergue a cabeça quando um cavalheiro de lábios carnudos e sorriso malicioso se aproxima de nós. Usa calças apertadas e uma túnica branca ajustada nos ombros.

– Bom-dia, Una.

— Bom-dia, Fenris — responde ela. Fica óbvio que estão flertando.

Depois que ganhamos uma boa distância do cavalheiro, volto-me para ela.

— Quem é *esse*?

— Um dos Irmãos. Um dos mais... notórios da categoria, na verdade. Não tenho a intenção de vê-lo, mas ele tem tamanha reputação que gosto de fazê-lo provar um pouco do próprio veneno.

— É sério? Estou impressionada! — Dou risadas. — E quem são os Irmãos?

— Os Irmãos são exatamente isto... nossos Irmãos.

— Fenris é seu irmão?

Ela ri.

— Não *meu* irmão. Um Irmão. Isto é, ele é filho de uma das Irmãs e ainda não decidiu se vai sair para viver no seu mundo ou ficar aqui e servir a Irmandade.

— Acho que não entendi.

Una interrompe a caminhada, colocando a mão no meu braço para que eu pare de andar.

— As Irmãs não estão presas a Altus. Podemos viver no seu mundo, como sua mãe e sua tia, se assim desejarmos. Mas permanecer na ilha não significa que nossas vidas ficam estagnadas. Nós também nos apaixonamos, nos casamos e temos filhos, e estes filhos também precisam escolher o que vão fazer da vida deles quando atingem a maioridade.

Ainda não entendo como um cavalheiro como Fenris se encaixa na equação.

— Mas quem são eles? Os Irmãos?

Ela ergue as sobrancelhas.
– Você não acha que as Irmãs só dão à luz meninas, não é?
Penso em Henry e percebo que não.
– Os Irmãos são os filhos homens das Irmãs que escolhem ter filhos.
Não é uma pergunta, mas mesmo assim ela concorda movimentando a cabeça.
– E os descendentes homens do Grigori, se permanecerem em Altus, só têm permissão para casar com uma das mulheres da Irmandade. Na verdade, são todos Irmãos, e podem optar por servir a Irmandade ou mesmo o Grigori, se forem escolhidos.
Continuo imóvel, ponderando a resposta, quando percebo que ela voltou a caminhar e já está uns passos à frente de mim. Tenho de andar rápido para alcançá-la e sinto que estou ficando cansada, embora tenha levantado da cama menos de uma hora antes.
Alguns minutos depois, consigo formular a pergunta que está no fundo da minha mente.
– Una?
– Hmmm?
– Os Irmãos vivem aqui na ilha com vocês?
– É claro. – Ela não parece surpresa com a pergunta. – Moram no Santuário, a residência de todos nós.
– Sob o mesmo teto?
Ela sorri ao me olhar.
– É só no seu mundo, Lia, que é incomum homens e mulheres conviverem com respeito mútuo e honradez. Que é anormal homens e mulheres expressarem seus sentimentos pelos outros fora do casamento.

– Bem, sim... fazemos isso depois do casamento, é claro.
Ela inclina a cabeça e seu olhar fica sério.
– Por que o casamento é uma exigência para que haja respeito mútuo e honradez?
Ela não quer que eu lhe dê resposta, e é bom que não queira. Suas perguntas se amontoam na minha cabeça já inundada por dúvidas de tal modo que sou obrigada a deixar esses pensamentos de lado.
Una entra num corredor amplo e põe a mão na maçaneta de uma porta à nossa direita. Quando a abre e faz um gesto para que eu tome a dianteira, sinto-me em casa imediatamente.
Trata-se de uma biblioteca, e apesar das paredes, assim como todas as outras em Altus, serem feitas de pedras, estão cobertas de livros, como na de meu pai em Birchwood. E, se não bastasse o ambiente para me acalmar, a companhia certamente o faria, pois Luisa, sentada diante de uma das mesas no fundo do aposento, ergue a cabeça. Seu rosto se ilumina ao me ver.
Ela corre ao meu encontro.
– Lia! Achei que nunca mais fosse acordar! – Ela me dá um abraço apertado e depois recua para me olhar, seus lábios se comprimindo numa expressão preocupada.
– O quê? – indago. – Estou bem. Eu precisava dormir, só isso.
– Não parece estar bem! Nunca a vi tão pálida. Tem certeza de que devia estar andando por aí?
– Absoluta. Passei quase dois dias dormindo, Luisa! Só preciso caminhar um pouco sob o sol e logo estarei com minha cor normal.

Sorrio para tranquilizá-la, pois não quero lhe dizer que, de fato, ainda estou muito cansada. Que me sinto fraca, apesar de ter me alimentado, tomado um banho e me vestido.

– Bem, este lugar é maravilhoso. – Ela está ofegante de tanta empolgação e me parece saudável e descansada em seu manto lilás. – Mal posso esperar para lhe mostrar os jardins! Rhys me mostrou umas coisas incríveis!

Ergo as sobrancelhas.

– Rhys?

Luisa encolhe os ombros, tentando parecer casual enquanto as faces ficam vermelhas.

– Ele é um dos Irmãos que andou me mostrando a ilha. Foi muito prestativo.

Sorrio, sentindo-me um pouco mais como era antigamente.

– Claro que foi!

– Ah, você! – Ela dá um tapinha no meu braço de brincadeira, seguido por outro abraço rápido. – Meu Deus! *Que saudade* de você, Lia!

Eu rio.

– Gostaria de dizer que também senti saudade, mas como passei os últimos dois dias no sono mais profundo da minha vida, acho que não senti tanta saudade assim!

– Nem do Dimitri? – indaga ela com um sorriso malicioso.

– Nem do Dimitri. – Estou contente por surpreendê-la, ainda que seja só por um instante. – Até a hora em que acordei, é claro. Agora estou morrendo de saudades dele!

Ela ri, e sua gargalhada se espalha pelo ambiente como uma ventania, exatamente como me lembrava. De repente, percebo Una parada ao meu lado e tenho a impressão de ter sido extremamente rude.

— Ai, *desculpe*! Não apresentei você!

O rosto de Luisa adquire uma expressão confusa. Ela segue o meu olhar e dá um sorriso.

— A Una? Nós nos conhecemos dias atrás, Lia. Tem me feito companhia e garantiu que você estava em boas condições.

— Maravilha — digo. — Então todas já nos conhecemos.

Estou prestes a perguntar a Luisa sobre Edmund quando a porta se abre. Viro-me e, com a porta entreaberta, a claridade do sol me cega de tal maneira que o vulto parado ali é, a princípio, apenas uma explosão de luz dourada. Quando se fecha e o ambiente torna a mergulhar na semiescuridão, não tenho como não correr pela sala como forma de saudação.

Jogo-me nos braços de Dimitri, numa atitude indigna de uma dama. Não ligo. Nem penso duas vezes. Sinto que já tem uma eternidade desde que seus olhos negros miraram os meus.

Ele ri com a cabeça afundada no meu cabelo.

— Fico contente em saber que não fui o único que sofreu.

— Você sofreu? — pergunto com o rosto em seu pescoço.

Ele ri.

— Todos os segundos que passou dormindo. — Recuando para poder me ver melhor, ele me beija na boca sem se importar com o fato de que estamos na frente de Luisa e Una.

— Você está bem? Como está se sentindo?

— Meio fraca, talvez, e ainda cansada. Mas ficarei bem com um pouco mais de descanso e de tempo.

— Altus é o lugar perfeito para ambos. Venha, vou lhe mostrar a ilha. Vai fazer bem caminhar ao ar livre. Olho para Una.

— Posso?

Não sei por que lhe peço permissão, mas me parece esquisito passear pela ilha enquanto eu deveria achar o local onde estão as páginas desaparecidas.

— É claro. — Ela desdenha da pergunta, respondendo como se pudesse ler a minha mente. — Ainda há tempo para que converse com Lady Abigail sobre o objetivo da visita, e, de todo modo, ela ainda dorme.

Viro-me para Luisa.

— Você se importa?

Ela dá um sorriso largo.

— De jeito nenhum. Tenho meus próprios planos.

Dimitri me conduz até a porta e resolvo que depois perguntarei a Luisa sobre o novo ronronar sedutor de sua voz.

— Aqui chove?

Apesar de conseguir pensar de forma coerente há menos de 24 horas, só posso imaginar que o clima em Altus é quente e agradável o ano inteiro.

— Não haveria tantas árvores se não chovesse.

Ele sorri para mim enquanto subimos a vereda de pedras, e o vejo como se fosse a primeira vez. Sua pele viceja, saudável, contra as mesmas calças marrons e a túnica branca e justa que Fenris vestia quando Una e eu passamos por ele no corredor aberto. O tecido branco contrasta com o cabelo escuro de Dimitri e é impossível não notar que a túnica se estica sobre seus ombros. Quando meus olhos cruzam com os dele, um sorriso lento se espalha de seus olhos para a boca e ele ergue as sobrancelhas como se soubesse exatamente o que estou pensando.

Sorrio ao olhá-lo nos olhos, estranhamente desavergonhada. Contemplando o caminho que percorremos, vislumbro pela primeira vez o edifício onde dormi nos últimos dois dias. De fora, é muito mais esplêndido, embora não seja alto ou imponente. Totalmente construído a partir de uma pedra cinza-azulada, estende-se no topo da colina que tentei subir no dia em que chegamos. O telhado parece ter sido de cobre e sazonado até adquirir um tom verde-musgo que contrasta sutilmente com o gramado vasto e o intenso tom esmeralda das macieiras frondosas.

É linda, mas essa descrição não chega nem aos pés de ser adequada à paisagem. Ao olhar para o oceano que se estende lá embaixo, o edifício que chamam de Santuário e as construções menores que o cercam, tenho uma profunda impressão de pertencer ao local. Uma sensação de paz. Queria ter descoberto antes que fazia parte da Irmandade. De Altus. É como se sempre tivesse faltado um pedaço de mim – uma parte cuja perda eu só sentira plenamente ao recuperá-la.

Caminhando pela vereda, cruzamos com várias pessoas e Dimitri cumprimenta todos pelo nome. Ele sorri com o charme que lhe é característico, mas, estranhamente, parecem imunes à sua natureza amistosa. Ele estica o braço para pegar minha mão quando passamos por uma adorável senhora que o olha

candidamente em resposta à saudação. Imagino que seja mau humor, mas não consigo me calar depois que uma jovem reage com raiva quando Dimitri a cumprimenta, bradando:
— Você devia se envergonhar!

Paro de andar e fico encarando a garota, que caminha na direção oposta e está de costas para mim.
— Que grosseria! Qual é o problema dessas pessoas? — Estupefata, viro-me para olhá-lo.

Dimitri abaixa a cabeça.
— Pois é... nem todo mundo apoia nossa jornada como gostaríamos.
— Do que está falando? Como podem não apoiar? Só queremos achar as páginas sumidas para dar fim à profecia. Não é isso que as Irmãs querem? — Ele não responde, e começo a entender que não tenho noção do quadro geral. — Dimitri?
— Eles não a conhecem como eu. — Fica com o rosto ruborizado, ou por vergonha ou por constrangimento, e vejo o quanto foi difícil para ele dizer isto em voz alta.

É tão simples, na verdade, que nem acredito na possibilidade de que me iludiu até agora.
— É por minha causa. — Olho o chão por um minuto antes de levantar a cabeça e fitar Dimitri. — Não é?

Ele põe as mãos nos meus ombros e olha nos meus olhos.
— Não importa, Lia. — Não consigo encará-lo, mas ele segura meu queixo com os dedos e vira meu rosto para que seja impossível evitar o seu olhar. — Não importa.
— Importa, sim. — Não tenho a intenção de ser ríspida, mas é assim que soa minha resposta. Dou as costas para ele e continuo a caminhada, desta vez evitando encarar todos que passam.

Dimitri só precisa de uns segundos para me alcançar. Não fala na mesma hora, e, quando finalmente o faz, tenho a impressão de que está pisando em ovos.

– Não estou defendendo as pessoas, mas tente entender – pede.

Não quero ouvir as opiniões que os outros formaram a meu respeito sem ao menos me conhecer. Mas Dimitri precisa falar e portanto o ouço.

– Estou ouvindo – digo sem olhar para ele, tentando me concentrar na vereda.

Ele suspira.

– Você é o primeiro Portal que vem a Altus e que é *bem-vinda*. Só que... bem, é que isso nunca acontece. Não aconteceu no passado. Até agora, o Portal sempre foi o inimigo. Inimigo das Irmãs, embora também seja uma delas, e por esse motivo um adversário maior talvez. Sua mãe e seu pai escaparam do julgamento, pelo menos por parte dos que habitam a ilha, indo morar em outro lugar.

– Quer prova maior do que o fato de eu estar aqui? De ter arriscado minha vida e a das pessoas que amo para levar esta jornada adiante? – Tenho consciência de que minha raiva está aumentando. Não é a fúria que senti ao descobrir a traição de Sonia, mas sim um fervor que ameaça crescer até que a única saída seja a explosão.

– Lia... Até você encontrar as páginas sumidas e usá-las para encerrar a profecia, as Irmãs não têm como saber que este é de fato seu objetivo. A sua mãe...

Paro de andar e o encaro.

– Eu *não sou* a minha mãe. Amo minha mãe, mas não sou ela.

O ar parece abandonar seu corpo em uma torrente de derrota.

– Eu sei disso. Mas eles não. Só podem basear suas opiniões, suas esperanças no passado. E sua mãe tentou lutar contra as Almas. Quis enfrentá-las. Mas, no final das contas, não conseguiu mantê-las afastadas. É *isto* o que as Irmãs de Altus sabem e temem.

Volto a andar, desta vez mais devagar. Ele me segue e caminhamos por um tempo sem conversar. Reflito para articular as palavras que sei que devo dizer. Para formular a pergunta que mais me amedronta. Quando finalmente a faço, descubro que preciso acalmar minha voz.

– E você está sendo marginalizado por causa do seu... envolvimento comigo? – Ele não responde de imediato, e percebo que está tentando suavizar a resposta. – Responda de uma vez, Dimitri. De que vale nossa relação se não pudermos ser francos um com o outro?

– "Marginalizado" é um pouco forte – diz ele, num tom delicado. – Eles não entendem. Já fui convocado pela Corte Suprema por ter salvado você da ondina. Só isso já é escandaloso o bastante para alguém na minha...

– Posição? – termino por ele.

Ele confirma com a cabeça.

– Acho que sim. E agora há a questão do meu envolvimento romântico com uma Irmã claramente apontada como Portal, e não é um Portal qualquer, e sim o que tem o poder de finalmente possibilitar o retorno de Samael.

– Parece que está defendendo os outros. Não consigo evitar o tom amargo em minha voz.

– Não. Estou apenas tentando entendê-los e ser justo em meu próprio julgamento, embora eles não sejam.

É impossível ficar zangada. A cada palavra que Dimitri diz, sei que fala a verdade. E, mais importante, aprendo mais sobre ele e tenho mais certeza de que é um bom homem. Como criticá-lo por ter essas qualidades?

Desta vez, sou eu quem pega a mão dele. Parece enorme junto à minha e, no entanto, tenho o grande desejo de dar a mesma proteção que ele me deu. Não sei a eficácia que teria ao fazer isso, mas de repente me dou conta de que faria o que fosse para impedir que lhe causassem algum mal.

– Então parece que só há uma saída.

– Qual?

– Provar que estão errados.

E neste momento, ao olhá-lo nos olhos e sorrir, tenho certeza de que é isso o que farei.

22

Caminhamos de mãos dadas em direção ao lado oposto da ilha. A vereda desce até uma espécie de bosque, e me dou conta de que já faz um bom tempo que não passamos por ninguém. Fico perplexa com o silêncio absoluto.

– Venha – diz Dimitri. – Quero mostrar uma coisa.

Ele me puxa para fora da vereda e me guia em direção ao bosque. Tenho de correr para acompanhá-lo, e tento não tropeçar no gramado e nas flores silvestres.

– O que está fazendo? – Eu rio. – Aonde está me levando?

– Você vai ver! – grita ele.

Serpenteamos por entre as árvores e fica nítido que se trata de um bosque de laranjeiras. Lembro-me do aroma da minha mãe. Laranja e jasmim. Percebo a pedra da serpente, vibrante e quente, sob o manto.

O bosque parece não ter fim. Teria medo de me perder se não fosse por Dimitri, pois as árvores crescem numa ordem estranha que só a natureza deve ser capaz de entender. Entretanto, Dimitri parece saber exatamente aonde vai e eu o sigo sem questionar.

Abrimos caminho em meio às árvores e o céu se desvela diante de nós. O mar, cintilando lá embaixo, encrespa-se quando as ondas brancas batem contra o penhasco irregular que forma um declive do bosque até a água.

– Eu vinha aqui quando garoto – conta-me Dimitri. – Era meu canto secreto, apesar de achar que minha mãe sabia exatamente onde eu estava. Poucas coisas são secretas em Altus.

Sorrio ao tentar imaginar Dimitri como um menino de cabelos escuros e sorriso travesso.

– Como foi crescer neste lugar?

Ele anda devagar até uma árvore, estica o braço e puxa uma laranja pequena do galho.

– Foi... idílico. Mas na época eu não sabia disso.

– E seus pais? Vivem na ilha?

– Meu pai, sim. – A melancolia domina seu rosto. E quando ele continua, entendo o motivo. – Minha mãe morreu.

– Ah... eu... sinto muito, Dimitri. – Inclino a cabeça, lançando-lhe um sorriso triste. – Acho que é mais uma coisa que temos em comum.

Ele assente devagar, aproximando-se de mim e apontando para a grama na beirada do penhasco.

– Venha. Sente-se.

Sento no chão com Dimitri. Prossegue sem mencionar os pais e compreendo que o assunto foi encerrado.

– Altus é como uma cidadezinha de interior, mas com uma mentalidade bem mais liberal. – Ele rola a laranja pelas mãos

enquanto fala. – Imagino que minha criação não tenha sido muito diferente da sua. Vi casamentos, nascimentos, mortes.
– E todo mundo, homens e mulheres, vivendo próximos. – Ainda estou me acostumando com isto e não resisto em trazer o assunto à tona.
– Ah, você andou conversando com a Una. Que bom. Isso choca você?

Dou de ombros.

– Um pouco. Acho que é... diferente do meu estilo de vida.

Ele concorda com a cabeça.

– Vai levar um tempo para se acostumar com o nosso estilo, Lia. Tenho consciência. Mas tente não pensar nele como novo ou estranho. Na verdade, é mais antigo que o próprio tempo.

Contemplo o mar, ponderando suas palavras. Não sei se estou pronta para refletir sobre elas neste momento. Soam como uma realidade que eu não seria capaz de imaginar poucas semanas atrás, apesar de ter ficado desacompanhada em Londres.

– Conte-me sobre Sonia – peço, em parte para mudar de assunto e também para finalmente me sentir forte o bastante para ouvir a verdade.

Dimitri começa a descascar a laranja, tentando não deixar que ela se parta.

– Sonia ainda... não voltou a si. Os Anciões a enclausuraram.

– Enclausuraram? – Fico confusa. Num instante tenho a sensação de que aportei numa comunidade hedonista, e no instante seguinte, de que estou num convento.

Ele confirma.

– Em reclusão. Pouquíssimas Irmãs são confiáveis e fortes o bastante para realizar esses rituais; sua tia seria uma delas, se não estivesse tão doente. Só elas podem visitar a Sonia durante sua recuperação.

Meu susto é inevitável.

– Rituais? Não a estão machucando, estão?

Ele pega minha mão.

– Claro que não. Foram as Almas que a machucaram, Lia. As Irmãs têm de vencer o domínio delas sobre Sonia para que consiga voltar a si. – Ele solta minha mão e volta a descascar a laranja. – Livrá-la pode demorar um tempo, e só os Anciões podem garantir que isto aconteça.

– Quando poderei vê-la?

– Talvez amanhã. – E pelo tom de voz, sei que outro assunto se encerra.

Puxo uns tufos de grama.

– E o Edmund? Onde está?

Ele parte a laranja ao meio e sinto uma vontade repentina de cheirar-lhe as mãos.

– Está aqui na ilha. No primeiro dia, ficou sentado na porta do quarto, até que dormiu no chão. Tivemos que levá-lo, ainda adormecido, para o próprio quarto.

Não consigo evitar o sorriso à menção de Edmund, e de repente mal posso esperar para revê-lo.

– Você gosta muito do Edmund, não é? – indaga Dimitri.

Faço que sim.

– Fora a tia Virginia, ele é a única pessoa que tenho que parece ser parte da família. Ele me apoiou... – Respiro fundo, recordando. – Bom, ele me apoiou em momentos horríveis. Sua força me faz acreditar que não preciso ser forte o tempo todo, que posso me amparar em outra pessoa por um tempinho.

Fico constrangida por dizer em voz alta o que já pensei tantas vezes, mas Dimitri sorri e sei exatamente no que está pensando.

Seu olhar esquenta meu rosto. Sinto tantas coisas nele. Tantas que seria impossível sentir apenas com um olhar – força, confiança, respeito, lealdade e, sim, talvez até amor.

Ele desvia o olhar do meu rosto e corta um gomo da laranja. Quando levanta o braço, imagino que vai me entregar, mas ele o leva até minha boca. É claro que em Nova York ou em Londres seria uma enorme indecência permitir que um homem me alimente.

Mas não estou nem em Nova York nem em Londres.

Inclino-me e pego a laranja com a boca, meus lábios roçando as pontas de seus dedos ao segurar a fruta entre os dentes. Ao mordê-la, percebo o quanto é pequeno. O gomo é pouco maior que uma mordida e mais doce que as laranjas que comi em outros lugares. Os olhos de Dimitri fitam minha boca enquanto mastigo.

Olho para o restante da laranja, que ele ainda segura na palma da mão.

– Você não vai provar?

Ele lambe os lábios e, ao falar, sua voz está rouca.

– Vou.

Ele se aproxima de mim e encosta a boca na minha antes que eu tenha tempo de pensar. Seu beijo traz à tona os vestígios de uma outra Lia. Uma que nunca teve de usar espartilho e meias, que não se envergonha quando o corpo vibra com a sensação dos lábios dele nos dela e o toque dos dedos dele contra o tecido delicado do manto que ela usa. Esta Lia vive segundo as regras da ilha e não as leis da sociedade londrina.

Com a boca ainda junto à minha, ele me empurra para o gramado e nos perdemos no vento e no mar e nos toques um do outro. Quando finalmente recua, está ofegante.

Ponho os dedos em sua nuca e tento puxá-lo para perto de mim outra vez. Ele suspira, mas apenas agracia minhas faces e pálpebras com beijos ternos.

– Nós somos de lugares diferentes, Lia, e, em muitos aspectos, de épocas diferentes também. Mas aqui, agora, quero que saiba que honro as leis do seu lugar e da sua época.

Sei o que quer dizer e tento não ruborizar.

– E se eu não quiser que você aja assim? – As palavras escapam da minha boca antes que eu possa pensar bem nelas.

Ele se apoia nos cotovelos, passando um dedo por uma parte do meu manto.

– Você fica linda de lilás – murmura ele.

– Está mudando de assunto?

Ele sorri.

– Talvez. – Ele se inclina e beija a ponta do meu nariz. – Para que eu mesmo seja uma pessoa honrada, tenho de respeitar as leis do seu mundo enquanto você fizer parte dele. Caso você resolva fazer parte do meu... bom, daí honraremos estas leis juntos.

Eu me sento, dobrando as pernas sob o manto.

– Quer que eu fique em Altus com você?

Ele arranca uma margarida do gramado e a põe atrás da minha orelha.

— Claro que não agora. Temos que encontrar as páginas desaparecidas e banir as Almas. Mas depois... Nada me faria mais feliz que construir uma vida ao seu lado em Altus. E você, não sente uma ligação com este lugar?

Não posso mentir, portanto faço que sim. Estou acabrunhada, ao mesmo tempo lisonjeada e totalmente amedrontada pelo que o futuro, outrora certo e garantido como o nascer do sol, agora me guarda.

— E se eu não quiser sair do meu mundo? — Tenho de perguntar.

Ele se inclina e me dá um beijo terno, encostando seus lábios nos meus antes de se afastar só alguns centímetros para que eu possa quase sentir-lhe os lábios mexendo-se enquanto fala.

— Aí vou com você para o seu.

Ele me dá outro beijo, mas, quando fecho os olhos, não são as declarações de amor de Dimitri que ressoam nos corredores de minha mente, mas as de um outro homem, proferidas há muito tempo.

Dou um salto quando Luisa entra no quarto pisando forte, batendo a porta depois de passar.

— Isto é ridículo, Lia! Absolutamente ridículo! — Ela estica os braços, as mangas violeta de seu manto novo tremulando em volta dos braços finos. É alguns tons mais escuro que o nosso manto diurno e idêntico ao que Una separou para mim. — Ela falou que a gente tem que usar esse *manto* para o jantar!

Rio do tom de Luisa, como se mantos fossem ratos.

– Sim, em Altus as Irmãs usam manto. – Tento não soar como se estivesse falando com uma criança de cinco anos.

– Não seja condescendente – diz ela. – Você sabe do que estou falando: como vamos ao nosso primeiro grande jantar em Altus sem usar nada além de... além de... – Ela aponta para seu corpo vestido de seda antes de prosseguir. – *Disto*?

Balanço a cabeça.

– O que fez nestes dias que passei dormindo? O que vestiu?

– Fiz as refeições no meu próprio quarto, de modo geral, enquanto não importava o que eu vestia. Acho que estavam esperando você para fazer uma espécie de comemoração.

O ar fica preso nos meus pulmões. Ainda não estou pronta para conhecer a ilha inteira.

– Que espécie de comemoração?

Ela caminha até a cama, joga-se de costas em cima dela e fala para o teto.

– Sei lá. Mas acredito que não vai ser muito formal. Ouvi uma das meninas mais novas dizer algo sobre ser "inadequado" fazer uma festa muito animada.

Penso na tia Abigail, que neste exato momento luta pela vida, e concordo com a Irmã sem nome.

Luisa se senta.

– Mesmo assim, Lia... Eu queria uma roupa bonita para vestir, você não? Não sente falta dos belos vestidos?

Dou de ombros, passando as mãos pelos inúmeros vincos lilases que transbordam em volta das minhas pernas.

– Estou me acostumando com os mantos, e eles *são* confortáveis, não acha?

Paro diante do espelho para prender o cabelo e quase não reconheço a pessoa que me olha de volta. É a primeira vez que me dou ao trabalho de olhar no espelho desde que saímos de Londres. Imagino que seja uma pessoa diferente em diversos aspectos, e me pergunto se as mudanças foram para melhor. Dou as costas para o reflexo, decidindo num impulso deixar o cabelo solto, com os cachos sobre os ombros.

— Eu sacrificaria o conforto pela moda *sem pensar duas vezes*, principalmente esta noite — diz Luisa do outro lado do quarto, e sua expressão sinistra me causa um instante de pena.

Vou até a cama e me sento ao lado dela.

— O que torna esta noite especial?

Ela encolhe os ombros, mas o sorriso astucioso que começa a esboçar a entrega.

— Nada.

— Hmmm. Então não tem nada a ver com... ah, sei lá... um certo Irmão que por acaso mora aqui na ilha?

Ela ri.

— Ah, tudo bem! Eu *queria* ficar bonita para o Rhys! Algo de errado nisso?

— Claro que não. — Levanto. — Mas veja por este lado: há uma enorme possibilidade de que, caso aparecesse de vestido no jantar, Rhys pensasse que é um ganso cheio de ataduras.

Sei que estou progredindo quando Luisa morde o lábio inferior, um gesto pensativo que substitui a vivacidade de poucos momentos antes.

— É sério, Luisa. Acho o manto de seda bem exótico. Bem... sensual.

Ela pensa um pouco antes de se levantar, bufando de raiva.

— Ah, está bem! Vou usar este manto infernal. Afinal de contas, a minha única outra opção é ir ao jantar nua!

— É verdade. — Pego o braço dela enquanto nos dirigimos à porta. — Mas vai saber? Talvez Rhys goste ainda mais desta opção!

Luisa se vira para mim, boquiaberta.

— Lia! Você se tornou uma pessoa completamente infame!

Suponho que sim, e a caminho da sala de jantar lembro da proposta de Dimitri no bosque e me questiono se a escolha entre uma vida e outra realmente está em minhas mãos. Talvez eu não seja capaz de voltar a ser a pessoa que já fui um dia e à vida que eu vivia.

Lembro das palavras de Henry, ditas muito tempo atrás, e as acho mais adequadas que nunca.

Só o tempo dirá.

23

Ao entrarmos na sala de jantar, fico surpresa com o silêncio que domina o grupo. Tento ignorá-lo enquanto atravesso o aposento com Luisa.

A sala é cavernosa, cheia de mulheres de manto e homens elegantes vestidos de preto dos pés à cabeça. O imenso candelabro, iluminado por milhares de velas, lança um brilho caloroso sobre o centro da sala. Pergunto-me como alguém chegou até lá em cima para acendê-las, pois ele pende de uma corrente grossa e comprida que nem consigo ver onde termina.

– O que a gente faz? – sussurra Luisa.
– Sei lá. Acho que devíamos procurar o Dimitri ou a Una.
– Ou o Rhys – acrescenta ela.
Reviro os olhos.
– É. Ou o Rhys.

Continuo a andar pela sala, tentando manter a cabeça erguida e um sorriso no rosto – generoso o bastante para parecer amistosa, mas não a ponto de dar a impressão de que sou doida.

É nessas horas que sinto uma saudade terrível de Sonia. Na verdade, muitas vezes era por ela que eu alinhava os ombros e forjava um sorriso corajoso, embora me acovardasse por dentro. Sempre me senti mais forte com seu apoio e companheirismo, e sinto falta disso como se eu a tivesse perdido para as Almas hoje.

– Graças a Deus – suspira Luisa. – Ali está o Dimitri.

Sigo o seu olhar e o vejo vindo ao nosso encontro. Não penso que seja só fruto da minha imaginação a crença de que seu sorriso é secreto e dirigido só a mim. Ele para diante de nós, segurando nossas mãos.

– Aí estão vocês. – Ele diz isso com simplicidade, como se me procurasse há séculos e finalmente me encontrasse no lugar mais inesperado de todos.

Trocou as calças diurnas pelas pretas, mais justas, e usa também uma túnica preta no lugar da branca. O preto faz com que pareça perigoso, e sob a luz das velas fica mais belo e encantador do que nunca.

Quando se inclina, imagino que vá beijar-me a bochecha, mas seus lábios encontram minha boca. O beijo é demorado, mas não indecoroso. Percorro o ambiente com um olhar de soslaio e percebo que os participantes do jantar estão ou mortificados ou surpresos, e me dou conta de que Dimitri fez uma declaração. Ele afirmou que está comigo, digam o que quiserem. Não pensei que fosse possível, mas meu coração se abriu ainda mais para ele.

– Olá – digo. Meu tom de voz não é tão audacioso quanto eu gostaria, mas fui pega de surpresa pelo estado de espírito dos convivas e pelo gesto de Dimitri.

Ele sorri, mais parecido com o Dimitri da intimidade, que venho descobrindo.

– Bem, olá.

E agora meu sorriso é verdadeiro, pois quando estou com ele, por alguma razão, o que o resto do mundo pensa ou diz não me importa.

Ele me dá o braço e faz a mesma coisa com Luisa, e nos conduz até a mesa no centro da sala. É uma espécie de deixa, e os convivas voltam a conversar, primeiro aos murmúrios e depois erguendo a voz de tal modo que a estranheza dos últimos instantes parece ter sido apenas um sonho.

– Sinto muito que você tenha tido que entrar na sala de jantar sozinha. – Ele tem de falar alto para ser ouvido no meio da balbúrdia. – Pensei que a Una fosse trazê-la, senão eu teria ido buscá-la.

– Ela ia me trazer – explico. – Mas queria ver como está a tia Abigail. Pelo que sei, ela ainda não acordou.

Ele assente, com uma expressão séria, e vejo que não sou a única pessoa que está preocupada com a tia Abigail.

Paramos diante da mesa comprida que fica sob o candelabro. Já está quase toda ocupada, mas há três cadeiras vagas, reservadas, aparentemente, para nós. Por um instante, me aflige a ideia de que Luisa não poderá sentar-se ao lado do novo admirador, mas quando seu rosto é dominado por um sorriso beatífico sigo seu olhar e vejo que Rhys já está sentado à nossa mesa. Mais tarde, perguntarei a Dimitri se foi por acaso ou de propósito.

Uma senhora de cabelos negros é a primeira a se levantar. Faz uma pequena reverência para me saudar, seus olhos gélidos mirando os meus, e me dou conta de que era a Irmã que nos guiava pela vereda quando desmaiei.

– Bem-vinda a Altus, Amalia, filha de Adelaide. – Sua voz é mais grave do que em minhas lembranças.

É esquisito ouvir o nome de minha mãe em voz alta. Acho que não escuto ninguém pronunciá-lo desde antes de sua morte. Levo um tempo para me recompor.

Retribuo a reverência.

– Obrigada.

Dimitri se vira para mim e faz um cumprimento formal, realizando sua parte num tipo de ritual que não compreendo.

– Amalia, Lady Ursula e a Irmandade lhes dão as boas-vindas.

Retribuo o cumprimento com uma timidez repentina.

Dimitri repete a formalidade com Luisa, e em seguida são feitas as apresentações aos membros da mesa. Os acontecimentos se desenrolam numa rapidez tão grande que esqueço a maioria dos nomes assim que são ditos, mas sei que não vou esquecer tão fácil dos olhos penetrantes de Rhys e de como parece enxergar apenas Luisa. É moreno como Dimitri, mas é mais calado e menos capaz ou disposto a iniciar conversas. Gostaria de perguntar a Luisa sobre o que falam quando estão a sós, mas creio que conversar não é uma das atividades preferidas do casal. Mesmo nesta situação, ela está sentada tão perto dele que vejo as pernas dos dois se tocando sob a mesa.

Assim que nos sentamos, as pessoas tomam os lugares que lhes foram reservados nas várias mesas espalhadas pela imensa sala de jantar. Logo depois a comida é servida e mal consigo acompanhar tamanha variedade de frutas, legumes, pães e vinho doce, embora note que não há carne.

Enquanto nos servem, flagro os olhares curiosos que meus convivas me lançam. Imagino que não possa censurá-los. Usando os argumentos de Dimitri, suponho que tenham muitas dúvidas, que a educação os impede de verbalizar.

Fica logo claro que Ursula tem prestígio, mas durante o jantar não tenho nenhum momento para perguntar a Dimitri em particular sobre as minúcias de seu título. Ela aproveita plenamente de seu cargo, seja lá qual for. O garçom ainda nem se afastou da mesa quando inicia o assunto.

– Dimitri me contou que você enfrentou uma jornada e tanto para nos encontrar, Amalia. – Ela toma um gole de vinho.

Termino de mastigar o figo que tenho na boca.

– Sim. Foi... exaustivo.

Ela assente.

– Ao que parece, você não se esquiva de tarefas difíceis e arriscadas.

As palavras soam como um elogio, mas algo em seu tom de voz me diz que é o contrário. Tento ser atenciosa, perceber o verdadeiro sentido da pergunta, mas meu cérebro ainda não se recuperou do tempo que passei insone. Resolvo levar sua declaração ao pé da letra.

– A profecia me ensinou que algumas coisas têm de ser feitas, por mais que queiramos evitá-las.

Ela ergue as sobrancelhas.

– Você quer evitá-las?

Olho para minhas mãos, entrelaçadas sobre o colo.

– Acho que qualquer pessoa gostaria de evitar algumas das coisas que vivi no último ano.

Ursula inclina a cabeça, ponderando algo antes de falar mais.

– E quanto à sua irmã, Alice? O que ela quer evitar?

Minha cabeça se ergue com a menção inesperada à minha irmã, como se o nome de Alice fosse convocar sua presença. Pergunto-me qual será a razão do interesse de Ursula por ela, já que é um fato de conhecimento geral que está infringindo o Grigori e suas leis.

Tento manter o mesmo tom de voz.

– Minha irmã rejeita o papel de Guardiã. Considerando-se o seu grande conhecimento e sabedoria, imaginei que já soubesse disso. – Curvo a cabeça na esperança de que minha resposta seja vista como um sinal de respeito, quando na verdade estou apenas tentando esconder meu crescente desdém.

Não deixo meu olhar cruzar com o dela, mas sinto seus olhos endurecerem. Quando enfim me responde, sei que é por necessidade, pois permanecer em silêncio por mais tempo fará com que pareça fraca. A concessão me traz uma bizarra sensação de vitória.

– O que *eu sei* é que o futuro de Altus, do próprio mundo, está em jogo. Certamente você entende que seu papel é privilegiado, não é? Principalmente dada a natureza da tarefa que você tem, *por direito*, na profecia.

Ouço o perigo na voz baixa e vagarosa de Ursula. É muito fácil pensar que é a de um gato, quando na verdade é a de um leão. Mas sou inexperiente demais em relação aos caminhos e às pessoas que fazem parte da profecia para me indispor com uma possível amiga ou rival. Pois agora vejo que se trata de um jogo em que é sempre melhor estar uns três ou quatro lances à frente.

Ergo a cabeça e olho nos olhos de Ursula, enquanto todos os outros olhares da mesa apontam para mim.

– Privilégio exprime uma ideia de sorte. – Faço uma pausa. – O que eu tenho a ganhar em comparação com tudo que perdi para a profecia? Irmã, irmão, mãe, pai... – Penso em James e no nosso futuro perdido e a melancolia me atinge, ainda que intimamente eu reconheça meus sentimentos por Dimitri. – Perdão, mas, nesta experiência, a profecia tem sido mais um fardo que um privilégio, apesar de isto não significar que eu não vá honrá-la.

Pode ser apenas imaginação, mas tenho a impressão de que o resto da sala se aquietou, como se todos estivessem com um ouvido antenado na conversa que se dá em nossa mesa.

Ursula tamborila os dedos na mesa de madeira grossa enquanto pondera o próximo lance. Inclina a cabeça.

– Talvez deva deixar para pessoas mais aptas, mais dispostas, a aceitar *o fardo*.

Reflito sobre suas palavras, mas elas não fazem sentido sob as circunstâncias.

– Não é como se esta fosse uma opção, concorda? Não é uma opção digna de consideração. Jamais permitirei que Samael me use como Portal.

– Claro que não – murmura ela. – Mas você está se esquecendo da outra opção que tem.

Balanço a cabeça.

– Que outra opção?

– De não fazer nada. Deixar que a responsabilidade seja passada para outra Irmã.

Percorro a mesa com o olhar, notando que os outros se remexem nas cadeiras e desviam os olhos como se eu fosse repugnante. À exceção de Dimitri e Luisa. Luisa aparenta a confusão que sinto. Nos entreolhamos, e vejo as perguntas. Questionamentos que não sei responder. Dimitri, por outro lado, lança olhares raivosos em direção a Ursula.

Volto a olhar para ela.

— Pode levar gerações para que um outro Anjo seja designado pela profecia.

Ela assente devagar, fazendo um gesto para que eu deixe a questão de lado.

— Ou pode não levar tempo nenhum. Ninguém sabe o que dita a profecia.

Por um instante, acredito estar enlouquecendo. Uma Irmã da profecia, ainda por cima Anciã, está sugerindo que eu não faça nada? Está pedindo que eu entregue minha obrigação nas mãos de outra, mesmo se isso significar uma espera de séculos para que a profecia chegue ao fim? Tempo em que as Almas de Samael se reuniriam no nosso mundo?

De repente, Dimitri fala, sua voz hostil de tanta raiva.

— Perdoe-me, Irmã Ursula, mas parece estar bem claro o que dita a profecia, não? Ela diz que Lia é mais do que o Portal: é o Anjo, o único Portal com poder para convocar ou rejeitar Samael. Assim sendo, pode exercer seu livre-arbítrio e escolher um rumo ou outro. Com toda a sua sabedoria, não concorda que lhe temos uma dívida de gratidão por escolher o rumo certo?

Xeque-mate, penso. Ao menos por enquanto.

Aperto a mão de Dimitri por baixo da mesa, pois embora não queira lhe criar mais problemas, não há como não me sentir grata pela intervenção.

Ao redor da mesa, o silêncio que se segue só pode ser chamado de incômodo. Somos salvos de uma tentativa de resgatar

os destroços do nosso agradável jantar quando Astrid aparece, fazendo uma breve reverência ao lado de Ursula.
– Mãe? Posso sentar à sua mesa? Quero conhecer nossas visitas. – Sua voz é doce e acanhada, sem a arrogância presente quando conversou comigo no quarto.
Mãe? *Mãe?* Ursula é mãe de Astrid?
Ursula sorri, mas não para Astrid. Seus olhos continuam fixos em mim até no momento em que responde à filha.
– Claro que pode, meu amor. Sente-se ao lado do Irmão Markov.
As faces de Astrid ficam rubras, e ela faz outra reverência para a mãe antes de ir para o lado de Dimitri. Depois de se sentar, ela o olha, sua adoração é evidente.
– Altus não é a mesma sem você – declara com timidez.
Imagino ver impaciência no olhar dele, mas ele disfarça bem.
– E eu nunca sou o mesmo longe de Altus. – Ele se vira para mim e sorri. – Como estava o seu jantar? – Aproximando-se o bastante para que eu possa sentir o vinho em seu hálito, ele sussurra: – Afora a companhia, é claro.
Eu dou um sorriso.
– Adorável.
O resto do jantar transcorre sem incidentes. Astrid fecha a carranca no lado oposto de Dimitri, e Luisa fica o tempo inteiro concentrada em Rhys. Mais tarde, um estilo estranho de música começa a ser tocado num canto da sala. Rhys se levanta e estende a mão para Luisa. Juntos, deixam a mesa para dançar, assim como várias pessoas da nossa mesa e das outras.
Dimitri põe a mão numa tigela em cima da mesa, pegando um saboroso morango vermelho e levando-o à minha boca.

Desta vez mordo a fruta deslumbrante, arrancando-a do talo, sem pensar duas vezes. Ele sorri, e algo secreto e caloroso acontece entre nós.

Ele deixa o talo no prato e de repente fica sério.

– Desculpe, Lia.

Engulo o que sobra do morango antes de falar.

– Pelo quê?

– Pela Ursula. Por tudo o que houve.

Balanço a cabeça.

– Você não precisa se desculpar. A culpa *não é sua*.

Ele olha o ambiente, os casais rodopiando pela sala ao som da canção lenta e triste, em um caleidoscópio de seda violeta e preta.

– Este é meu povo. Minha família. E você... bem, você é ainda mais importante, Lia, como imagino que já saiba a esta altura. – Ele pega minha mão e dá um beijo na palma. – Quero que sejam gentis com você.

Pego sua mão e repito o gesto que ele fez.

Por um instante, sinto como se estivesse olhando em seus olhos pela primeira vez. Estou perdida, e nada mais importa. Então a música muda abruptamente, passando a um ritmo mais alegre, e Dimitri levanta, puxando-me para fora da cadeira.

– Conceda-me a honra. – Não é uma pergunta e, antes que me dê conta, já estamos no meio da sala, junto de outros casais. Penso ter avistado Luisa, mas ela some na multidão sem que eu tenha certeza.

– Mas... eu não sei dançar músicas assim! – digo, olhando os movimentos ligeiros dos outros dançarinos.

Ele põe uma das mãos no meu ombro e a outra na própria cintura, fazendo o mesmo comigo.

– Não se preocupe. É muito simples, juro. Além disso, não pode se considerar uma Irmã se não dançar!

E logo estamos nos movimentando em meio à multidão no ritmo da música. A princípio, Dimitri meio que me arrasta de um lado para o outro. Os passos são tão complicados quanto as danças que aprendemos em Wycliffe, e com esse ritmo é difícil eu não me perder. Não flui como Strauss e Chopin. Ela vibra e pula e balança.

Colidimos com muitas pessoas enquanto tento me familiarizar com os passos, e Dimitri me conduz pela sala dizendo "Perdão" e "Desculpe". Mas depois de um tempo sinto-me mais confiante. Dimitri ainda conduz, mas consigo acompanhá-lo sem pisar no seu pé.

Estou começando a me divertir quando a música muda. Um bramido alegre irrompe na sala e, no instante seguinte, Dimitri sumiu. Esquadrinho os corpos que se amontoam ao meu redor, mas, antes que possa encontrá-lo, há outro cavalheiro nos meus braços.

– Ah! Olá! – digo.

Ele usa roupas iguais às de Dimitri, mas sem a mesma elegância. Mas é bastante agradável e retribui o meu sorriso.

– Olá, Irmã.

Assim que penso que não será tão ruim passar um tempo com o gentil cavalheiro enquanto Dimitri não volta, o homem some e é substituído por outro. Este tem a pele clara e os cabelos dourados como os de Sonia. Não dá tempo de nada além de trocarmos sorrisos antes de ele se afastar num movimento natural e ser substituído.

A música e as pessoas que dançam com seus acordes ficam cada vez mais agitadas e minha única opção é me empenhar para acompanhá-las em meio ao desfile de pares. Parece haver um método na loucura deles, uma ordem para a troca de pares, mas não consigo entendê-la.

Faço umas tentativas de abandonar a dança, mas me desvencilhar dos pares e da multidão se mostra impossível. Passado um tempo, entrego-me ao ritmo e deixo que me rodopiem de um lado para o outro, até ficar tonta com a música e as gargalhadas.

Estou rindo com uma desinibição eufórica quando meu novo par, um cavalheiro mais velho, corpulento, rodopia-me pela sala, entregando-me a outro.

– Bom, tenho que dizer que você me parece muito melhor do que da última vez que a vi. – A voz é inconfundível, mas quase não reconheço Edmund com o rosto recém-barbeado e os trajes diferentes.

Sorrio para ele enquanto percorremos a pista de dança.

– Tenho que dizer o mesmo de você! – E é verdade, pois ele parece descansado e usa as mesmas roupas que os Irmãos, atribuindo às calças e à túnica a elegância própria da idade.

Ele concorda.

– A viagem até Altus nunca é fácil, e esta foi pior que de costume. Principalmente para você. Está se sentindo bem?

– Muito bem, obrigada. – Estou começando a perder o fôlego, mas Edmund está tranquilo como se tivesse acabado de entrar na dança. – E olhe só para você! É um especialista. Aventuro-me a supor que não é a primeira vez que dança nesta ilha!

Seu olhar demonstra alegria quando me lança uma piscadela.

– Jamais vou contar.

Não vejo Edmund tão contente desde a morte de Henry, e sou tomada por uma onda de felicidade e bem-estar. Estou prestes a lhe perguntar onde esteve desde que chegamos à ilha e de que negócios andou cuidando quando ele se inclina para dizer:

– Não é uma boa ideia eu monopolizar a Irmã mais bela de Altus. Vejo você em breve.

E em seguida ele me gira e me entrega a outro par. Resolvi protestar porque é a primeira vez que nos revemos depois de muitos dias distantes, mas percebo que ele me entregou a Dimitri.

– Desculpe! – berra ele, para ser ouvido no meio da multidão. – Tentei achar o caminho de volta, mas... – Ele dá de ombros e me gira até sairmos da área reservada para a dança.

Dimitri nos mantém em movimento, sem parar nem um instante, até que me vejo imprensada contra a parede gelada de pedras, sob a sombra das velas. Ficamos parados por alguns momentos, tentando recuperar o fôlego. Até as bochechas de Dimitri estão vermelhas, e não tenho dúvida de que as minhas também.

– Você se divertiu? – pergunta quando finalmente para de ofegar.

Faço que sim, respirando fundo.

– No início foi complicado acompanhar a dança, mas acho que me saí bem, levando-se tudo em consideração.

Ele sorri.

– Está no seu sangue.

Faço uma cortesia com a cabeça, sentindo um estranho acanhamento pelo fato de que, em diversos aspectos, Dimitri me conhece melhor do que eu mesma.

Ele levanta o meu queixo para que eu seja obrigada a olhá-lo nos olhos.

– Não quero compartilhá-la esta noite. – Tocando de leve seus lábios com a boca, sinto o desejo aumentar em seu beijo, até que ele se esforça para se afastar de mim. – Você está com gosto de morango.

Olho sua boca, perguntando-me se teremos privacidade naquele canto escuro da sala, quando Astrid aparece atrás de Dimitri. Ele não a vê e abaixa a cabeça para me dar outro beijo.

Pigarreio, olhando para Dimitri e depois para o espaço acima de seu ombro. Ele se vira e a vê.

– Astrid – diz ele. – Como posso ajudá-la?

Sua expressão se fecha enquanto olha ora para mim, ora para Dimitri. Sei que a raiva em seus olhos não é fruto da minha imaginação. Ela parece medir as palavras, ponderar o mérito de verbalizar seu rancor. No final das contas, simplesmente estreita os olhos e fala com Dimitri como se eu não estivesse ali.

– Una mandou a mensagem de que Lady Abigail acordou e quer ver a Irmã Amalia.

Dimitri assente.

– Está bem. Obrigado.

Astrid permanece no lugar, como se os pés estivessem presos ao chão.

– Vou levar Lia para ver Lady Abigail. Você já deu o recado.

Uma chama de fúria violenta surge em seu olhar, e percebo que está zangada por causa da dispensa. No entanto, Dimitri é mais velho que ela, e está claro que algum nível de respeito é esperado dela. No final das contas, só lhe resta dar meia-volta e sair, sumindo em meio à multidão que ainda gira pela sala.

Dimitri volta a olhar para mim.

– Eu sei o quanto está preocupada com Lady Abigail. Vamos agora, eu levo você até lá.

Não sei o motivo da minha hesitação, pois ver tia Abigail é o ápice de nossa longa jornada e de uma vida inteira de dúvidas e confusão. É a chave de meu próprio futuro. O fim da profecia. Talvez seja por isso que eu demore um instante para concordar. Para ir em frente.

Foi agradável me entregar à comida e à música. Até o confronto com Ursula foi uma distração bem-vinda diante do que me espera. Porém, era inevitável que isto acontecesse, portanto sigo Dimitri até a porta da sala, ciente de que este é o início do fim.

E se eu tiver muita, muita sorte, talvez também seja o prenúncio de um novo começo.

24

– Acho que devo pedir desculpas à Astrid – diz Dimitri a caminho do quarto de tia Abigail. – Eu a conheço desde que nasceu, mas sempre a vi como uma irmã mais nova. Parece que ela enxerga nossa relação de um jeito bem diferente.

Andamos pelo longo corredor ao ar livre por onde lembro ter passado naquela manhã. Contornamos o Santuário inteiro, e não faço ideia de onde estamos em relação aos outros cômodos.

Eu o olho com um sorriso debochado.

– Tudo bem. Não dá para culpá-la por isso. – Não sei se é por causa do vinho ou da dança ou das estrelas que cintilam no céu escuro, mas a seda do meu manto ondula contra minhas pernas nuas e de repente me sinto viva.

Sorrindo, Dimitri pega minha mão.

– Creio que o ar de Altus está exercendo certa influência sobre você.

– Pode ser. – Um sorriso se esboça em meus lábios enquanto prosseguimos com a caminhada, nossas mãos entrelaçadas.

Não sei quanto tempo ainda temos para conversar sem restrições, e meus pensamentos retornam a assuntos mais sérios. Há coisas que preciso entender.

– Dimitri?

– Sim?

– Por que Ursula é tão... perspicaz?

Ele levanta a cabeça para o céu e gargalha.

– Você é bem mais gentil do que eu seria se estivesse no seu lugar.

Ele me leva para uma curva, parando diante da entrada do edifício. O corredor tem continuidade, mas a partir dali é um lugar fechado, e entendo que Dimitri quer o pouco de privacidade que a área externa nos oferece.

– Ursula é a Anciã que impera logo abaixo da Lady Abigail. Caso Lady Abigail faleça, e sinto dizer que isto pode acontecer em breve, é Ursula quem assume seu lugar.

– Não entendo o que isto tem a ver comigo. Não me oporia ao seu direito ao cargo; nem sou habitante de Altus.

Ele suspira, e tenho a impressão de que a conversa ocorre praticamente contra sua vontade.

– Sim, mas, Lia, tem outras duas Irmãs que podem reivindicar o cargo antes de Ursula. – Ele contempla o céu negro antes de me olhar outra vez. – Sua irmã, Alice, e você.

Por um instante, estas palavras me são indecifráveis.

– Do que está falando? É impossível.

Ele balança a cabeça.

– Não, não é. Todas as Irmãs são fruto de uniões entre Sentinelas originais e mulheres mundanas. Mas você e Alice são descendentes diretas de Maari e Katla, criadores da profecia. É por isso que foram escolhidas como Guardiã e Portal. Sempre foi assim.
– E?
– E a Lady de Altus deve ter o maior grau de parentesco possível com Maari e Katla. Tia Abigail era descendente direta, e, além de Virginia, você e Alice são suas únicas parentes vivas. As únicas que têm o mesmo sangue que ela. Mas Alice não é qualificada para desempenhar o papel por causa do atual desacato às regras do Grigori. Já Ursula descende da mesma linhagem, mas seu parentesco não é tão direto.

Jogo o peso do corpo sobre uma perna e depois sobre a outra, tentando compreender o que diz.

– Tudo bem, mas e quanto à Virginia? Ela é mais velha que eu. Com certeza tem mais direito ao cargo.

Ele encolhe os ombros.

– Ela não o quer. Renunciou ao direito quando foi embora e é bem provável que não tivesse poder suficiente para governar, em todo caso.

Lembro da tia Virginia me explicando que os dons da Irmandade eram concedidos antes do nascimento. Que algumas de nós eram inerentemente mais poderosas que outras. Não pareceu se incomodar ao admitir que era bem mais fraca que sua própria irmã, minha mãe.

– Bom, eu também não o quero. – Hesito antes de continuar. – Mas... não conheço Ursula o bastante para saber se ela deve assumi-lo.

Altus e as Irmãs, Ursula, Alice e tia Abigail agonizando dentro daquele edifício. São problemas demais. Levo os dedos às têmporas, como se o gesto fosse espantá-los.

Dimitri segura minha mão.

– Venha. Vamos ver Lady Abigail. O resto pode esperar.

Assinto, grata por ser conduzida. Passamos por uma porta e entramos no corredor interno. Dimitri fica ao meu lado a cada passo que dou, e não consigo mais imaginar dar um fim à profecia sem seu companheirismo, sua lealdade.

Claro que não é tão simples, mas obrigo minha mente a não pensar na questão que emerge frequentemente no oceano de minha consciência: *onde fica James nessa história?*

༂

O cômodo está pouco iluminado, mas não devido às janelas cobertas por cortinas, como se esperaria no quarto de um enfermo. Pelo contrário: dois pares de portas de vidro estão abertos, deixando o ar quente da noite entrar. A maresia suspira ao roçar as cortinas, fazendo-as ondular como se respirassem sozinhas.

Dimitri fica junto à porta e eu entro. Una vem em minha direção e duas outras Irmãs andam de um lado para o outro em segundo plano. Uma enche de água o copo da mesa de cabeceira. A outra pega um lençol no enorme guarda-roupa que fica ao lado da janela e o balança.

– Lia! Que bom que você veio. – Una se aproxima, beijando minha face. Fala em voz baixa, mas não sussurra. – Lady

Abigail acordou há cerca de meia hora e pediu para vê-la imediatamente.
– Obrigada, Una. Vim assim que pude. – Olho para a pessoa deitada na cama por cima de seu ombro. – Como ela está?
A expressão de Una se torna séria.
– Os Anciões dizem que ela não deve sobreviver a esta noite.
– Então me deixe conversar com ela. – Desvio de Una e vou até a cama, assentindo para as Irmãs que zelam por tia Abigail.
À medida que me aproximo da cama, involuntariamente meus passos desaceleram. Faz muito tempo que espero conhecer tia Abigail. Este é um momento que não quero que passe. Reúno minhas forças e sigo adiante, pois que outra opção eu tenho?
Quando enfim paro na beirada da cama, a pedra em torno do meu pescoço começa a pulsar numa vibração quase audível. Eu a tiro de dentro do manto, apertando-a com a mão. Está quente como se tivesse saído do fogo, mas não queima a pele frágil da palma.
Eu a coloco para dentro do manto outra vez e olho para minha tia. Sempre a imaginei cheia de vida, como certamente era antes de adoecer. Agora sua pele está desbotada e enrugada como papel, seu corpo tão miúdo que mal se vê seus contornos através das cobertas. O ar sai de seu organismo com ruídos dolorosos, mas, quando abre os olhos, vejo que são joviais e vibrantes, verdes como os meus, e a reconheço como irmã da minha avó.
– Amalia. – Ela diz meu nome praticamente ao mesmo tempo que abre os olhos, como se soubesse que eu estava ali.
– Você veio.

Assinto, acomodando-me na beirada da cama.
– É claro. Desculpe por ter demorado tanto. Vim assim que pude.
Ela tenta sorrir, mas os cantos de sua boca mal se movem.
– Não é uma viagem curta.
Nego com a cabeça.
– Não. Mas nada me impediria de chegar aqui. – Seguro sua mão. – Como você está se sentindo, tia Abigail? Ou devo chamá-la de Lady Abigail, como fazem os outros?
Ela começa a rir, mas a gargalhada acaba em uma série de tossidas.
– Por favor, conceda-me a honra de me chamar de tia Abigail. – Ela suspira, sua voz sumindo de um jeito melancólico. – Parece já fazer muito tempo que fui Abigail. Que fui apenas a filha, a irmã ou a tia.
– Para mim, sempre será a tia Abigail. – Inclino-me e dou um beijo em sua face ressecada, admirada com o fato de que ela me parece tão familiar.
O colar onde está pendurada a pedra da serpente cai para fora do manto e tia Abigail estica a outra mão, tocando a pedra, ainda quente.
– Você está com ela. – Tia Abigail a solta e a pedra volta para junto do meu peito. – Que bom.
– O que é isto? – Sou incapaz de esconder a curiosidade, mesmo diante de sua doença.
– Glain nadredd. – Não entendo as palavras, mas ela as profere com um suspiro nostálgico. Quando torna a falar, suas palavras são mais claras. – É uma pedra da serpente. Mas não é uma pedra qualquer. É minha.

Levanto a mão e seguro a pedra, como se meu gesto fosse fazê-la revelar seus segredos.
– Para que ela serve? – pergunto.
Seu olhar se desvia para meu pulso e o medalhão descoberto pela manga do manto.
– Isto. – Ela faz outra pausa, tentando recuperar a força. – Todas as Irmãs de Altus têm uma pedra impregnada da magia que possuem. A força depende da dona. A minha me protegeu de todos os perigos, me curou quando eu estava doente e reforçou meu poder quando foi necessário. Agora vai protegê-la das Almas, mesmo você usando o medalhão do Portal, mesmo seus amigos mais íntimos se entregando ao poder de Samael. Mas não vai funcionar para sempre, e quando o poder que tem, o *meu* poder, diminuir, você terá de impregná-la com o seu próprio.
– Quanto tempo vai durar?
– Pelo menos até você encontrar as páginas. Se tivermos sorte, um pouco mais. Eu... – Ela umedece os lábios secos e interrompo meu questionário para lhe oferecer água, mas ela recusa. – Eu me esvaziei de todo o poder que tinha, filha, e o derramei na pedra.

O remorso perfura meu peito como uma adaga quando percebo por que tia Abigail está tão doente: ela me deu toda a força que lhe restava através da pedra. Devia saber que o poder de Alice crescia, e me questiono se também sabia da traição de Sonia. Não tenho coragem de perguntar se sou o motivo de sua fraqueza. Não tenho vontade de saber. E em todo caso, não dá para desfazer isso. É muito mais inteligente, e muito mais respeitoso, usar nosso tempo com sabedoria.

– Obrigada, tia Abigail, mas e se não for suficiente? Quando o seu poder abandonar a pedra... e se eu não tiver o bastante para afastar as Almas até que possa dar fim à profecia?

Seu sorriso é fraco, mas visível. Nele, enxergo a energia vital que guiou as Irmãs ao longo de várias décadas.

– Você é mais forte do que imagina, minha filha. Vai ser o bastante, sim.

As palavras que diz me trazem lembranças. Em um instante, sou transportada para a manhã em Birchwood em que a tia Virginia me deu a carta escrita por minha mãe pouco antes de sua morte. "Você é mais sábia do que imagina, minha querida. E mais forte do que pensa", declarara tia Virginia.

Tia Abigail fecha os olhos por um instante. Ao reabri-los, brilham com outra intensidade.

– Você precisa desvelar as páginas.

Faço que sim.

– Diga-me onde estão e as usarei para encerrar a profecia.

Ela segura minha mão com mais força.

– Não posso... contar a você.

Balanço a cabeça.

– Mas... foi para isso que eu vim. Por isso você *me pediu* para vir. Não se recorda, tia Abigail?

– Não é a memória que me falha, minha filha.

Continuo sem entender.

O olhar de tia Abigail percorre o quarto, embora esteja cansada demais para movimentar a cabeça. Abaixa o tom de voz ainda mais, portanto tenho que me esforçar para ouvi-la.

– Há muitos... ouvidos no Santuário. Alguns usam o que escutam em prol da causa das Irmãs. Outros usam em benefício próprio.

Ergo a cabeça e noto uma Irmã dobrando lençóis perto da janela. Não sei onde está a outra, mas Una mói algo com um pilão e almofariz e mistura o pó num copo, e Dimitri permanece junto à porta, encostado na parede.

Volto-me para tia Abigail.

– Mas como vou achar as páginas se não me disser onde procurar?

Ela solta minha mão, segura meu braço e me puxa para perto, seus lábios rachados a centímetros de mim.

– Você vai embora depois de amanhã. O companheiro de confiança do seu pai, Edmund, irá tirá-la desta ilha em segurança e você irá para o primeiro ponto de encontro. Um novo guia a conduzirá em todos os trechos da viagem. Apenas Dimitri irá acompanhá-la a jornada inteira. Já faz um tempo que ele está ao meu serviço. Minha confiança nele é total.

Nos entreolhamos, e imagino ver uma faísca de orgulho.

– Ninguém saberá que caminho percorrerá. Cada guia será responsável somente por um pequeno trecho do trajeto. Nem o último guia saberá que seu trecho é o final. Ele achará que é só mais uma das várias paradas.

Me empertigo, sentindo uma onda de amor e orgulho em relação à minha tia. Mesmo doente e agonizante, sua mente e determinação não falham. Ainda assim, não sou mais tão crédula quanto outrora.

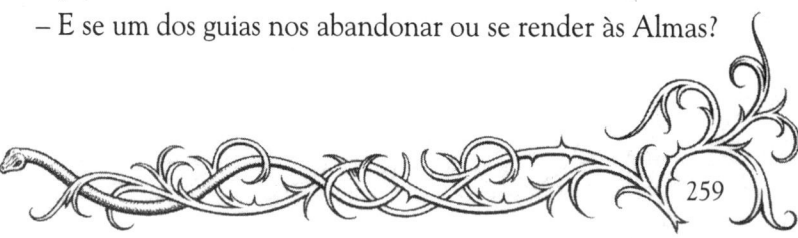

– E se um dos guias nos abandonar ou se render às Almas?

– Os guias foram escolhidos a dedo, mas você é muito inteligente e pensa em todas as possibilidades – diz ela, rouca. – É por isso que estou preparada para lhe falar o que você, e só você, tem de saber.

Ela faz um gesto para que eu me aproxime, e lhe obedeço.

– Chegue mais perto, minha querida. – Ponho a orelha junto a seus lábios e ela sussurra uma única palavra. – *Chartres*.

Endireito a coluna, ponderando a palavra. Sei que a ouvi corretamente, mas não sei o que significa.

– Eu não...

Ela interrompe com um murmúrio.

– *Aos pés da Guardiã. Não uma Virgem, mas uma Irmã.* – Ela lança olhares para vários pontos do aposento. – Contanto que você atravesse o mar, minhas palavras lhe servirão de guia. Creio que agora, caso seja obrigada a prosseguir sozinha, já tem o bastante para encontrar o caminho.

Balbucio aquela única palavra, saboreando-a com a língua, e decoro aquela citação estranha. Ela me dá uma ligeira impressão de familiaridade, mas não consigo me lembrar de tê-la ouvido em voz alta até agora.

Una aparece do outro lado da cama segurando o copo em que misturava os grãos moídos. Dá um sorriso triste.

– Creio que agora Lady Abigail precise descansar.

Olho para a irmã da minha avó. Já adormeceu, e me curvo e beijo-lhe a testa quente.

– Durma bem, tia Abigail.

Una põe o copo na mesa de cabeceira.

– Sinto muito, Lia. Há algo que eu possa fazer para aliviar sua dor?

Faço que não.
– Apenas a deixe confortável.
Ela concorda.
– Preparei algo para melhorar sua dor, mas não quero acordá-la agora que finalmente está dormindo com certo conforto. Mas vou cuidar dela. Quando acordar, não vou deixar que sinta dor. – Ela sorri. – Você devia descansar. Ainda parece bem cansada.
Só me dou conta deste fato quando ela o verbaliza, e então, de repente, a exaustão toma conta de mim.
– Você vai me chamar no momento em que ela acordar? Quero passar todo o tempo que puder com ela antes...
Una compreende.
– Pedirei para chamarem você no instante em que ela recobrar a consciência. Prometo.
Ando com as pernas trêmulas até a porta. Dimitri pega minha mão, fecho a porta do quarto e seguimos pelo corredor.
– Você tem que descansar – diz ele. – Tem de reunir todas as suas forças para os próximos dias.
Olho para ele.
– O que sabe sobre a localização das páginas?
Sua expressão se torna contemplativa.
– Muito pouco. Só me disseram que tenho que me preparar para viajar e que você e eu, com Edmund nos servindo de guia, partiremos depois de amanhã.
Concordo. Apesar de confiar totalmente em Dimitri, jurei honrar a confidência de minha tia. Não lhe direi as palavras que me foram sussurradas dentro dos limites das paredes sagradas de seu quarto.

- Dimitri?
- Sim? – Fazemos uma curva e reconheço o corredor que dá para o meu quarto.
- Tenho que ver Sonia antes de partirmos.

Sinto culpa por não ter insistido até agora, mas não tinha certeza de minha força. Prefiro acreditar que a capacidade de perdoar é grande o bastante para superar qualquer coisa, mas ainda estou me recuperando do choque que levei com a traição de Sonia. Imagino que só saberei, de verdade, até que ponto sou capaz de perdoá-la quando revê-la. E por isso preciso vê-la antes de ir embora de Altus, talvez pela última vez.

Dimitri para diante da porta do meu quarto, e percebo sua mente trabalhando pela sombra de preocupação em seus olhos.

- Você tem certeza de que é uma boa ideia? Os Anciões falam que ela realmente está melhor, mas talvez seja bom esperar até voltarmos da viagem e ela estar completamente recuperada.

- Não. Preciso vê-la, Dimitri. Não vou descansar enquanto isso não acontecer, e na verdade eu devia ter ido visitá-la há muito tempo.

- Você não ganharia nada vendo Sonia no estado em que chegou a Altus, e os Anciões teriam proibido, de qualquer forma. Mas se acha necessário vê-la antes de partirmos, vou falar com eles e programar a visita para amanhã.

Fico na ponta dos pés e passo os braços em volta do pescoço de Dimitri.

- Obrigada – digo, antes de encostar minha boca na dele.

Ele retribui meu beijo com uma paixão pouco contida antes de se afastar de mim.

– Você tem que descansar, Lia. Nos vemos de manhã.

Apoio a testa contra o peito dele.

– Não quero que vá embora.

Ele passa os dedos pelos cachos que caem pelas minhas costas.

– Então não vou.

Olho para ele.

– Como... como assim?

Ele encolhe os ombros.

– Durmo no chão, se quiser, ou em qualquer outro lugar que você queira que eu fique. Isso não é motivo de vergonha. Não aqui. E – diz ele, piscando os olhos de um jeito brincalhão – eu já falei que vou honrar as regras da sua sociedade, você querendo ou não.

Há uma parte da minha cabeça, ensinada pela srta. Gray em Wycliffe acerca de todas as questões de decoro, que se admira da minha falta de vergonha, mas é apenas uma pequena chama em comparação ao fogo que cresce dentro de mim. Não é um fogo alimentado pelos meus sentimentos por Dimitri, cada vez maiores. Não só por isso. É aceso pelo alívio que sinto ao saber que pode existir um outro caminho, outro rumo, abrindo-se para mim. Que minhas opções podem não ser tão restritas quanto eu imaginava.

Não consigo evitar o sorriso.

– Está bem. Quero que fique.

Ele abre a porta do meu quarto.

– Então ficarei.

Não troco de roupa antes de me deitar. Lembrando o estado em que acordei de manhã, não tenho certeza de que a escolha cabe a mim. Um homem passar a noite no meu quarto já é escandaloso demais, até mesmo para o meu senso de liberdade recém-adquirido. Estar nua, ainda que debaixo das cobertas e com um homem no quarto seria injustificável para mim, mesmo no mundo místico de Altus.

Acomodo-me na cama enquanto Dimitri pega lençóis e travesseiros no armário e os arruma no chão. Quando vai ao outro lado do quarto e abre as cortinas, vejo que ali não há uma janela, mas sim portas duplas, como as do quarto de tia Abigail.

Ele abre um pouco a porta, virando-se para mim.

– Você se incomoda? Gosto da brisa que vem da água.

Faço que não.

– Não sabia que ela se abria.

Ele volta para a cama, cobrindo-me com o lençol.

– Agora você vai ficar quentinha enquanto dorme ouvindo o mar.

Ele se curva e me dá um beijo casto nos lábios.

– Boa-noite, Lia.

Fico acanhada, apesar de nossa intimidade.

– Boa-noite.

Ele assopra a vela que está ao lado da cama e escuto seus movimentos ao se acomodar no chão. Entretanto, não demora muito, pois a cama é larga e desconhecida, e não gosto de imaginar Dimitri dormindo no chão.

– Dimitri?

– Hmmm?
– Seria possível você dormir na minha cama e... honrar as regras da minha sociedade? – Pergunto-me se ele percebe o sorriso na minha voz.
– Perfeitamente possível.
Tenho certeza de que percebo o sorriso na dele.

25

— Meu Deus! – A voz de Luisa me desperta do sono profundo. – Suponho que já esteja bem habituada aos costumes da ilha!

Sento, deixando os braços de Dimitri. Ele abre os olhos devagar, nem um pouco assustado com a saudação matinal de Luisa.

— É, bom, pelo bem do senso de decoro que me resta, isto fica entre nós, está bem?

Luisa ergue as sobrancelhas.

— Guardo os seus segredos se guardar os meus.

— Não sei de nenhum seu. Nenhum recente, pelo menos. – Espreguiço-me, lutando contra a vontade de voltar a me deitar ao lado de Dimitri.

— Uma situação que talvez eu consiga remediar se mandar seu ilhéu selvagem sair enquanto você se banha e troca de roupa. – Ela vai em direção ao guarda-roupa.

Não quero que Dimitri saia, nem por um segundo. Porém, preciso me preparar para a visita que farei a Sonia, e também quero ver tia Abigail.

Curvo-me e dou um beijo suave nos lábios de Dimitri enquanto Luisa remexe o guarda-roupa, de costas para nós.

– Desculpe – digo.

Ele desliza o dedo pelos meus cabelos desgrenhados, as têmporas, a bochecha e o pescoço, até chegar ao ponto em que começa a gola do manto.

– Está tudo bem. Preciso me vestir e falar com os Anciões sobre a visita à Sonia. Daqui a pouco volto para buscá-la.

Assinto.

– Obrigada por ter ficado.

– *Eu* que agradeço – diz ele, sorridente. – Foi a melhor noite de sono que eu tive em um bom tempo. – Ele se levanta da cama e se vira para Luisa, parada na cabeceira da cama com um manto limpo pendurado no braço. – O resto da ilha já sabe dos meus sentimentos por Lia. Não dou a mínima se souberem onde passei a noite, mas, em nome dela, agradeço por sua discrição.

Ela revira os olhos.

– Está bem, está bem. Quer ir embora logo, por favor? Eu não sairei nunca deste quarto se você não for!

– Tudo bem, então. – Ele sorri, retirando-se do quarto sem falar mais nada.

Luisa cai na gargalhada assim que ele sai.

– O que foi? – Tento fingir inocência, mas o rubor das minhas faces me deixa com a suspeita de que não consegui fazê-lo.

Ela joga o manto em cima de mim.
– Não se faça de tímida, Lia Milthorpe. Eu conheço você bem demais.
– Não estou me fazendo de tímida. – Dou de ombros. – Não aconteceu nada. Ele... honra as regras da nossa sociedade.

O riso começa como uma risadinha, que ela contém com a mão sobre a boca, e depois se transforma numa gargalhada que a faz cair na cama, ao meu lado. Fico um pouco ofendida pelo seu riso debochado, mas não consigo defender a mim ou a Dimitri. Luisa está concentrada demais em recuperar o fôlego para me escutar, e o pior é que sua gargalhada me contagia.

Por uma questão de princípios, não quero rir com ela. Afinal, sou o alvo da piada gerada por motivos inexistentes. Mas não consigo me segurar e em seguida nós duas estamos rindo tanto que lágrimas escorrem pelas faces de Luisa e minha barriga dói.

As gargalhadas diminuem aos poucos, até que ambas estamos deitadas lado a lado sobre as cobertas, a respiração retomando o ritmo normal.

– Agora que você riu bastante à minha custa, por que não me conta da sua noite com o Rhys? – digo, olhando para o teto.

– Bom, uma coisa eu posso dizer: não acho que "honrar as regras da nossa sociedade" seja uma de suas prioridades. – Ela volta a rir.

Jogo um travesseiro em cima dela.

– Muito bem. Ria bastante. Mas enquanto você e Rhys satisfazem seus desejos menos virtuosos, acho bem altruísta da parte de Dimitri respeitar os costumes da nossa sociedade.

– Você tem razão, Lia. – Percebo que ela tenta conter o acesso de riso que tenta dominá-la novamente. – Dimitri é simplesmente um cavalheiro. Agradeço a Deus por Rhys não ser!
– Ah... você! Você é impossível! – Eu me sento, pego o manto limpo e tento manter a seriedade. – Falou alguma coisa sobre banho? Adoraria saber onde tomar um.
– Você sempre foi muito boa em mudar de assunto. – Não posso contestar sua declaração, mas ela deixa a questão de lado, e fico grata por sua atitude. Ela se senta e levanta da cama. – Vou pedir para buscarem uma tina e encherem de água quente. Tenho certeza de que farão isso por você, assim como fizeram por mim.
– Obrigada.
– De nada. – Ela abre a porta que dá para o corredor. Antes de fechá-la, olha para trás. – Estava só brincando, Lia.
Sorrio.
– Eu sei disso.
O sorriso que ela me dá é ofuscado pela melancolia.
– Dimitri se importa muito com você.
– Também sei disso.
E de alguma forma, apesar de certas palavras não terem sido ditas por Dimitri ou por mim, eu de fato sei.

༶

– Você não precisa fazer isso, sabia? – diz Luisa.
Estamos sentadas na cama, esperando Dimitri nos buscar para visitarmos Sonia. Como Luisa prometera, uma enorme tina de cobre foi levada ao quarto e enchida com água quen-

te perfumada por um óleo aromático guardado em um frasco transparente. Não sei se é porque fazia um tempo que eu não tomava um banho de verdade ou porque foi realmente uma experiência extraordinária, mas aquele foi o banho mais memorável da minha vida. Sentir o manto de seda deslizar na pele limpa e cheirosa foi o paraíso.

Viro-me para Luisa.

– Se não agora, quando? Vou embora amanhã, esqueceu?

Só falei para Luisa as informações mais vagas sobre a próxima parte de nossa jornada, explicando-lhe que Dimitri e eu temos a tarefa de reaver as páginas, enquanto ela tem de permanecer na ilha e cuidar da Sonia até que fique boa.

Luisa mexe numa dobra de seu manto, a seda violeta cintilando entre seus dedos.

– Você podia esperar até ela ficar bem o suficiente para voltar para Londres.

Balanço a cabeça.

– Não posso. Sonia é uma das nossas melhores amigas, e eu jamais me perdoaria se não a visse antes de partir. Se fosse você, agiria da mesma forma.

Luisa suspira.

– Então está bem. Vou acompanhá-la.

– Tudo bem se preferir esperar. Sei que vai ser... difícil ver Sonia nesse estado.

Ela segura minha mão.

– Não vou abandonar você. Nem agora, nem nunca. Estamos juntas.

Sorrio e aperto sua mão no exato instante em que batem à porta. Dimitri abre apenas uma fresta e vejo seus cabelos escuros.

– Bom-dia. De novo. – Ele abre um sorriso. Luisa revira os olhos.
– Vamos, Lia. Vamos antes que o Dimitri se acomode.
Dimitri estica o braço para me dar a mão.
– Entendi. Aliviando os ânimos à minha custa. Não me importo.
Eu rio e dou-lhe um beijo no rosto quando nos encontramos no corredor, fechando a porta do quarto. Ao longo do caminho cumprimentamos quem passa por nós. Muitos olham para mim e para Dimitri, e depois para nossas mãos entrelaçadas, e seus rostos assumem uma expressão sombria. Recuso-me a verbalizar o rancor que ainda ferve sob minha pele. Tenho questões mais sérias para encarar hoje.
– Como está Sonia, Dimitri? Tem alguma novidade? – Quero estar preparada para a visita.
– Recebi notícias hoje de manhã, sim. Parece que os Anciões têm a sensação de que a crise foi vencida. Ainda não estão prontos para afirmar que está curada, mas já tem mais de 24 horas que ela não menciona as Almas e o medalhão.

Mas isto não quer dizer que se foram. Que não estão mais à espreita em seu inconsciente.

Penso e me questiono se um dia voltarei a confiar em Sonia.
Chegamos ao fim do corredor externo. Dimitri me surpreende ao nos conduzir por um lance de escadas, em vez de fazer uma curva e entrar no Santuário.
– Aonde vamos? – indaga Luisa, virando-se para olhar o edifício que abriga nossos aposentos.
Ele entra na mesma vereda de pedra que seguimos para chegar ao bosque, na tarde do dia anterior.

– Aos aposentos de Sonia.
– Que são? – instiga Luisa.
– Que são – diz Dimitri – num outro edifício, e não naquele onde você e eu ficamos.

Luisa detesta aguardar informações, portanto fico surpresa e aliviada quando ela simplesmente suspira, contemplando os campos vastos e o mar, ao longe.

O céu exibe o mesmo azul-claro estonteantemente intenso dos dias anteriores, e me pergunto se sempre pensarei naquele tom como o azul de Altus. Seguimos em frente, até que me deparo com o lugar onde Dimitri me puxou para fora da vereda e me levou até o bosque. Desta vez, continuamos na vereda, mesmo quando ela começa a descida em direção ao mar.

Esta parte da ilha está deserta, assim como no dia anterior. Por um bom tempo, não enxergo nada parecido com um abrigo, e começo a me perguntar se os Anciões estão numa caverna com Sonia. É então que vejo uma pequena construção de pedras à beira do precipício.

Sem querer, solto o braço de Dimitri e paro de andar. Olhando a construção, admiro a possibilidade de que ela de fato exista, empoleirada no alto do despenhadeiro de modo que parece tão precário.

Dimitri olha para o mesmo lado que eu e segura minha mão.
– Não é tão ruim quanto parece, Lia.

Luisa vira-se para ele, a raiva estampada em suas feições exóticas.
– Não é tão ruim quanto parece? Por quê?... Fica à beira do fim do mundo! A palavra "desolada" me vem à mente.

Ele suspira.

– Admito que daqui ela parece... austera. Mas é paramentada com todas as amenidades que temos no Santuário. É usada para certos rituais e ritos que pedem privacidade e silêncio, inclusive os que são feitos para banir as Almas. Só isso.

É impossível explicar como consegui visitar tia Abigail em seu leito na noite anterior sem chorar, e agora sinto as lágrimas ardendo nos olhos. Talvez eu simplesmente seja incapaz de acreditar que a profecia tenha arrebatado Sonia e a exilado num lugar daqueles sem o amor e o carinho das amigas. A injustiça da situação me dá vontade de gritar, mas dou as costas para Dimitri e contemplo o mar na tentativa de me recompor.

Passado um instante, sinto o toque de borboleta dos dedos de Luisa no meu braço.

– Vamos lá, Lia. Vamos juntas.

Assinto e retomo a caminhada, pondo um pé na frente do outro até o edifício ficar mais visível, e então percebo que na verdade tem mais de um cômodo. Parece mais um complexo pequeno – muito, muito menor que o Santuário e sem o corredor externo, mas feito da mesma pedra azul e telhado de cobre.

Seguimos por uma trilha menor margeada por um jardim exuberante, e então começo a me acalmar. É mais que agradável. É lindo e sossegado, o lugar perfeito para alguém recuperar as forças.

O edifício fica no fim da trilha. Depois da serenidade do jardim, fico perplexa ao me deparar com um Irmão em cada lado da porta gigantesca. Seus trajes são iguais aos de qualquer outro cavalheiro de Altus. Iguais aos de Dimitri, na verdade, em suas vestes diurnas: túnica e calças brancas. Não tenho nenhum motivo para achar que são vigias, e no entanto tenho a nítida sensação de que estão ali exatamente para isso.

— Bom-dia — diz Dimitri. — Estamos aqui para ver Sonia Sorrensen.

Fazem um cumprimento em respeito a Dimitri, olhando-me com desconfiança.

— O protocolo de Altus mudou enquanto eu viajava? Não se faz mais saudações a uma Irmã? — A voz de Dimitri é tensa, sua raiva quase saindo de controle.

Coloco a mão em seu braço.

— Está tudo bem.

— Não está, não — diz ele sem se virar para mim. — Vocês sabiam que esta Irmã pode ser a próxima Lady? Guardiã ou Portal, como a profecia dita, não é esta a questão: ela está se empenhando para agir em nosso nome. E pode muito bem ser a sua governante no futuro. Agora — acrescenta ele com os dentes trincados — cumprimentem a Irmã.

Sinto-me muito mal quando eles inclinam a cabeça.

— Bom-dia, Irmã — dizem em uníssono.

Retribuo a reverência brava comigo mesma, mas não com os homens parados diante de mim.

— Bom-dia. Obrigada por cuidarem da minha amiga.

Assentindo, a vergonha colore seus rostos quando abrem a porta e recuam para que possamos entrar.

Percorremos um corredor que aparentemente se estende de um lado ao outro do edifício, terminando numa porta de vidro através da qual vislumbro o oceano ao longe. Puxo Dimitri para um canto e olho para Luisa.

— Luisa, pode nos dar um minutinho, por favor?

Ela encolhe os ombros, distancia-se no corredor e examina os quadros pendurados nas paredes, dando-nos toda a privacidade que podemos esperar num lugar pequeno como aquele.

Viro-me para Dimitri.

— Nunca mais faça isso.

Ele balança a cabeça e a confusão é evidente em seu rosto.

— O quê?

— O quê? — Minha voz é um sussurro ríspido. — Isso. Humilhar-me diante dos Irmãos ou de qualquer outra pessoa desta ilha.

— Eu não estava *humilhando* você, Lia. — É óbvio que está perplexo com a insinuação. — Ontem mesmo ficou chateada com o tratamento que estava sendo dispensado a vocês duas pelas pessoas mais ignorantes da ilha.

— E *você me falou* para ter paciência. — Não estou mais sussurrando, mas acho impossível me conter.

Ele cruza os braços e por um instante parece uma criança emburrada.

— É, bem... cansei dos olhares mesquinhos e dos cochichos. E você *pode* se tornar a próxima Lady de Altus. Eles não têm o direito de tratá-la desse jeito. Não vou deixar.

A raiva abandona meu corpo na mesma velocidade com que o dominou. Como me zangar com alguém que se importa tanto comigo, que exige que eu seja bem tratada?

— Dimitri. — Ponho os braços em volta de seu pescoço. — Não sei se me tornarei a próxima Lady de Altus ou não, mas acho que enfim compreendo que sempre vou ser uma Irmã. E sendo uma simples Irmã ou sendo a Lady, cabe a mim conquistar o respeito dos Irmãos, do Grigori e das outras Irmãs. Só eu posso fazer isso, e talvez leve muito tempo. – Fico na ponta dos pés e lhe dou um beijo rápido na boca. – Mas as pessoas irão guardar ainda mais rancor de mim caso se sintam obrigadas a demonstrar um respeito que não fiz por merecer.

Ele suspira como se estivesse exausto.

– Você é sábia demais para uma Irmã que acabou de chegar à ilha. É uma sorte para Altus tê-la aqui, seja como uma simples Irmã ou como a próxima Lady. – Ele inclina a cabeça e me dá um beijo suave. – E para mim também.

– Ah, pelo amor de Deus! – Luisa está a centímetros de nós.

– É de uma pieguice nauseante vocês terem acabado de brigar oficialmente pela primeira vez e se reconciliarem um segundo depois, e as obras de arte não tem nada de interessante. Agora podemos ver a Sonia, por favor?

Dou uma risada, afastando-me de Dimitri.

– Vamos lá.

Avançamos até o final do corredor e viramos à direita, entrando num outro corredor pouco antes de chegarmos à porta de vidro. Sem hesitação, Dimitri se aproxima de uma porta de madeira. Uma Irmã mais velha está sentada numa cadeira junto à porta, uma vigia de outro tipo, imagino eu. Ela está passando um fio verde brilhoso por um tecido fino e branco.

– Irmã. – Dimitri curva a cabeça, e Luisa e eu imitamos o gesto.

A Irmã retribui a reverência e, pelo menos desta vez, meu rosto é agraciado com um olhar bondoso e cordial. Ela não abre a boca, simplesmente se levanta e abre a porta, convidando-nos a entrar antes de fechá-la, permanecendo do lado de fora.

Não sei o que esperava, mas me espanto com o quarto aconchegante que Sonia tem ocupado desde o dia em que chegamos a Altus. É bem amplo, com um sofá confortável de um lado e uma cama grande repleta de cobertas felpudas do outro. Na outra ponta, de frente para a porta por onde entramos, há a já familiar porta dupla, que se abre para um pátio central cheio de flores. De algum modo, sei que basta cruzar aquelas portas para encontrar Sonia. Dirijo-me a elas com certa hesitação.

Atravessá-las é como entrar em outro mundo. É uma versão maior dos jardins que margeiam o caminho até o edifício, e imagino reconhecer hortênsias e peônias, além de jasmins. A maresia aromatiza e suaviza o ar. Faz parte de toda a trama de Altus, e acho que nunca mais me sentirei em casa se estiver longe.

Sob o murmúrio distante do mar, ouve-se outra espécie de água. Dimitri ergue as sobrancelhas, numa pergunta silenciosa, e entro numa passagem de cascalho, fazendo uma curva enquanto ouço o barulho da água. Sei de onde vem assim que me deparo com a pequena fonte no meio do pátio. Gorgoleja sobre as pedras empilhadas em seu centro. É adorável, mas não é a vontade de deixar que a água escorra pelas mãos o que me faz correr em direção a ela. É o banco que há ao lado, ou, para ser mais exata, Sonia sentada no banco.

Ela se levanta ao escutar nossos pés contra o cascalho, e quando olho-a nos olhos vejo a hesitação e o medo em sua profundeza azul. Não preciso pensar antes de correr ao encontro dela. É instintivo, e mal registro os segundos que se passam entre o momento em que a revejo e o momento em que nos abraçamos e rimos e choramos, tudo ao mesmo tempo.

– Ah! Ah, meu Deus, Lia! Que saudade! – Sua voz está embargada pelas lágrimas.

Recuo e a examino, notando as manchas escuras sob os olhos, a pele lívida e a silhueta, que mal poderia aguentar a perda de dois quilos e meio e parece ter perdido cinco.

– Você está bem?

Ela vacila antes de fazer que sim.

– Venha. Sente-se. – E começa a me puxar em direção ao banco, mas para e olha Dimitri e Luisa. – Desculpem – diz ela, acanhada. – Não dei bom-dia.

Dimitri sorri.

– Bom-dia. Como está se sentindo?

Ela pondera, como se a resposta não fosse muito simples.

– Acho que estou melhor.

Ele assente.

– Que bom. Quer que eu as deixe a sós?

Ela nega com a cabeça.

– Disseram que você é um filho de Altus. Imagino que já saiba de tudo. Por mim, não tem problema nenhum ficar. E... Luisa? Você vai ficar?

Sonia nunca pareceu tão envergonhada quanto no instante em que, por fim, encarou Luisa. Não sei se foi por ter tentado de todas as formas me convencer da traição dela na primeira metade da jornada ou se por conta da própria humilhação, mas foi quase incapaz de olhar diretamente para Luisa.

Luisa sorri para confortá-la e também se senta no banco. Dimitri, sempre cavalheiro, senta-se numa das pedras que cercam a fonte. O mal-estar domina o ambiente por alguns instantes, nenhuma de nós sabe por onde começar. Uma vez, somente uma vez, o olhar de Sonia se volta para o meu pulso. Ponho a mão mais para dentro da manga na tentativa de esconder o medalhão. Quando nossos olhares se cruzam, ela o desvia imediatamente.

Por fim, Dimitri contempla o jardim.

– Tinha esquecido de que este lugar é encantador. Você tem sido bem tratada? – pergunta para Sonia.

– Ah, sim. As Irmãs são muito gentis diante das... diante das circunstâncias. – Seu constrangimento fica evidente pelo rubor da pele clara, e o silêncio domina o ambiente de novo.

Dimitri se levanta, enxugando as mãos nas calças.

– Você já saiu? – Ele olha para cima. – Quero dizer, saiu de verdade, sem ser dentro dos limites deste pátio?

– Uma vez – declara Sonia. – Ontem.

– Uma vez não basta. É um lugar lindo demais para ser visto só uma vez. Que tal darmos uma caminhada?

26

Atravessamos as portas de vidro no final do corredor e, num instante, o mar se estende diante de nós. Reluz sob o sol e, embora esteja lá embaixo, o aroma é mais forte e potente do que em qualquer outro momento que vivi em Altus. Dimitri se inclina e fala no meu ouvido:

— O que acha?

Me tira o fôlego. Como acho que palavras não fariam justiça à paisagem, respondo com um mero sorriso.

Ele estica o braço para tocar meu cabelo, e até neste momento parece que seus olhos são obscurecidos por algo semelhante a desejo. Fico surpresa quando afasta a mão e exibe a presilha de marfim que meu pai me deu há muito tempo.

— Estava caindo — explica ele, entregando-me o adereço antes de se virar para as meninas. — Está um belo dia para uma caminhada. Sugiro que a gente faça um bom uso dele.

Ele dispara na frente, deixando-nos a sós, e fico admirada com sua capacidade de fazer e dizer exatamente o que é primordial em qualquer situação.

Luisa, Sonia e eu caminhamos sem falar nada, o vento batendo nos cabelos e ondulando nossos mantos. Esfrego a presilha com os dedos enquanto andamos. A superfície lisa não ajuda a acalmar a raiva que volta a ferver meus pensamentos mais secretos.

Passado um tempo, Sonia rompe o silêncio com um suspiro.

– Lia, eu... sinto muito. Mal me lembro daqueles últimos dias na floresta. – Ela desvia o olhar, como se tentasse reunir suas forças com o auxílio da água. – Sei que fiz coisas horríveis. Falei coisas horríveis. Eu... não era eu mesma. Você consegue me perdoar?

Levo uns instantes para responder.

– Não é questão de perdoar. – Acelero os passos para ultrapassar Sonia e Luisa, na esperança de lutar contra a onda de mágoa que percebo em minha voz e sinto no coração.

– Então... é o quê? – O desespero é nítido no tom de Sonia.

Interrompo a caminhada e me viro para olhar a água. Não escuto o ruído de passos no cascalho e me dou conta de que Sonia e Luisa pararam atrás de mim. Há tantas palavras, tantas perguntas, tantas acusações... São tão numerosas quanto os grãos de areia da praia que vejo lá embaixo. Mas só uma interessa agora.

Viro-me para Sonia.

– Como você pôde?

Ela arqueia os ombros, derrotada. Sua complacência, sua *fraqueza*, não desperta simpatia nem compaixão, mas a ira cres-

cente que tento controlar desde aquela noite em que acordei com Sonia apertando o medalhão contra o meu pulso. Num momento pavoroso, procuro algo que possa usar para dar vazão à frustração que sinto.
— Eu confiava em você. Eu confiava em você *para tudo*! — grito, atirando a presilha nela com cada grama de raiva acumulada no meu corpo. — Como vou confiar agora? Como um dia vou conseguir confiar em você de novo?

Sonia recua, embora a presilha seja uma arma ineficaz. E imagino que seja este o objetivo, pois mesmo agora eu a amo. Reluto em machucá-la, ainda que pareça impossível me conter.

Luisa dá um passo à frente, como se quisesse defender Sonia de mim. *De mim.*

— Lia, pare.

— Por quê, Luisa? — indago. — Por que tenho que parar de fazer as perguntas que é preciso fazer, por mais que nos assustem?

Não há nada a dizer no silêncio que se segue. Estou falando a verdade, e todas nós sabemos disso. *Senti* saudade de Sonia. *Realmente* a amo e me importo com ela. Mas não tenho como ignorar essas coisas que podem nos custar caro — podem nos custar a vida — em nome dos sentimentos.

Luisa caminha na minha direção, abaixando-se para catar pedras. Ela se aproxima ainda mais da beira do penhasco antes de atirá-las, e observo as pedras flutuarem no ar. É uma distração inútil. Estamos muito distantes para vê-las cair no mar revolto.

— Lia tem razão. — Volto-me para Sonia ao ouvir sua voz e vejo que ela pegou minha presilha. Ela a examina como se contivesse as respostas para todas as perguntas. — Eu quebrei sua confiança, e não há como ter certeza de que serei mais forte da próxima vez que as Almas tentarem me usar, embora espere que não haja uma próxima vez. Elas... – Ela hesita e, quando volta a falar, sua voz parece vir de longe, e sei que está relembrando os fatos. – Elas não apareceram para mim como as Almas. Apareceram como a minha... minha mãe. – Ela se vira para mim, e vejo a dor em seu olhar. – Eu a encontrei no Plano. Estava arrependida por ter me mandado para a casa da sra. Millburn. Disse que não sabia o que fazer, que pensou que a sra. Millburn me ajudaria a entender o poder que eu tinha. Foi bom ter mãe outra vez, mesmo que não neste mundo.

– E então? – Minha voz não passa de um sussurro.

– Então ela falou que estava preocupada com a minha segurança. Que tomando conta do medalhão eu estava me arriscando. Que estávamos todas correndo perigo porque você se recusava a abrir o portal. A princípio, não dei ouvidos. Mas depois de um tempo, bom... não sei como explicar, só sei que começou a fazer sentido. Claro que agora percebo que não estava pensando com clareza, mas isso... – Sonia olha nos meus olhos e mesmo agora vejo o poder que as Almas tinham sobre ela. Mesmo agora vejo o poder da oferta de substituir algo querido e já perdido. – Isso aconteceu tão devagar que nem sei dizer quando começou.

Suas palavras se elevam e caem com a maresia, ecoando na minha mente até que não haja nada além de silêncio. Por fim, ela me estica o braço, a presilha na mão.

Pego a presilha.

– Desculpe. – Digo isso porque jogar a presilha foi indelicado, mas no fundo não sei se estou sendo verdadeira.

Ela levanta as palmas das mãos para o céu, como se sucumbisse ao nosso veredito.

– Não, *eu* sinto muito, Lia. Mas só o que me resta é implorar por seu perdão e jurar que eu preferiria morrer a traí-la outra vez.

Luisa limpa as mãos e se aproxima de Sonia, colocando as mãos em seus ombros.

– Já chega, Sonia. Para mim já chega.

Não é fácil, mas atravesso o solo irregular e ponho um braço em torno de Sonia e o outro em torno de Luisa, e assim nos abraçamos como na época em que a profecia era apenas uma charada e não o que mudaria e provavelmente acabaria com nossas vidas.

Por um instante, na colina com vista para o mar, acredito que a situação é a mesma de antes, quando nós três poderíamos fazer o que quer que fosse juntas. Mas *realmente* só dura um instante. Pois no fundo sabemos que nada mais será como foi.

Estamos na metade do caminho até o Santuário quando vemos uma pessoa correr em nossa direção.

Já nos despedimos de Sonia, e apesar de nada ser garantido, acredito que ela quer ficar bem. Ser verdadeira com nossa causa. Agora só nos resta esperar que as Irmãs a considerem forte o bastante para voltar a Londres.

Dimitri protege os olhos contra o sol, olhando a figura distante.

– É uma Irmã.

O manto da Irmã ondeia com a brisa e vislumbro seus cabelos dourados esvoaçando, refletindo o sol como um espelho. Quando enfim nos alcança, não a reconheço. É jovem, talvez tenha a idade de Astrid, e não fala de imediato. Está tão ofegante que se inclina e apoia as mãos nos joelhos, tentando recuperar o fôlego. Um ou dois minutos depois, ela endireita a coluna, a respiração ainda curta, as faces ainda ruborizadas pelo esforço.

– Eu... sinto muito em lhe dizer que... Lady Abigail... faleceu. – Demoro a captar o que ela falou. Minha mente está tão vazia quanto as telas abandonadas que ocupam a sala de artes em Wycliffe. Mas o que a jovem Irmã diz em seguida me desperta do torpor. – Mandaram-me buscá-la e pedir que você venha, minha Lady.

Minha Lady. *Minha Lady.*

Só o que penso é: *Não.*

E então eu corro.

༄

– Você não tem culpa por não estar aqui na hora, Lia. – Una põe uma xícara de chá quente em cima da mesa. – Não faria diferença se estivesse. Em nenhuma hora ela recobrou a consciência.

Una repetiu este detalhe mais de uma vez desde que cheguei ali correndo, desgrenhada e confusa, devido ao encontro com Sonia e a notícia do falecimento de tia Abigail. Mas sua fala não ajuda a aplacar a sensação de culpa. Devia ter ficado com ela. Devia ter ficado o tempo inteiro ao seu lado. Digo a mim mesma que ela saberia que eu estava ali, consciente ou não.

— Lia. — Una senta-se ao meu lado e segura minhas mãos. — Lady Abigail teve uma vida longa e frutífera. Viveu-a em paz aqui em Altus, viveu como queria. — Ela sorri. — E ela viu você antes de morrer. Acho que era isso o que esperava este tempo todo.

Abaixo a cabeça e as lágrimas caem dos meus olhos na mesa. Não sei como explicar a Una as várias formas e razões que tenho para lamentar por tia Abigail. Tia Virginia é muito prestativa no que diz respeito a me apoiar, mas já reconheceu a fraqueza de seu poder e já me contou tudo o que sabe.

Era em tia Abigail que eu esperava encontrar orientação. Quando pensava na profecia, era ela quem a encarava com força e sabedoria. Quem parecia ser minha maior aliada, ainda que estivéssemos longe uma da outra. Agora estou mais sozinha do que nunca.

Agora somos apenas Alice e eu.

.

27

Dimitri e eu estamos sozinhos na costa, fitando a extensão vazia do oceano. Já faz tempo que a barca que carregou o corpo de tia Abigail avançou pela água. Ela se foi, assim como todo mundo que ficou na praia enquanto o cadáver de minha tia era entregue ao mar que cerca Altus.

É rápido demais para os padrões modernos o costume de pôr alguém para descansar no mesmo dia da morte, mas Dimitri me explica que é como se faz na ilha. Não tenho motivo para repudiar a ideia, afora meus próprios costumes, que pareceriam igualmente estranhos para o povo de Altus. Além disso, tia Abigail era uma Irmã e a Lady deles. Se é assim que se despedem, imagino que é assim que ela também gostaria de se despedir.

Dimitri dá as costas para o mar e dá os primeiros passos, pegando minha mão.

– Vou levá-la ao Santuário e depois tenho que comparecer perante o Grigori para discutir umas questões.

Eu lhe lanço um olhar surpreso. Nem minha tristeza é capaz de conter a curiosidade que sempre me foi característica.
– Que tipo de questão?
– Há muito o que se discutir, principalmente agora que Lady Abigail faleceu. – Ele olha para a frente enquanto caminhamos, e tenho a impressão de que está evitando meus olhos.
– Sim, mas nós partimos amanhã. Não dá para esperar?
Ele assente.
– Foi a solicitação que eu fiz, num certo sentido. Ainda tenho que responder pela minha interferência na situação com a ondina, mas pedi para que adiassem meu comparecimento diante do Conselho até que as páginas estejam à mão.
Encolho os ombros.
– Parece razoável.
– Sim – diz Dimitri. – O Conselho vai avisar a decisão tomada antes do amanhecer. Mas há outra questão em debate. Diz respeito a você.
– A mim? – Paro de andar quando nos aproximamos da vereda que leva ao Santuário. A passagem está mais povoada agora, e cruzamos com várias Irmãs nas redondezas do complexo principal.
Dimitri segura minhas duas mãos.
– Lia, você é, por direito, a Lady de Altus.
Faço que não.
– Mas eu já falei: não quero ser. Não agora. Não posso... – Desvio o olhar. – Não posso pensar nisso agora, com tudo que ainda me aguarda.
– Eu entendo. De verdade. Mas, enquanto isso, Altus está sem líder, e este é o seu papel e cabe a você renunciar ou aceitar.

A irritação inflama a frustração que fervilha dentro de mim.

— E por que o Grigori não fala direto comigo? Com certeza, com toda a mentalidade avançada de Altus, não se acham bons demais para conversar com uma mulher, não é?

Ouço o cansaço em seu suspiro.

— Simplesmente não é assim que se fazem as coisas. Não é por você ser mulher, Lia, mas sim porque os Anciões do Grigori se isolam, a não ser quando são absolutamente necessários para impor ordem e disciplina. É uma espécie de... segregação, como a dos monges no seu mundo. É por isso que o Grigori ocupa os edifícios do outro lado da ilha. Eles se valem de emissários como eu para se comunicar com as Irmãs. E, Lia, confie em mim: se um dia for convocada para uma audiência com o Grigori, vai ser porque a situação está ruim para o seu lado.

Desisto de tentar entender as nuances e políticas da ilha. Não tenho tempo para decifrar normas e costumes tão enigmáticos.

— Que opções eu tenho, Dimitri? Quero saber de todas.

Ele respira fundo, como se precisasse de ar extra para a conversa que travaremos.

— Na verdade, só três: você pode aceitar o cargo que é seu por direito e designar alguém para governar no seu lugar até voltar. Você pode aceitar o cargo e tomar a liderança agora, mas isso significaria mandar alguém no seu lugar para reaver as páginas sumidas. Você pode recusar o cargo.

Mordendo o lábio, preocupo-me com cada uma das alternativas. Uma parte de mim deseja renunciar ao cargo agora. Tirá-lo da cabeça para poder me concentrar na busca das páginas sumidas. Mas há outra parte, a prática, que ainda pensa, reconhece que este não é o momento certo para tomar decisões impulsivas.

— O que acontece se eu renunciar agora?

Sua resposta é objetiva.

— O cargo será de Ursula, já que Alice, pelas infrações cometidas contra as leis do Grigori, não é qualificada para assumi-lo.

Ursula. Só o nome já me deixa inquieta. Que eu saiba, pode ser uma líder forte e sábia, mas aprendi a confiar nos meus instintos, e não estou preparada para entregar algo tão importante como o futuro de Altus, a que tia Abigail se dedicou totalmente, a alguém que me causa tamanho desconforto. Não. Se sou a legítima Lady, o Grigori fará o que eu pedir, caso seja em benefício da ilha.

E por alguma razão tenho certeza de que é.

Olho para Dimitri, a determinação crescente dentro de mim.

— Nem aceito nem recuso o cargo.

Ele balança a cabeça.

— Esta não é uma das opções, Lia.

— Vai ter que ser. — Endireito os ombros. — Sou a Lady por direito, e estou sendo despachada para encontrar as páginas sumidas em nome da Irmandade. Já que não posso estar em dois lugares ao mesmo tempo e não é possível que esperem que eu me concentre totalmente nesta jornada com um cargo tão importante como o de Lady pairando sobre minha cabeça, também solicito adiamento.

Viro-me e avanço alguns passos antes de olhar para ele. Quanto mais penso nisso, mais forte me sinto.

— Nomeio o Grigori para governar no meu lugar até que eu tenha voltado com as páginas na mão.
— Nunca fizeram isso — explica Dimitri.
— Então talvez esteja na hora.

Encontro Luisa na biblioteca, iluminada por um facho de luz projetado pelo abajur de uma das mesas vizinhas. Ao notar seus cachos escuros caindo em volta de suas faces claras, lembro que amanhã, pela primeira vez desde que demos início à viagem até Altus, ficarei sem sua companhia. Que falta sentirei da sagacidade e do bom humor.
— Luisa. — Tento chamar em voz baixa para não assustá-la, mas nem precisava me preocupar. Quando ergue a cabeça, seu rosto é um mar de tranquilidade.

Ela se levanta, dando um ligeiro sorriso, e atravessa a sala. Seus braços se fecham em torno de mim e, por um instante, a única coisa que fazemos é ficar paradas num abraço afetuoso. Quando se afasta, examina meu rosto antes de falar.
— Você está bem?
— Acho que sim. — Dou-lhe um sorriso. — Vim me despedir. Vamos embora amanhã de manhã, bem cedo.

Ela dá um sorriso entristecido.
— Não vou me dar ao trabalho de perguntar aonde vai. Sei que não pode me contar. Então, vou só prometer que ficarei aqui e cuidarei de Sonia enquanto você procura as páginas. Depois disso, seremos bastante eficientes, não é? E logo estaremos juntas outra vez, em Londres.

Tenho vontade de ir embora agora, enquanto ambas estamos de bom humor e esperançosas quanto ao futuro, ao menos da boca para fora. Mas sei que não dormirei em paz se não falar nada a respeito desta manhã.

Suspiro.

– Eu *quero* voltar a confiar em Sonia.

– Claro que quer. E vai. – Ela dá um passo adiante para me envolver num abraço ardoroso. – A confiança virá com o tempo, Lia, assim como acontece com tudo. Agora não é hora de se preocupar. Farei isso no seu lugar enquanto viaja. Concentre-se na sua própria segurança e na jornada que tem pela frente. Encontre as páginas. Do resto, a gente cuida quando você voltar.

Nos agarramos ao elo de nossa amizade por mais um instante, e durante este tempo eu tento apagar a resposta oculta que se forma na minha cabeça: *Se eu voltar, Luisa. Se.*

Mal consigo respirar diante do suspense. Já se passou uma hora desde que me despedi de Luisa e, sentada na cama, esperando Dimitri, a ansiedade quanto à decisão do Grigori retorce meus nervos de tal maneira que sinto que podem explodir a qualquer instante.

A suave batida na porta demora a acontecer. Atravesso o quarto para abri-la, e não me surpreendo ao ver Dimitri. Ele entra sem hesitar.

Só falo quando a porta se fecha. Então, não consigo esperar mais.

– O que disseram?

Ele põe as mãos nos meus ombros, e por um instante temo que vá dizer que negaram. Que a decisão terá de ser tomada imediatamente. Uma decisão que será um compromisso eterno. Felizmente, não é isso o que diz.

– Eles concordaram, Lia. – Ele sorri, balançando a cabeça. – Mal consigo acreditar, mas eles concordaram em conceder a nós dois o adiamento. Não foi fácil, mas consegui convencê-los de que você não deve ser penalizada por trabalhar em benefício da profecia e que não devo ser penalizado por agir como seu acompanhante, já que Lady Abigail ordenou que eu agisse assim.

O alívio destrói minha ansiedade.

– Irão deixar para depois que a gente encontre as páginas?

– Melhor – diz ele.

– Melhor? – Não imagino nada melhor.

Ele faz que sim.

– Irão deixar tudo para depois que a própria profecia for solucionada, contanto que você continue a trabalhar pelo seu fim. Caso mude de ideia... Caso aja como Portal, o cargo será entregue para Ursula.

Balanço a cabeça.

– Isso não vai acontecer.

– *Eu* sei disso, Lia.

Dou-lhe as costas, tentando compreender a súbita mudança de posição do Grigori.

– Por que fariam esse acordo se ele não tem nenhum precedente?

Ele suspira e seus olhos se voltam para o canto do quarto, como se buscassem refúgio.

– Diga-me, Dimitri. – O cansaço se apossa da minha voz. Nossos olhares voltam a se cruzar.

– Eles acham que o destino irá decidir: se encerrar a profecia, a decisão será um direito seu. Se fracassar...

– Se eu fracassar?

– Se você fracassar, será porque sucumbiu como Portal... ou porque não sobreviveu à profecia.

28

Ainda está escuro quando Una me acorda na manhã seguinte. Meu coração se despedaça quando me entrega uma pilha de roupas dobradas e percebo que são as calças de montaria e a camiseta que usei na viagem até Altus. Me acostumei ao manto de seda durante minha estadia na ilha. Me habituei a várias coisas.

Enquanto me banho e me visto, Una põe comida e bebida suficientes para Dimitri e eu aguentarmos até a primeira parada. Já guardei as flechas e a adaga, que levarei comigo. Apesar de saber que Dimitri estará ao meu lado para me proteger, a traição de Sonia foi um lembrete de que é melhor poder confiar em mim mesma, por via das dúvidas.

Não me lembro de mais nada que possa precisar.

Sou confortada pelo calor da pedra da serpente contra a minha pele. Escorrega fácil sob minha camiseta e, quando ajusto as mangas, meus olhos recaem sobre o medalhão, adornando meu pulso. Pensei na hipótese de deixá-lo sob os cuidados do Grigori, das Irmãs, até da própria Una, mas não consigo acreditar que posso confiá-lo a alguém. Não depois do que aconteceu a Sonia.

Una segue meu olhar, fitando-me o pulso.

– Está tudo bem?

Faço que sim, abotoando a parte da frente da camiseta.

– Você... – Ela hesita antes de continuar. – Você prefere deixar o medalhão aqui? Posso guardá-lo, Lia, se isso a ajudar.

Mordo o lábio, ponderando a oferta, embora já tenha pensado no assunto várias vezes.

– Posso perguntar uma coisa?

– Claro.

Enfio a camiseta nas calças enquanto calculo minhas palavras.

– Vocês que estão aqui em Altus: o Grigori, os Irmãos, as outras Irmãs... vocês podem ser seduzidos pelas Almas?

Ela se vira, caminha até a pequena escrivaninha e levanta algo que estava em cima dela.

– Não o Conselho do Grigori. De jeito nenhum. Os Irmãos e as Irmãs, bem... não da forma como pode acontecer com você ou com Alice. Vocês são a Guardiã e o Portal, e por isso são muito mais vulneráveis às Almas.

– Tenho a impressão de que há algo que não quer me contar, Una.

Dando as costas para a escrivaninha, ela se aproxima de mim com um objeto nas mãos.

– Não estou escondendo nada de você de propósito. Simplesmente não é fácil de explicar. Veja só: um Irmão ou uma

Irmã não teriam influência direta sobre a habilidade das Almas de entrar neste mundo ou sobre o destino de Samael. Mas as Almas podem seduzir os Irmãos e Irmãs para que trabalhem em benefício delas... para que influenciem quem tem mais poder. Como Sonia e Luisa.

– Já aconteceu uma coisa dessas aqui na ilha? – indago.

Ela suspira, e vejo que é um sofrimento continuar.

– Houve... incidentes. Momentos em que alguém foi flagrado tentando manipular o rumo dos acontecimentos para ajudar as Almas. Mas não é frequente. – Esta última frase é acrescentada às pressas, como se ela quisesse me reconfortar, apesar de saber que nada do que disse é reconfortante.

E é exatamente como imaginava. Como sabia. Não há ninguém a quem eu possa confiar o medalhão. Ninguém além de mim mesma, e mesmo de mim eu duvido quando sinto a força dele contra o meu pulso.

Abotoo as mangas da camiseta, cobrindo a fita de veludo preto.

O olhar de Una recai em meu pulso.

– Sinto muito, Lia.

É ridículo, mas sinto as lágrimas se formando em meus olhos de novo, e tento me recompor me virando para olhar o quarto que foi meu enquanto estive no Santuário. Tento guardar na memória as paredes simples de pedras, o calor do assoalho desgastado, o cheiro ao mesmo tempo bolorento e adocicado. Não sei se verei meu quarto, se verei tudo o que está ali novamente.

Quero guardá-lo para sempre.

Por fim, viro-me para Una. Ela sorri e estica as mãos, segurando um objeto.

— Para mim?

Ela faz que sim.

— Queria que ficasse com algo... uma lembrança de todos nós e do tempo que passou em Altus.

Pego o objeto de seus braços, surpresa com sua maciez, e o balanço. Minha garganta fica seca quando a seda violeta se desenrola. É um manto de montaria feito do mesmo tecido dos mantos formais das Irmãs.

Una provavelmente entendeu mal o meu silêncio comovido, pois dispara a falar.

— Eu sei que não gostou dos mantos quando chegou aqui, mas eu simplesmente... — Olha para as próprias mãos e suspira quando torna a olhar para mim. — Simplesmente quero que se lembre de nós, Lia. Habituei-me à sua amizade.

Me aproximo para abraçá-la.

— Obrigada, Una. Pelo manto e pela amizade. De algum modo, sei que vamos nos rever. — Recuo para olhá-la com um sorriso. — Nunca vou conseguir agradecer por ter cuidado da tia Abigail em seus últimos dias de vida. Por ter cuidado de mim. Vou sentir muita saudade de você.

Pego meu arco e a mochila e amarro o manto em volta do pescoço, perguntando-me se um dia vou ter coragem de tirá-lo. Então, como aparentemente sou sempre obrigada a fazer, viro-me para ir embora.

🜛

A ilha é iluminada somente por tochas ao longo do caminho que Dimitri, Edmund e eu percorremos, desde o Santuário até o cais. Tenho apenas uma vaga lembrança de ter desembarcado ali quando chegamos a Altus. Aqueles primeiros momentos em terra firme não passam de um borrão seguido de dois dias perdidos em que só o que fiz foi dormir.

Ao tomarmos o rumo da água, as calças prendem minhas pernas e a camiseta incomoda minha pele. O mundo dos mantos de seda e da pele nua já parece muito distante.

Dimitri usa um manto similar ao meu, porém o dele é preto, mais difícil de ver em meio à neblina. Quando me deparei com ele e Edmund na escuridão do início da manhã, o olhar de Dimitri brilhou assim que viu o tecido de seda em volta do meu pescoço.

Um sorriso se esboçou em seus lábios.

– Continua linda de violeta.

Sei qual é o barco logo que chegamos ao cais, pois há uma Irmã encapuzada em cada ponta, as duas de remo na mão. A ilha adormecida nos silencia, e embarcamos sem trocar nenhuma palavra. As Irmãs começam a se afastar da ilha assim que nos acomodamos, Dimitri e eu na proa do barco e Edmund logo atrás.

As palavras sussurradas por tia Abigail pairam na minha mente como se fizessem parte da névoa sobre o oceano. Espero que os guias sejam dignos de confiança e que Dimitri e eu não tenhamos de encontrar o caminho sozinhos, mas sinto uma devoção renovada ao compromisso de fazer tudo o que for necessário.

Enquanto observo as Irmãs caladas remando no barco, de repente me lembro de uma pergunta, que ainda não foi bem formulada e não fiz devido à exaustão que senti a caminho de Altus.

– Dimitri?

– Hmmm? – Seus olhos fitam a água.

Me aproximo dele, mantendo a voz baixa para não ofender as Irmãs que conduzem o barco.

– Por que as Irmãs estão caladas?

Ele fica surpreso, como se acabasse de perceber o quanto é estranho sermos transportados de um lado ao outro do mar por mulheres tão silenciosas.

– Faz parte dos votos delas. Prometem o silêncio como forma de proteção, para que não descubram onde fica a ilha.

Olho para a Irmã remando na proa.

– Então não podem falar?

– Podem, mas não fora de Altus. Violariam os votos.

Assinto, reconhecendo, talvez pela primeira vez, o quanto são dedicadas.

Vendo Altus diminuir, sinto que algo deve ser dito, algo que marque sua importância e a relevância do tempo que passei ali. Mas, no final das contas, não digo nada. Falar disso só vai diluir a lembrança do ar com fragrância de jasmim e a brisa suave que vinha do mar e a noite passada nos braços de Dimitri sem ter de me preocupar com segurança, embora isso fosse considerado uma indecência pelas pessoas que vivem em um mundo totalmente diferente.

Só desvio os olhos da ilha depois que ela some na neblina. Num instante está ali, um pontinho preto, miúdo, ao longe, e no instante seguinte desaparece.

A travessia do mar é tranquila. Fico perto de Dimitri, minha perna tocando a dele, e desta vez não sinto vontade nenhuma de enfiar as mãos na água.

Assim como antes, perco a noção do tempo. A princípio, tento estimar nossa direção na esperança de ter alguma ideia do caminho que estamos seguindo. Mas a cerração alimenta a apatia voraz gerada pelo balanço ritmado do barco, e passado um tempo eu desisto.

A pedra da serpente contra a pele me conforta, sua pulsação é prova de que o poder da proteção de tia Abigail ainda está comigo. De que as Almas não podem se aproveitar do medalhão, mesmo eu o usando tão perto da marca. Deixo meus pensamentos vagarem enquanto cochilo, e desperto apoiada no ombro de Dimitri.

Não falamos, nem um com o outro nem com Edmund, e me arrependo disso quando o casco do barco choca-se com uma praia que não vejo antes de chegarmos nela. Dimitri e eu enfiamos os pés na água e caminhamos até a costa, Edmund segue logo atrás de nós e as Irmãs permanecem no barco. Só agora noto que Edmund não trouxe nenhum equipamento. A ausência mais notável é a do rifle, cuja presença foi uma constante na viagem pela floresta em direção a Altus.

– Onde estão suas coisas, Edmund? – Minha voz, alta demais depois do longo silêncio do percurso de barco, é um sino badalando no início da manhã.

Ele inclina a cabeça.

– Receio ter de deixá-los agora.

– Mas... saímos há poucas horas! Achei que teríamos tempo para as despedidas.

Sua resposta é simples.

– Temos, sim. Não é necessário nos despedirmos agora. Vou voltar a Altus e ver as outras meninas. Quando a srta. Sorrensen estiver bem, vou acompanhar tanto ela quanto a srta. Torelli até Londres. Tornarei a vê-la por lá muito em breve. – Fala como um cavalheiro, mas vejo o fantasma da tristeza em seu olhar.

Não sei mais o que dizer. A neblina ainda está densa, mesmo agora que estamos em terra firme. A topografia da praia se perde: só o que consigo discernir é a grama que balança ao longe, em algum lugar.

Viro-me para Edmund.

– O que temos que fazer agora?

Ele olha ao redor, como se a resposta para minha pergunta pudesse ser encontrada na neblina cinza que cobre a praia.

– Imagino que tenham de esperar. Mandaram-me trazê-los a esta praia e depois voltar para Altus. Um outro guia virá encontrá-los aqui. – Ele olha para as Irmãs no barco e parece entender algum sinal que não capto. – Tenho que ir.

Assinto, e Dimitri dá um passo adiante, estendendo a mão.

– Obrigado pelos seus serviços, Edmund. Espero revê-lo em Londres dentro de pouco tempo.

Edmund aperta-lhe a mão.

– Posso confiar a segurança da srta. Milthorpe a você? – É o mais perto que ele chega de expressar sua preocupação.

Dimitri faz que sim.

– Juro pela minha própria vida.

Não há despedida. Edmund simplesmente assente, rumando até a parte rasa do mar sem nem um respingo de água. Logo depois, já está embarcado.

A tristeza que pesa sobre os ombros não é mais uma estranha. É como uma velha amiga, e, segundos depois, Edmund e o barco somem na neblina. Mais uma pessoa desaparecendo como se jamais tivesse existido.

29

– Onde acha que estamos? – pergunto a Dimitri.

Estamos sentados na duna de areia, contemplando o vácuo cinzento. Dimitri examina os arredores como se pudesse determinar nossa localização pela densidade da neblina que nos cerca por todos os lados.

– Acho que estamos em algum lugar da França. Creio que a travessia foi longa demais para ter nos levado de volta à Inglaterra, mas é impossível ter certeza.

Penso no que ele disse, tentando adivinhar em qual lugar da França as páginas poderiam estar escondidas. É inútil, entretanto. Não tenho nenhuma ideia, e mudo o assunto para questões cuja relevância é mais imediata.

– O que a gente vai fazer se o guia não aparecer?

Tento não usar um tom de voz lamuriento, mas já estou cansada, com frio e com fome. Em Altus, nos deram suprimentos escassos, por isso nem Dimitri nem eu estamos ávidos para usá-los, se pudermos evitar. É uma boa escolha preservar ao máximo os recursos.

Sentado ao meu lado, Dimitri diz:

– Tenho certeza de que o guia já vai chegar.

Apesar da fé absoluta contida em sua declaração e da convicção de seu tom de voz me dar certa tranquilidade, não é da minha natureza mostrar confiança cega.

– Como sabe?

– Lady Abigail disse que o guia nos encontraria e, por mais que ela não pudesse garantir os resultados da jornada, só escolheria pessoas totalmente dignas de confiança para uma tarefa importante como essa. Isso para não falar da segurança de sua própria sobrinha-neta e futura Lady de Altus.

– Eu não disse que vou aceitar o cargo – faço questão de lembrar a ele.

Ele assente.

– Sei disso.

Pondero o mérito de reclamar da presunção em sua voz quando ouço um sopro vindo do meio da neblina. Dimitri também ouve e ergue a cabeça na direção do barulho, fazendo sinal para que eu fique em silêncio.

Assentindo, concentro-me em escutar e observo a neblina, até que um vulto começa a tomar forma. É monstruoso, enorme e tem várias cabeças. Ou pelo menos é isto o que imagino, antes de o vulto romper a névoa e se aproximar. Então vejo que é apenas um homem montado em um cavalo e conduzindo dois outros.

– Bom-dia. – Sua voz é potente e confiante. – Venho em nome da Lady de Altus, que ela descanse com felicidade e harmonia.

Dimitri se levanta da areia, aproximando-se cautelosamente.
– E você é?
– Gareth de Altus.
– Não ouvi falar de você na ilha. – A desconfiança é nítida pelo tom de Dimitri, pelo menos para mim.
– Faz muitos anos que não moro lá – explica o homem. – Porém, a ilha continua sendo o meu lar. É o efeito que causa em todo mundo, não é? Em todo caso, alguns de nós estão a serviço da Irmandade e somos mais úteis se usamos a discrição. Tenho certeza de que você entende.

Dimitri reflete um pouco antes de consentir. Chama-me com um gesto e eu me esforço para levantar, ansiosa para ter uma visão melhor do próximo guia.

Não sei por quê, mas o imaginava moreno e me surpreendo ao ver sua pele bem clara. Seu cabelo não é uma cascata dourada como o de Sonia, mas sim de um tom tão claro que é quase branco. Para contrastar, sua tez pálida tem um bronzeado artificial, como se tivesse ficado tempo demais ao sol. Concluo, portanto, que não faz muito tempo que está ali, pois seria impossível se bronzear num lugar como este.

Ele inclina a cabeça na minha direção.
– Minha Lady. Faria uma reverência se não estivesse montado neste cavalo.

Eu rio, acalmada pelos seus modos informais e o óbvio bom humor.
– Não tem problema. Ainda não sou a Lady de Altus.

Ele franze a testa.
– É mesmo? Será um bom assunto para conversarmos durante o trajeto. – Ele puxa os dois cavalos para a frente e quase dou

um grito de alegria ao perceber que se trata de Sargent e do cavalo que Dimitri usou a caminho de Altus.

Corro para acariciar o pescoço macio de Sargent. Ele se aninha no meu cabelo, fazendo o barulho que faz quando está contente.

– Como os trouxe até aqui? Imaginei que só veria Sargent quando voltasse a Londres!

Gareth se curva.

– Um cavalheiro nunca conta seus segredos, minha Lady. – Voltando a se aprumar em cima da sela, ele abre um sorriso. – Só estou tentando ser astucioso para não ter de admitir minha própria ignorância. Não faço ideia de como estes cavalos chegaram até aqui. Nem sabia que eram seus até agora. Simplesmente estavam esperando, como me disseram que aconteceria.

Dimitri se aproxima de seu cavalo.

– Vamos embora? Esta neblina me deixa entediado. Quero chegar logo a um lugar com céu aberto.

– Muito bem – diz Gareth. – Venham comigo. Montem e partiremos. Precisamos fazer a primeira parada ao anoitecer.

– E onde é a primeira parada? – Ponho o pé no estribo e me acomodo em cima de Sargent.

Gareth se vira e responde:

– Num rio.

– Num rio? – retruco. – Que descritivo!

Seguindo Gareth, nos afastamos da praia e subimos uma duna íngreme. É infundado o meu temor de que Sargent enfrentará dificuldades num terreno tão estranho. Ele avança como se tivesse nascido naquela praia, e antes que me dê conta estamos percorrendo um prado e atravessando um campo de grama alta. O caminho adiante parece ser plano, com apenas uma colina ou outra, e fico feliz por não ver nenhuma floresta por perto.

A neblina diminui à medida que nos distanciamos da praia e, miraculosamente, o céu fica azul. É impossível acreditar que esteve ali durante todo o tempo que passamos envoltos pela neblina, perto da água, e meu ânimo melhora assim que derrama seus raios dourados sobre a grama alta.

É um luxo aproveitar tanto espaço ao ar livre depois da floresta fechada que nos levou a Altus. Agora cavalgamos lado a lado, o que facilita a conversa.

– Então, se você não é a Lady, quem é, agora que Lady Abigail faleceu? – indaga Gareth.

– É uma longa história. – Estou hesitante, sem saber o que posso lhe contar.

– Por acaso, estou com tempo de sobra. – Ele sorri. – E, se me permite dizer, será muita sorte de Altus ter uma Lady tão bela no governo.

Dimitri interrompe.

– Não sei se a srta. Milthorpe deseja falar de um assunto tão íntimo. – O ciúme que transparece na sua voz me obriga a conter o riso. *Srta. Milthorpe?*

Olho para Dimitri.

– Tudo bem falar disso? Ou é proibido?

A surpresa disputa com a hostilidade no rosto de Dimitri.

– Não é *proibido*, exatamente. O fato de que você é a herdeira do título de Lady não é segredo. Só imaginei que talvez não quisesses dividir detalhes tão íntimos com um desconhecido.

Forço-me a conter o sorriso diante de sua petulância pueril.

— Se não é segredo, então não pode ser íntimo. Além disso, parece que ainda teremos uma longa cavalgada. Seria melhor passar este tempo conversando, não acha?

— Imagino que sim — diz ele, de má vontade.

Quando me viro de novo para Gareth, vejo que ele nem tenta disfarçar o sorriso vitorioso que se espalha pelo seu rosto bronzeado.

Tento me explicar da forma mais abstrata possível.

— Este negócio — digo, fazendo um gesto para indicar o campo que nos rodeia — é tão importante que suplanta minha nomeação como Lady. Não posso aceitar tamanha responsabilidade até que isso seja resolvido, então me concederam o privilégio de ter tempo de terminar esta jornada antes de tomar a decisão.

— Quer dizer que talvez não aceite o cargo? — A voz de Gareth mostra sua incredulidade.

— Ela *quer dizer*... — interrompe Dimitri, mas interfiro antes que ele continue.

Tento usar um tom delicado.

— Perdão, Dimitri. Mas posso falar por mim mesma? — Ele parece ofendido, e suspiro, voltando a atenção para a pergunta de Gareth. — Quero dizer que não posso nem pensar nisso até terminar o que precisa ser encerrado.

— Mas com isso a Irmã Ursula assumiria o cargo, não é?

— Exatamente. — Pergunto-me até que ponto os Irmãos e Irmãs comuns estão a par das questões políticas da ilha.

— Bom, eu nunca mais voltarei a Altus se Ursula estiver no comando! — Seu desdém é tão óbvio que só falta cuspir.

— Posso saber a razão para tamanha aversão a Ursula?

Ele olha de relance para Dimitri antes de responder, e pela primeira vez vejo um filete de afinidade entre os dois.

– Ursula e aquela filha com sede de poder que ela tem...

– Astrid? – pergunto.

Ele faz que sim e prossegue:

– Ursula e Astrid não ligam para Altus. Não mesmo. Só querem autoridade e poder. Não confiaria em nenhuma das duas, nem por um segundo, e a senhorita também não devia confiar. – Sua expressão fica séria e ele contempla o prado. Quando torna a me olhar, seu bom humor sumiu. – Creio que a senhorita fará um grande favor à ilha e ao povo se assumir o título de Lady.

Minhas faces esquentam com o escrutínio de seu olhar, e, ao meu lado, Dimitri dá um suspiro aborrecido.

– Você me honra com suas palavras, Gareth. Mas não me conhece. Como sabe que eu seria uma líder sensata?

Ele sorri, batucando nas próprias têmporas.

– Está nos seus olhos, minha Lady. São claros como o mar que circunda a ilha.

Retribuo o sorriso, embora quase possa ouvir Dimitri revirando os olhos.

O prado se estende, interminável, passando da grama ao trigo cintilante à medida que o dia se esvai. Só paramos uma vez, em um riacho que gorgoleja sobre uma rocha lisa e cinza. Bebemos a água, gelada, reabastecemos nossos cantis e nos asseguramos de que os cavalos também estejam saciados. Dou-me um instante para fechar os olhos, deitando no gramado da ribanceira, respirando fundo diante do prazer de sentir o sol esquentar meu rosto.

– É bom sentir o sol outra vez, não é? – A voz de Dimitri vem do meu lado e abro os olhos, protegendo-os da luz enquanto lhe lanço um sorriso.

– Acho que "bom" é uma palavra leve demais.

Dimitri assente, sua expressão taciturna ao fitar a correnteza. Sento e lhe dou um beijo na boca.

– Por que isso?

– É para lembrá-lo de que meus sentimentos por você são fortes demais para se abalarem neste pouco tempo que estamos longe de Altus. – Sorrio, provocando Dimitri. – E profundos demais para balançarem diante de um homem bonito, por mais que ele seja charmoso e amável.

Por um instante, pergunto-me se feri seu orgulho, mas isso logo passa e ele abre um sorriso largo, antes de hesitar um pouquinho.

– Então você acha o Gareth bonito?

Faço que não com uma irritação zombeteira, beijando-o mais uma vez antes de me levantar e tirar a poeira das calças.

– Você é muito bobo, Dimitri Markov.

Sua voz é carregada pela brisa enquanto caminho em direção aos cavalos.

– Você não respondeu! Lia?

Gareth já montou o cavalo, e verifico as rédeas de Sargent antes de enfiar o pé no estribo e sentar na sela.

– Foi um belo lugar para um intervalo. Obrigada.

– De nada – diz ele, olhando Dimitri se aproximar de seu cavalo. – Imagino que esteja cansada. Ouvi dizer que fez uma viagem e tanto.

Confirmo com a cabeça.

– Estou muito contente agora por não estarmos numa floresta. Foi angustiante atravessar uma mata tão escura e fechada para chegar a Altus.

Ele olha Dimitri para ter certeza de que já está montado e pronto para cavalgar. Quando parece que está tudo em ordem, Gareth vira o cavalo.

– Não precisa se preocupar. Creio que de agora em diante haverá apenas céu aberto.

E então partimos, embora mais uma vez meu destino seja um segredo muito bem guardado.

✥

Passamos o resto do dia numa agradável camaradagem. A curta parada à margem do riacho parece ter tranquilizado Dimitri, e ele é mais amistoso com Gareth enquanto cruzamos diversos campos, alguns com plantações e outros com gramados e trigais que balançam ao vento.

O sol se movimenta no céu e começa a lançar sombras largas no momento em que nos deparamos com mais um riacho. Este é muito maior que o outro e faz curvas em meio às colinas verdejantes e um bosque pequeno à margem da água. Gareth faz com que o cavalo pare e pula no chão.

– Bem na hora – diz ele. – Vamos acampar aqui esta noite.

Retiramos os suprimentos essenciais dos fardos amarrados aos cavalos e começamos a montar o acampamento. Gareth acende uma fogueira e, enquanto ele e Dimitri armam as tendas, faço um jantar simples. Não é nem um pouco esquisito dividir o acampamento com Gareth. Já é um velho amigo. Ele e

Dimitri me divertem com histórias de conhecidos em comum de Altus. Em sua familiaridade, tornam-se ruidosos, e não é difícil cumprir meu papel de gargalhar nas horas certas. A fogueira já está quase extinta quando Gareth se levanta e boceja.

– Se vamos partir amanhã cedo, como temos de fazer, precisamos dormir. – Ele assente para Dimitri e para mim. Tenho certeza de que percebo um brilho em seu olhar, mesmo com a luz bruxuleante do fogo. – Vou deixá-los a sós, para que possam se dar boa-noite em paz.

Ele se dirige a uma das tendas, deixando Dimitri e eu sozinhos no ar frio da noite.

A risada de Dimitri é um ruído baixo e astuto. Ele estica a mão e me ajuda a levantar, puxando-me para perto.

– Lembre-me de agradecer ao Gareth.

Não preciso lhe perguntar o porquê. Ele abaixa a cabeça, aproximando sua boca da minha, seus lábios ternos, mas persistentes, e minha boca se abre para a dele, até que tudo desaparece. Nos braços de Dimitri, encontro a paz que me escapa nos momentos de coerência, de reflexão. Consigo me perder, entregar-me ao poder de seu corpo contra o meu e da delicadeza de seu beijo.

Por iniciativa de Dimitri, enfim nos afastamos.

– Lia... tenho que acompanhá-la até sua tenda agora. – Ele roça a face na minha, e me admira que a barba curta seja ao mesmo tempo áspera e sensual.

– Você não pode ficar? – Não tenho vergonha de perguntar. Não mais.

– Nada me agradaria mais, mas não vou dormir neste lugar estranho. – Ele ergue a cabeça, contemplando a escuridão que, fora do pequeno círculo iluminado pela fogueira, é total. – Não enquanto estivermos em busca das páginas. Acho que seria mais sensato montar guarda diante de sua tenda.

– Não pode pedir que Gareth faça isso? – Estou sendo impertinente, mas não ligo.

Ele olha nos meus olhos antes de se inclinar para pressionar os lábios, desta vez com mais força, contra os meus.

– Não confio em ninguém para garantir sua segurança, Lia. – Ele sorri. – Temos todo o tempo do mundo. Quantas noites você quiser no nosso futuro. Vamos lá, vou colocar você na cama.

Embora a sombra de Dimitri do lado de fora da tenda me conforte a noite inteira, não consigo dormir. Suas palavras ressoam na minha cabeça e sei que ele está errado.

Não temos todo o tempo do mundo. Somente o que a profecia nos der, o período que tirarmos dela. E o tempo que passar entre agora e o momento em que eu tiver de conciliar a promessa de um futuro junto a Dimitri e meu passado com James.

۞

O acampamento é simples e o desmontamos rapidamente. Em poucos segundos, já estamos atravessando o prado.

Após a neblina da praia onde desembarcamos, o sol é uma bênção. Passo longos períodos de olhos fechados, com a cabeça inclinada para trás para deixar o calor banhar a pele. Sinto a presença das pessoas que partiram antes de mim por causa da profecia. Todos somos um só, embora não estejamos juntos neste mundo. Isso me enche de serenidade e, pela primeira vez em vários dias, me reconcilio com o destino, seja ele qual for.

É num momento desses que percebo o silêncio que me cerca. Os cascos dos cavalos não fazem barulho. Suas bocas grandes não soltam baforadas. Não há trocas de gracejos entre Gareth e Dimitri. Ao abrir os olhos, vejo que estamos num bosque de árvores tão pequenas que nem tampam o sol.

Tanto Dimitri quanto Gareth puxaram as rédeas dos cavalos, mas nenhum deles desmontou. Faço Sargent parar.

– Por que paramos? – indago.

O olhar de Gareth admira o campo e as árvores das redondezas.

– Receio que tenhamos de nos despedir, apesar de achar que seria melhor se um local mais coberto tivesse sido combinado para ser o ponto de encontro com o próximo guia. – Ele encolhe os ombros. – Imagino que dentro dos limites desta floresta o arranjo foi o melhor possível.

Tento esconder a decepção, pois Gareth conquistou minha confiança.

– Quando o próximo guia vai chegar? – pergunto a ele.

Ele dá de ombros.

– Imagino que daqui a pouco, mas não posso garantir. Nossas identidades e horários são mantidos em segredo em casos como este. – Ele mexe na própria bagagem, jogando dois embrulhos extras no chão. – Não saiam daqui até o guia chegar. Há uma bela provisão nos pacotes, deve durar uns dois dias, pelo menos.

– Voltaremos a vê-lo um dia? – Desta vez tenho certeza de que minha decepção fica nítida.

Ele abre um sorriso.

– Nunca se sabe.

– Gareth. – Dimitri o encara. – Obrigado.

Ele sorri.

– De nada, Dimitri de Altus. Trotando em cima do cavalo, se aproxima de mim e estica a mão. Eu a seguro.

– Aceitando ou não o título, aos meus olhos a senhorita sempre será a legítima Lady de Altus. – Ele encosta os lábios na minha mão, beijando-a antes de virar o cavalo e ir embora, galopando.

Dimitri e eu ficamos na quietude deixada pela partida de Gareth. Aconteceu tão rápido que a princípio nenhum de nós sabe o que fazer. Passado um tempo, ele desce do cavalo e o leva até uma árvore, depois volta para pegar Sargent.

Armamos a tenda e improvisamos o jantar com as miudezas que achamos nos fardos. Quando anoitece, já aceitamos que o novo guia não chegará esta noite. Mais uma vez, Dimitri monta guarda diante da tenda, enquanto eu, com frio demais para ficar confortável, me reviro sob o lençol e tenho um sono intermitente.

Em diversos momentos tenho a impressão de escutar sussurros em meio às árvores que cercam o acampamento, passos de botas contra o solo duro. Dimitri também deve ouvir os barulhos, pois se levanta do chão, seu vulto projetando sombras lúgubres sobre a tenda quando ele caminha do lado de fora. Eu o chamo várias vezes, perguntando se está tudo bem, mas passado um tempo ele me diz, num tom firme, para dormir. Para deixá-lo vigiar sem a distração de minhas preocupações. Depois das críticas, silencio.

Fico deitada no escuro, o corpo tenso, até que muito tempo depois as trevas clamam por mim.

30

O novo guia é totalmente diferente de Gareth. A primeira coisa que me chama a atenção é seu cabelo ruivo e brilhante. Quando se vira para me cumprimentar, o sol ateia fogo os fios, transformando-os numa labareda de ferrugem dourada.

– Bom-dia. – Dimitri acena com a cabeça, sem se apresentar.
– Emrys, seu guia. – Ele parece ser bem mais velho que Gareth, mas menos que Edmund.
– Bom-dia. Sou Lia Milthorpe. – Estico a mão e Emrys a aperta rapidamente, e depois volta a enfiá-las no bolso.

Espero que inicie uma conversa, que queira nos conhecer antes de partirmos, mas não é o caso. Ele simplesmente se vira e vai pegar sua égua alazã, amarrada a uma árvore, ao lado de Sargent, e o cavalo de Dimitri.

– Temos de ir – diz ele, enquanto desamarra o cavalo. – O dia será longo.

Olho para Dimitri, erguendo as sobrancelhas num questionamento silencioso, e ele encolhe os ombros e se dirige à tenda. Juntos, levantamos acampamento, enfiamos tudo na bagagem de Dimitri de qualquer jeito e os lençóis na minha enquanto Emrys permanece montado no cavalo, sem sequer oferecer ajuda. Eu o olho apenas uma vez e o vejo com o olhar fixo na floresta. Acabamos de nos conhecer e já acho difícil não tachá-lo de esquisito.

Depois de limparmos o lixo e deixarmos a clareira como se nunca tivéssemos passado por ali, Dimitri ajeita o cavalo, apertando a sela e colocando o pé no estribo. Depois de examinar Sargent rapidamente, faço a mesma coisa.

Emrys assente e incita o cavalo a seguir em frente, e assim começa nosso segundo dia, com pouco alarde e ainda menos conversa.

Não sei se é por estarmos cada vez mais perto das páginas sumidas ou se é mera paranoia, mas durante todo o dia um pressentimento me acompanha. Não sei explicá-lo e não posso culpar Emrys, pois apesar de não ser tagarela como Gareth, não é desagradável.

À medida que subimos uma montanha, uma cidade se desvela, aninhada num vale. Ao longe, pináculos elegantes, ao que parece, quase tocam o céu. Faz muito tempo que não vejo uma cidade, e sinto o súbito desejo de seguir em frente, de dormir numa hospedaria com camas macias, de comer uma refeição quente preparada por alguém que não eu, de caminhar pelas ruas e comprar alguma coisa numa loja convidativa ou tomar chá num hotel pitoresco.

Mas não vamos para lá. Emrys hesita por uns instantes, como se ponderasse as opções, e desvia para a esquerda. Cruzamos um trigal, iluminado pelo sol dourado, em direção a um borrão preto. Quando nos aproximamos dele, percebo que é uma casa de pedras na beira da floresta. Atrás da casa e do celeiro, árvores milenares parecem chegar ao céu.

Continuamos a caminho da fazenda e me pergunto se esta será uma de nossas paradas ou, quem sabe, o ponto de encontro com um guia mais comunicativo. Não é nem um nem outro: passamos pela casa e há um garotinho alimentando as galinhas que andam em círculos, bicando as sementes caídas sob seus pés. Ele nos observa com curiosidade.

– Bonjour, mademoiselle. – Um sorriso se esboça no rosto do menino quando nossos olhares se cruzam.

França, penso, retribuindo o sorriso.

– *Bonjour, petit homme.*

O sorriso dele se alarga, e fico contente pelo meu questionável conhecimento de francês.

As sombras começam logo depois da casa, e o sol desaparece quase totalmente quando entramos na floresta. Não é tão densa quanto a que atravessamos para chegar a Altus. A luz abre caminho em meio às árvores, criando uma colcha de retalhos rendados no chão da floresta. É lindo, mas mesmo assim meu peito é dominado pela ansiedade. Lembra demais a viagem sombria até Altus, aqueles dias em que o mundo pareceu ter parado e perdi toda a noção de tempo e de mim mesma.

Nos deparamos com um local interessante: um pilar de pedra coberto de musgo que estranhamente se ergue do chão da floresta. Não é esquisito, na verdade, pois homenagens de pedra e lugares sagrados existem aos montes na Europa. Mas este me lembra Avebury, o antigo círculo de pedras mencionado na profecia.

Olho fixo para o pilar quando passamos por ele. Emrys está calado e desinteressado, como sempre, e Dimitri, atrás de mim, permanece em silêncio. Não me dou ao trabalho de lhes perguntar a respeito do pilar.

Um tempo depois, Emrys desacelera e nos olha por cima do ombro.

– Tem água lá adiante. É um bom lugar para pararmos.

Foi sua fala mais longa desde que levantamos acampamento, e eu concordo com a cabeça.

– Parar um pouco seria ótimo. – Acrescento um sorriso, e embora ache que sua intenção é retribuí-lo, parece ser quase doloroso para ele fazê-lo.

Ao contrário dos outros com quem nos deparamos no decorrer da viagem, o córrego não fica em uma clareira, e sim meio escondido, à sombra da floresta. É bem pequeno e passa por entre as árvores, não com um troar ou uma torrente, mas sim com um mero gorgolejo. Descemos dos cavalos, bebemos água e enchemos os cantis.

Fico surpresa quando Emrys se vira e fala comigo sem fazer rodeios.

– Ficaria contente em cuidar dos cavalos enquanto a senhorita descansa. Imagino que a viagem até aqui tenha sido longa.

Chegaremos ao nosso destino ao anoitecer. Temos tempo para fazer um intervalo.
— Ah! Bom... não tem problema. Posso cuidar do meu cavalo. Não quero ser um fardo.
— Não admito que seria ótimo descansar, mesmo que por um breve período.

A surpresa de Dimitri dá espaço à concordância.
— Emrys tem razão, Lia. Você parece estar cansada. Cuidamos dos animais.

A energia escoa do meu corpo e parece ser despejada no chão diante da mera ideia de descansar.
— Se vocês têm certeza de que não há problema...

Dimitri se curva e me dá um beijo no rosto.
— Não tem. Feche os olhos por um tempo, enquanto damos banho nos cavalos.

Caminho até um ponto onde o sol bate, não muito distante da água, e me deito na grama seca que cresce. O sono da noite maldormida logo me envolve e em poucos segundos durmo com a canção de ninar cantada pelo córrego.

Não tenho ciência de nada, até que o toque da mão de Dimitri me tira do torpor. A carícia de seus dedos no meu pulso é delicada, e sorrio, querendo protelar o momento em que teremos de montar a cavalo de novo.
— Não é assim que você vai fazer com que eu me anime. — Minha voz ainda está preguiçosa.

Ele pega a minha mão e sinto algo macio escorregar até o pulso.
— Você não está me escutando — brinco.

A voz, quando me responde, é tranquila, como se tentasse ser inaudível.

– Vai ser muito simples, você só precisa fazer o que mandarem.

Esta voz não é de Dimitri.

Abro os olhos e puxo o braço quando vejo Emrys ajoelhado, segurando algo na mão. Um objeto com um veludo preto. O medalhão.

– O que você... o que está fazendo? Me dê isso! Não é seu!

Olho para o meu pulso que não tem marca para ter certeza, mas, sim, ele foi retirado enquanto eu dormia. Olho ao redor, tentando achar Dimitri sem tirar os olhos de Emrys, mas não há ninguém na ribanceira atrás dele.

– Não quero machucá-la. Só estou fazendo o que mandaram. – Emrys não hesita, e o fato de não se preocupar com a possibilidade de ser interrompido por Dimitri é o que mais me assusta.

Fico imaginando o que Emrys fez com ele.

Deitada de costas, reviro-me na terra até encostar no tronco de uma árvore. Devido à sua solidez, não me sinto segura. Não tenho para onde ir.

– Por favor, deixe-me em paz. – Minha voz sai mais fraca do que pretendia, mas estou assustada demais para me culpar por isso.

Tenho um instante, apenas um instante, para me xingar por dentro. É só então que me recordo das palavras de Gareth: "De agora em diante haverá apenas céu aberto." No entanto não estamos a céu aberto. Passamos boa parte do dia numa floresta e agora estamos cercados por árvores milenares.

Devíamos ter percebido.

Emrys se levanta e avança em minha direção com passos decididos. Desta vez, não há conversa. Ele segura com força meu pulso, caindo ao meu lado e se inclinando sobre o meu corpo para tentar pôr o medalhão no pulso marcado. Recuando com todas as forças, tento manter o braço longe. Mas ele é forte demais, ainda que eu chute e lute.

Está segurando o meu pulso. O veludo crepita contra a pele e o medalhão, cuja frieza é tão assustadoramente convidativa quanto a do mar onde quase me afoguei, é pressionado contra a minha carne. As mãos grandes de Emrys se atrapalham com o fecho, e ele consegue unir suas duas pontas no momento em que alguém aparece atrás dele, correndo em nossa direção com uma fúria obstinada.

Pela ira em seu olhar e o sangue que pinga de sua testa, quase não reconheço Dimitri, mas sei que é ele quando arrasta Emrys para longe de mim, afastando-o e jogando-o na terra.

Não tenho tempo para ficar em estado de choque quando Dimitri bate em Emrys com a maior fúria que já vi um ser humano demonstrar contra outro.

Estou ocupada demais arrancando o medalhão do pulso.

Levo um tempo para tirá-lo. Quando o faço, estou tão chocada que começo a tremer e deixo o medalhão cair. Não estou preocupada em perdê-lo. Ele é meu. Só meu. Vai me encontrar, independente do que eu fizer.

Deixando-o no chão, corro até Dimitri, segurando-lhe os ombros enquanto ele continua a chutar Emrys, agora estatelado no chão, gemendo e segurando a barriga.

– Pare! Pare com isso! – berro. – Dimitri! Não temos tempo para isso!

Está tão ofegante que tem de se esforçar para levantar as costas e o peito. Ao se virar para mim, seu olhar está possuído por emoções violentas e perigosas. Ele me olha como se eu fosse uma estranha, e por um tempo entro em pânico, imaginando que ele perdeu completamente a cabeça e não vai se lembrar de quem eu sou. Mas então ele me puxa para perto, me abraça com força e afunda o rosto no meu cabelo.

Quando sua respiração retoma o ritmo normal, me afasto e olho para o corte ensanguentado na sua testa. Estico a mão para tocá-lo, mas recuo antes de encostar nele, com medo de lhe causar dor.

– O que aconteceu? – indago.

Ele leva a mão à têmpora, limpa parte do sangue e o olha como se não fosse seu.

– Não sei. Acho que ele me bateu com alguma coisa. Eu estava perto do riacho e depois disso só me lembro de ter acordado na ribanceira e escutado seus gritos. Vim o mais rápido possível.

Antes de poder dizer qualquer coisa, o farfalhar das folhas a poucos metros de distância chama nossa atenção. Viramos a cabeça e vemos Emrys se levantar do chão e andar em direção aos cavalos. Pela sua rapidez, não parece ter sido espancado, monta em seu cavalo e avança floresta adentro sem falar nada e sem olhar para trás.

Não tentamos impedi-lo. Não temos nada a ganhar e é óbvio que não podemos mais usá-lo como guia.

Olho para Dimitri.

– Ele era uma das Almas?

Dimitri nega.
— Acho que não. Caso fosse, seria bem mais perigoso. É mais provável que tenha interceptado nosso guia verdadeiro e seguido as ordens das Almas com um objetivo muito mais simples. Seria fácil oferecer dinheiro a um camponês para que ele nos levasse para o caminho errado.

Recordo as palavras do homem que se apresentou como Emrys: *Só estou fazendo o que mandaram.*

Respirando fundo, examino a floresta que nos rodeia.
— Você tem ideia de onde estamos?

Ele balança a cabeça.
— Não sei, mas imagino que seja seguro dizer que Emrys seguiu o caminho errado o tempo inteiro.

Dominada pela frustração, lhe dou as costas e vou até o riacho. Ao pegar o medalhão e colocá-lo no pulso, não posso nem pensar na possibilidade de que nossa jornada tenha chegado ao fim. De que depois de tudo que passamos, tudo que superamos, teremos de voltar ao ponto de partida por causa de um guia fraco, influenciado pelas Almas a trabalhar em prol delas. Ou pior: que jamais acharemos as páginas sumidas agora que tia Abigail está morta. Só ela guardava os segredos da profecia. Só ela seria capaz de organizar uma viagem tão meticulosa.

E agora ela está morta.

Dimitri chega por trás de mim e segura meus ombros.
— Lia. Vai dar tudo certo. A gente vai dar um jeito.

Viro-me para ele, uma onda de desesperança me enche até transbordar.
— Como vamos fazer isso, Dimitri? Como? Estamos perdidos no meio de uma floresta que não conhecemos. E como

se não bastasse... – Dou-lhe as costas, gargalhando. Meu riso soa tão amargo quanto seu gosto na minha boca. – E como se não bastasse, *a gente nem sabe para onde está indo!* A gente não tem nada, Dimitri. Nada que nos guie além de uma palavra enigmática. – Jogo uma pedra grande na margem do riacho. A raiva sai pelos poros como água, deixando-me apenas com o desespero.

– Que palavra? – pergunta Dimitri.

Olho para ele.

– Perdão?

Ele se aproxima e se abaixa para que nos olhemos nos olhos.

– Você falou "nada que nos guie além de uma palavra enigmática". Que palavra?

Ainda hesito em falar as palavras que me foram ditas em particular pela tia Abigail em seu leito de morte. No entanto, parece que não tenho escolha, e se não puder confiar em Dimitri, em quem confiar?

Respiro fundo.

– Pouco antes de morrer, tia Abigail disse que eu não poderia esquecer a palavra que me levaria às páginas caso eu me perdesse. Mas agora isso não faz muita diferença. Nosso guia foi embora, Dimitri, e mesmo se não tivesse ido, a palavra pode não ser nada além de balbucios de uma mulher agonizante.

Ele olha nos meus olhos.

– Qual era a palavra, Lia?

– Chartres. – Eu a digo, embora tenha tanta noção de seu significado agora quanto no momento em que ela foi sussurrada pelos lábios moribundos de tia Abigail.

Lembro-me das outras palavras de tia Abigail: "Aos pés da Guardiã. Não uma Virgem, mas uma Irmã." Não as compartilho com Dimitri. Não neste momento. Parecem dizer respeito apenas a mim. Afinal, devo ser a próxima Lady de Altus. Como tal, é adequado que os segredos de tia Abigail se tornem meus.

Os olhos de Dimitri ficam distantes quando ele se levanta e se afasta de mim.

Fico de pé e o chamo.

– Dimitri? O que foi?

Ele leva um tempo para se virar, mas ao fazê-lo há algo em sua expressão que me dá esperanças.

– A palavra... "Chartres".

– O que tem ela?

Ele balança a cabeça.

– Quando éramos novinhos, vivendo em Altus, os Anciões nos contavam anedotas. É assim que nossa história é passada adiante, entende? A cultura das Irmãs e do Grigori não acredita na história escrita. A nossa é contada, passada de geração em geração.

Assinto, tentando ser paciente apesar de querer muito que ele chegue logo à parte importante.

– Chartres era... uma igreja, eu acho... Não! Estou enganado. Chartres é uma cidade, mas lá *existe* uma catedral. Uma catedral importante para a Irmandade. – Ele volta para perto de mim, seu olhar pegando fogo. Sei que está imerso em lembranças. – Há também... uma caverna. Acho que é uma gruta, subterrânea.

– Não entendo o que isso tem a ver com nosso problema.
Ele balança a cabeça.
– Sei lá. Mas dizem que lá também tem uma fonte sagrada. Nosso povo a reverenciava na Antiguidade. Achavam que existia uma espécie de... energia ou corrente circulando sob o edifício.
Eu o olho.
– Dimitri?
– O quê?
– Onde fica Chartres? – tenho de perguntar, apesar de achar que já sei a resposta.
Seus olhos miram os meus, o conhecimento partilhado já invadindo suas profundezas.
– Na França.
Tento organizar os dados que já sabemos e entender como usá-los em nosso proveito, mas até a pouca esperança que temos parece vã.
– A França pode até não ser um país grande, mas é grande demais para ser percorrido de ponta a ponta a cavalo, pelo menos sem guia. Mesmo se Chartres for o lugar onde as páginas estão escondidas, e ainda não temos provas de que seja, talvez estejamos a vários dias de distância de lá.
Ele discorda.
– Acho que não. Onde quer que as páginas estejam escondidas, não acho que estamos a mais de um dia de distância do caminho certo. As provisões que Gareth nos deu já estão acabando, o que me leva a crer que nossa jornada não era para ser longa. E acho que podemos contar com a premissa de que Gareth, ao menos, nos guiou pelo caminho certo. Se voltarmos

aos lugares por onde passamos enquanto estávamos com ele ou até pouco antes de nos separarmos, ficaremos mais perto da rota planejada.

Tudo o que ele diz tem uma espécie de lógica misteriosa e perfeita. Não consigo elaborar nenhum outro plano, e sinto um sorriso se esboçar nos meus lábios, depois de horas de preocupação.

– Então, está bem. O que estamos esperando?

31

À medida que refazemos nosso trajeto pela floresta, fico cada vez mais grata pelo senso de direção de Dimitri. Ele parece ter certeza do caminho, e eu fico desorientada assim que saímos do local onde Emrys nos traiu. O sol está bem acima de nossas cabeças e ainda estamos no meio da floresta quando resolvemos parar para banhar os cavalos.

Ao desmontar, Dimitri amarra o cavalo junto ao riacho. O animal inclina a cabeça, bebendo avidamente a água enquanto Dimitri se refugia na floresta, supostamente para cuidar de questões pessoais. Levo Sargent até o córrego que serpenteia em meio às árvores e ele se delicia com a água pura enquanto destampo meu cantil.

É ali, curvada à margem da água cristalina do córrego, que os vejo.

A princípio, não há nada além do riacho. Porém, ao me inclinar sobre ele, preparando-me para encher o cantil, o reflexo da superfície se distorce e forma uma imagem relativamente nítida.

Olho mais de perto, fascinada. Minha capacidade de prever o futuro foi descoberta pouco depois de chegar a Londres e nunca me veio com facilidade. Sempre tive de invocá-la. Mas não desta vez. A imagem aparece com clareza, sem que precise me esforçar. Levo apenas um instante para ver que não há somente uma pessoa refletida, mas muitas. Estão todas montadas a cavalo, avançando floresta adentro contra o pano de fundo dos cascos ruidosos que não consigo de fato ouvir, mas sei que existem através da mera imagem.

Empenho-me para ter uma visão melhor no momento em que se aproximam, ainda no mundo subaquático, percorrendo uma trilha na floresta sobre o lombo de cavalos brancos. Em pouco tempo sei exatamente quem são, embora não tenham a mesma aparência de quando estão no Plano. Lá as Almas são barbadas, seus cabelos descem pelas costas como seda rasgada. Usam roupas esfarrapadas e erguem espadas vermelhas como brasas. Mas para passar para este mundo, devem tomar posse de um corpo de verdade.

Até na visão da água se assemelham a homens que poderiam cruzar meu caminho pelas ruas de Londres, mas têm uma crueldade singular que eu reconheceria em qualquer mundo. Usam calças e coletes e se inclinam sobre os cavalos em vez de se sentarem com a coluna ereta, segurando as espadas. Sei quem são.

Não consigo calcular a quantidade. São inúmeros, e todos cavalgam com um único objetivo. Por mais que a horda me assuste, tanto pela quantidade como pela intenção, é o homem que segue na frente quem faz o meu sangue gelar.

Belo, de cabelos claros, está totalmente em paz com sua própria fúria. Não se trata de uma máscara ou de um sentimento momentâneo. Enquanto os outros que seguem atrás dele cavalgam com um empenho visível mesmo através do espelho distorcido da água, ele confia em seu destino e no sucesso que obterá quando chegar lá. Mas é a marca da serpente, revelada pela gola aberta de sua camisa, que me leva a perceber o tamanho da encrenca em que Dimitri e eu nos metemos.

Os Guardas. Samael mandou os Guardas para nos impedir de chegar às páginas.

Ou para tomá-las de nós quando as acharmos.

Não sei a que distância estão, mas sei que estão vindo. E estão vindo para me buscar.

Tomo a única atitude possível: levanto e corro.

– Dimitri! Dimitri! – berro, examinando a ribanceira à procura dele. – A gente tem que ir embora! Agora!

Ele aparece na outra ponta do córrego, a preocupação é nítida em seu rosto.

– O que foi? Qual é o problema?

– Os Guardas. Eles estão vindo. Não sei a que distância estão nem quando irão nos alcançar, mas estão vindo.

Dimitri não questiona o que digo. Ele fala enquanto prepara o cavalo.

– Quantos são?

Balanço a cabeça.

– Não sei. Muitos.

Num instante, ele monta em seu cavalo.

– A cavalo?

Confirmo.

– Suba no cavalo e me dê seu manto. – Ele diz isso enquanto desamarra o próprio.

– O quê? – A ordem é tão repentina que não tenho certeza de tê-la ouvido direito. Mesmo assim, ponho o pé no estribo e me sento no lombo do cavalo.

Ele me entrega o manto preto.

– A cor do meu manto é diferente da sua, mas nossos cavalos são ambos escuros.

Ele não precisa dizer mais nada. Sei qual é sua intenção, e me recuso a admiti-la.

– Não. A gente não vai se separar, Dimitri. É arriscado demais, e não vou deixar que você se exponha às Almas para me proteger.

– Ouça, Lia. Não temos tempo para discutir. Esta é a única esperança que nós temos de conseguir as páginas. Vamos trocar de manto, levantar o capuz para esconder o rosto e continuar a caminho da cidadezinha que nós vimos naquele vale. Vou com você até onde puder. Quando as Almas estiverem perto, você vai para a cidade e eu as levo na direção oposta.

– Os Guardas são conhecidos pela crueldade, mas não podem usar magia para nada, afora mudar de aparência quando estão neste mundo. Se dermos sorte, vão demorar a perceber que a pessoa que estão seguindo sou eu e não você. Além disso, você tem a pedra da Lady Abigail. Ela vai protegê-la ainda mais.

Quando ele menciona a pedra, sinto seu calor contra a minha pele.

– Mas... e você? O que vai fazer se o alcançarem? – A ideia de deixar Dimitri para trás deixa o meu coração apertado.

Sua expressão se suaviza.

– Não se preocupe comigo. Sou forte o bastante para lidar com as Almas. Além disso, não é a mim que eles querem, e atacar um membro do Grigori seria infringir nossas leis.

Assinto, desamarrando o manto. Eu o entrego a Dimitri e pego o manto preto, amarrando-o no pescoço enquanto continuo a falar.

– O que eu faço quando chegar à cidade? – Levanto o capuz e examino a floresta, ciente de que estamos perdendo minutos preciosos, mas apavorada com a possibilidade de esquecer alguma coisa. De não fazer alguma pergunta neste único momento em que posso.

Ele conduz seu cavalo até o meu e os dois ficam lado a lado. Assim, Dimitri e eu ficamos o mais perto possível.

– Se tiver tempo, peça a alguém para dizer qual é o caminho para Chartres. Se não tiver, entre numa igreja, qualquer uma, e me espere lá. Alma nenhuma pode entrar num lugar sagrado, sob qualquer forma que seja, e sobreviver.

Tem tantas coisas que quero dizer, mas Dimitri se inclina antes que eu possa dizê-las e me dá um beijo na boca.

– Vou ao seu encontro, Lia.

Em seguida ele dá um tapinha no flanco de Sargent. O cavalo parte com um solavanco, e Dimitri segue atrás de mim. Ao avançarmos pela floresta, não paro de me perguntar se voltarei a vê-lo. Ou se todas as palavras doces que eu vinha guardando jamais serão ditas.

Assim como aconteceu com os Cérberos, sinto a presença dos Guardas antes de vê-los ou escutá-los. Não tenho como negar nossa ligação aterrorizante, por mais que deteste tudo o que eles representam. Por um tempo, corro pela floresta, Dimitri logo atrás de mim, sem ter nada além da certeza de que as Almas se aproximam.

Então, de repente, eu as escuto *de verdade*.

Rasgam a floresta no meu encalço, e eu me debruço sobre o pescoço de Sargent, implorando para que ele acelere, para que nos leve até a clareira de onde se vê a cidadezinha que pode ser ou não Chartres. Por um tempo, Dimitri continua atrás de mim, e pouco depois, assim que o estrondo em meio às árvores se aproxima de nós e se torna mais barulhento, assim que percebo que as Almas estão mesmo logo atrás de nós, ouço o cavalo de Dimitri desviar para a direita e sei que ele se foi.

Me forço a não pensar muito na segurança dele e na possibilidade de nunca mais nos vermos. Avanço pela floresta, tentando me concentrar em achar o caminho que me levará de volta à clareira.

Sem nenhuma certeza de que estou no rumo certo, deparo com a rocha esquisita que jaz no chão coberto de folhas e sinto um grande alívio. De repente não me sinto mais sozinha, e passo correndo ao lado da rocha, em direção à clareira que sei que há adiante. Ao mesmo tempo, começo a ter esperança, a crer que chegarei sã e salva à igreja do vilarejo.

Mas isso é antes de ouvir um cavalo adquirindo velocidade atrás de mim. Antes de ter a audácia de olhar para trás e quase gelar de tanto medo.

Não são mais as Almas em bando que me perseguem. Não. É bem provável que tenham cumprido as expectativas de Dimitri e seguido na direção oposta. Mas tem uma que não seguiu Dimitri. Que me achou no meio da floresta e não foi enganada pela nossa dissimulação.

É o homem de cabelos claros, o que liderava o bando na visão que tive no riacho. Seu cavalo trota atrás de mim com um vigor renovado, e me curvo sobre o pescoço de Sargent, tentando ganhar distância suficiente para ter tempo de achar um esconderijo.

Funciona. Ele fica para trás e chego à clareira que cerca o campo e vejo a casa da fazenda mais adiante. Desta vez, não ouso olhar para trás. Vou até os fundos da casa e passo pelo celeiro. Não tenho tempo de respirar aliviada ao ver que as portas estão escancaradas.

Sigo direto para os confins escuros do celeiro e salto do lombo de Sargent antes que ele pare. Um rápido olhar me diz que há apenas três cavalos no celeiro.

Três cavalos e seis estábulos.

Conduzo Sargent até um dos estábulos vazios, e em menos de um minuto já tirei a sela e a deixei no chão. Tranco a porta e paro no corredor entre os estábulos, examinando o celeiro em busca de esconderijo. Não demoro a achar o sótão.

As calças facilitam na hora de subir a escada. Galgo os degraus em poucos segundos, me espremendo atrás de caixotes de ferramentas e pilhas de mantas de sela no instante em que ouço o cavalo do Guarda se aproximar mais e mais do celeiro. Aproveito o tempo extra para tirar a mochila das costas e pegar a adaga. Ao envolver com os dedos o punho cravado com pedras preciosas, sinto-me melhor só por estar segurando-a. O Guarda tomou a forma de um homem. Vai sangrar como qualquer outro se eu o esfaquear.

A poeira brilha sob a luz fraca da tarde, caindo por entre as ripas de madeira do celeiro. O ambiente é bastante escuro e tento me tornar invisível e ao mesmo tempo ter alguma visão, por menor que seja, do andar inferior. Se vou ser encontrada e ficar acuada no segundo andar, melhor saber antes. Concentro-me em acalmar a respiração enquanto os cavalos bafejam e arrastam os cascos lá embaixo. Sei que, além de mudarem de forma, as Almas não têm nenhum poder sobrenatural. Não no meu mundo, pelo menos. Mas é complicado não acreditar que o Guarda vai me escutar ou saber que estou ali.

Minha respiração já está controlada quando ouço passos, leves e cuidadosos, abaixo de mim. Espreitando por entre os caixotes e esticando o pescoço para olhar o chão do celeiro, surpreendo-me ao ver o garoto que alimentava as galinhas. Ele examina o celeiro com muita calma, seu olhar fitando Sargent em um dos estábulos. Ergue o queixo e gira devagar, até que seu olhar pousa em mim. Nossos olhares se cruzam e levo o dedo até a boca, implorando mentalmente para que ele não me entregue. Ao mesmo tempo, tenho vontade de pedir, aos gritos, que ele corra, pois embora as Almas estejam atrás de mim e de mais ninguém, não tenho certeza de que terão misericórdia diante de uma criança que cruze seu caminho.

Mas é tarde demais. Não tenho tempo de falar nada antes de a porta do celeiro ranger e se abrir ainda mais. Vejo apenas um pedaço da silhueta loura do Guarda quando ele para, iluminado pelo sol, no vão da porta. Fica imóvel por um instante e depois entra no celeiro, perdendo-se nas sombras. Não o enxergo mais, mas ainda ouço suas botas percorrendo o andar de baixo.

Seus passos não são apressados. De início, não fazem muito barulho, mas vão se tornando mais ruidosos, até pararem diante do menino. Inclino-me para ter uma visão melhor, ciente dos rangidos e chiados típicos de construções antigas. Mas é em vão. Nos limites do esconderijo, não posso me mexer o bastante para ter mais que um vislumbre das botas de montaria e das pernas do Guarda. Seu tórax e rosto estão tampados pelas sombras.

No entanto, vejo o menino claramente. Está parado, imóvel, perante o Guarda louro. Tenho a estranha sensação de que ele não está com medo.

O Guarda permanece em silêncio. Quando abre a boca, a voz que emite é gutural e distorcida. Parece exigir certo esforço, e não sei por que me surpreendo quando questiona o menino em francês.

– *Où est la fille?* – "Cadê a garota?"

É uma pergunta simples, mas a maldade na voz deixa os pelos dos meus braços arrepiados. É a voz de uma pessoa que não sabe como modular o som que sai do próprio corpo.

A voz do menino é pequena em relação ao espaço vasto do celeiro.

– *Venez. Je vous montrerai.* – "Venha. Vou lhe mostrar."

Meu coração quase para de bater, a adrenalina corre nas minhas veias enquanto examino o sótão às pressas, em busca de possíveis rotas de fuga.

Porém, o menino não conduz o Guarda até o sótão. Ele vai em direção à parte da frente do celeiro, onde há outras portas escancaradas.

O Guarda não o segue de imediato. Ele fica em silêncio por um instante, e tenho a nítida sensação de que percorre o celeiro com os olhos. Encolho-me ainda mais nas sombras e mal ouso respirar. Os passos de botas recomeçam. Conduzem o Guarda para perto da escada que eu subi e tento calcular a distância do sótão ao chão do celeiro. Considero o risco de pular caso o Guarda suba a escada, mas neste instante os passos ficam mais leves e vão se afastando.

A voz do menino me assusta no silêncio do celeiro.

– *Elle est partie il y a quelque temps. Cette voie. À travers le champ.* – "Ela partiu já tem um tempo. Seguiu aquele caminho. Cruzou o campo."

Inclino-me para a frente para enxergar o menino, que aponta o prado distante para o homem.

Há um momento de silêncio total. Um instante em que me pergunto se o Guarda vai dar meia-volta e revistar o local, centímetro por centímetro. Mas não dura muito. Os passos recomeçam, de início mais próximos, já que o Guarda caminha em direção aos fundos do celeiro. A princípio, não entendo por que perderia tempo com isso. Por que não parte do outro lado do campo, da parte da frente do celeiro. Então ouço os cavalos arrastando os cascos e compreendo. O cavalo dele. Ele o deixou nos fundos do celeiro.

Quase choro de alívio quando ele deixa para trás a escada que leva ao sótão, mas permaneço imóvel, respirando baixinho e fazendo silêncio até ouvi-lo chegar aos fundos. Os ruídos que faz ao montar o cavalo estão abafados, já que vêm de fora, mas o clangor dos cascos ao trotar para longe é inconfundível.

Aguardo uns minutos no silêncio deixado pela sua partida, tentando acalmar meu coração galopante.

– *Il est parti, mademoiselle. Vous pouvez descendre maintenant* – diz o menino lá de baixo, avisando-me que já posso descer.

Dou mais uma olhada no celeiro, entregando-me à paranoia, antes de enfiar a adaga na mochila e descer a escada com muito cuidado. Quando pulo no chão, o menino está me esperando. Viro-me e lhe dou um abraço. Seu corpo pequeno, em estado de choque, se enrijece nos meus braços.

– *Merci, petit homme.* – Recuo para olhá-lo, na esperança de que meu francês seja bom o suficiente para que ao menos eu consiga saber em que direção o Guarda seguiu. – *Que voie lui avez-vous envoyé?*

O menino se vira para a porta da frente do celeiro.

– *À travers le champ. Loin de la ville.* – "Pelo campo. Para longe da cidade."

A cidade com uma igreja.

Curvo-me e olho no fundo dos olhos castanhos do garoto. Lembram os de Dimitri, e afasto este pensamento da cabeça. Não posso me dar ao luxo de ser emotiva quando posso descobrir o nome da cidade que há ao longe.

– *Quel est le nom de la ville? Celui avec l'église grande?* – Mal consigo respirar enquanto aguardo a resposta.

Sua resposta consiste em apenas uma palavra, a única de que preciso.

– Chartres.

32

Montada no cavalo, do lado de fora do celeiro, analiso o campo e as opções que tenho.

O menino falou que mandou o Guarda seguir na direção oposta à da cidade, mas mesmo assim não há garantia de que ele não tomou outro rumo e foi me procurar em Chartres. Principalmente se acha que as páginas estão escondidas lá.

Inclinando-me em cima do cavalo, contemplo a floresta que fica atrás da casa da fazenda. As copas frondosas oferecem mais lugares onde me abrigar do que o prado sem árvores que se estende até Chartres, mas não sei o que aconteceu com Dimitri nem onde o resto da Guarda pode estar. Poderia muito bem dar de cara com eles se entrasse na floresta. Pelo menos em Chartres há a proteção da igreja.

Além da possibilidade de encontrar as páginas sumidas. Se há algum jeito, qualquer jeito, de tê-las nas mãos, vou fazer o que for preciso.

Miro a cidade e pressiono os calcanhares contra os flancos de Sargent. Ele vai em frente, seus cascos velozes como um raio. Nos leva pelo prado como se fosse empurrado pelo vento, como se soubesse muito bem o risco que corremos.

O fato de ficar tão exposta naquele campo é aterrorizante, embora o sol brilhe, dourando a grama e balançando os trigais que há por todos os lados. Apesar de toda a beleza, o prado não me oferece nenhum esconderijo. Meu coração fica apertado quando penso nisso. *Chega de me esconder*, penso.

Entretanto, a cada passo fico com mais medo. Fico um pouco surpresa quando cruzo o prado sem ouvir o cavalo do Guarda atrás de mim. Me aproximo da cidade e, ao chegar nela, entro no que parece ser a rua principal.

Chartres não é tão pequena quanto parecia de longe, mas poucas pessoas atravessam as ruas de terra. Não têm pressa, e me veem passar com doses iguais de curiosidade e irritação. Através da observação de seus semblantes calmos, concluo que perturbei um dentre seus vários dias totalmente serenos e monótonos.

Mas minha tarde em Chartres não será nada monótona, pois ao entrar numa ruela, na tentativa de seguir os pináculos da catedral, deparo com o Guarda louro falando com uma senhora na esquina. Ainda está em cima do cavalo, e mesmo a certa distância ouço o tom animalesco em sua voz. Ele se cala de repente e, como se sentisse minha presença, vira a cabeça na minha direção.

Não sei quanto tempo levo para me mexer. Tenho a impressão de que ao mesmo tempo tudo acelera e desacelera. Só sei que enquanto conduzo Sargent em direção à igreja, o Guarda puxa as rédeas do cavalo e deixa a senhora falando sozinha, no meio de uma frase.

Ele está logo atrás de mim quando avanço pelo vilarejo, ziguezagueando por uma rua e entrando em outra numa tentativa desesperada de chegar à catedral. Por duas vezes, sou enganada por ruelas que parecem levar à igreja, mas que acabam me afastando dela. Tenho a impressão de que meu perseguidor, dominado pelas mesmas limitações mundanas que eu, também não conhece bem a cidade. Está sempre no meu encalço, mesmo quando tenho certeza de que vai achar um jeito de cortar caminho.

Por fim, entro numa rua poeirenta que sobe uma colina e é neste momento que me deparo com a placa: CATEDRAL NOTRE-DAME, CHARTRES. Dobro uma esquina e vejo a catedral no alto da colina, majestosa. Os pináculos se erguem acima das paredes de pedras antigas da igreja, parecendo tocar o céu. Sargent, cuja respiração se torna ruidosa e ardorosa, sobe a colina com o Guarda em nosso encalço.

Me preparo para desmontar e correr para o abrigo da igreja quando nos aproximamos da frente da catedral. Está cada vez mais perto, e então estamos bem diante dela. Aos pés de sua fachada imponente, mal desacelero antes de pular no chão com mais impacto do que esperava. Perco o fôlego e tropeço, mas tento me recompor, apesar de ver meu perseguidor alcançar o final da rua.

Nunca o fato de vestir calças me deixou mais feliz do que agora que subo a escadaria correndo até chegar às imensas portas de madeira arqueadas da catedral. Galgo dois degraus por vez. O arco golpeia minhas costas à medida que tento apressar os passos e ao mesmo tempo me esforçar para não cair na escadaria de pedra. Se tropeçar, será pela última vez, pois ouço o Guarda atrás de mim. Seus passos são mais rápidos que os meus, aproximando-se até que eu tenha a certeza de que ele está logo atrás de mim.

Não olho para trás ao alcançar a porta. Simplesmente estico o braço, agarro a enorme maçaneta de ferro e a empurro até uma fenda se abrir. É só disso que preciso. Passo por ela, fechando-a depois de entrar no santuário frio da catedral.

Imediatamente me afasto da porta e encosto na parede. Depois da jornada frenética pela cidade e morro acima, o silêncio do espaço central da igreja é ensurdecedor. Minha respiração, ofegante e ruidosa, é ecoada pelas paredes de pedras, e fico parada por uns instantes, de olho na porta, tentando recuperar o fôlego. Apesar das garantias de Dimitri, meio que espero o Guarda entrar. Mas ele não o faz, e passado um tempo ouso tomar distância dela e explorar a igreja cavernosa.

A catedral é imensa, o pé-direito é tão alto que o teto não é mais que uma sombra acima de minha cabeça. Janelas com vitrais complexos projetam um arco-íris de luzes turvas sobre as paredes e o assoalho, e vejo entalhes detalhados que retratam santos e cenas bíblicas. A escuridão espreita dos ambientes além do altar, mas corro em direção a ele. Talvez o Guarda não possa entrar na catedral, mas sua imensidão faz com que me sinta vulnerável. Há muito mistério naquele local. Desejo apenas encontrar a gruta sagrada e saber se é ali que estão as páginas sumidas.

Depois de passar pelo altar, deparo com um longo corredor. Em função das diversas viagens que fiz com meu pai até locais históricos, sei que em geral há placas indicando aos visitantes os lugares relevantes, e procuro instruções nas paredes enquanto caminho rapidamente em direção aos fundos da igreja. Há algumas portas fechadas ao longo do caminho, mas não tenho a audácia de abri-las.

Entro num corredor menor e vejo um feixe de sol saindo de uma porta na lateral da igreja. Sigo a luz para chegar à porta e fico aliviada ao perceber que apenas uma fresta está aberta. Abro-a um pouco mais e espreito.

A princípio, me decepciona perceber que o que vejo é uma ruela. Parece uma bobagem perder tempo numa área que nem faz parte do terreno sacro, mas algo me chama a atenção. Algo num edifício menor, não muito distante da catedral.

Uma placa onde se lê MAISON DE LA CRYPTE.

Casa da Cripta.

É claro que não há como saber se as páginas realmente estão escondidas na cripta, mas não cheguei tão longe para ficar de braços cruzados enquanto o Guarda me espera do lado de fora da igreja. Por um instante, considero aguardar Dimitri, mas no instante seguinte descarto a ideia. Dimitri pode ter me ajudado a atravessar a floresta que leva a Altus, mas percorri sozinha muitos caminhos sombrios e apavorantes até chegar a este lugar.

Se correr, provavelmente levarei menos de um minuto para transpor a ruela e chegar à entrada. Duvido da proteção que a proximidade com a catedral me oferece, mas não tenho escolha, e olho ao redor para me certificar de que não há ninguém na rua antes de passar pela fresta da porta.

Já deve estar ficando tarde, pois o sol se esvai por trás dos edifícios do outro lado da rua. Tenho a impressão de que a temperatura caiu durante o curto período de tempo que passei dentro da igreja. Logo anoitecerá. Este pensamento me impulsiona e chego à entrada da cripta rapidamente, sem incidentes, e abro uma porta que, embora grande, se acanharia diante da enormidade daquelas da catedral.

Fecho a porta ao entrar e me deparo com uma salinha modesta. Não há entalhes ornamentais nem vitrais, e no entanto uma profunda sensação de paz domina minha alma. De certa forma, neste lugar sem ostentação e glória me sinto em casa, assim como me sinto em Altus. Um calor que agora já é familiar cresce contra minha pele, e quando seguro a pedra da serpente ela aquece a palma da minha mão.

Ao caminhar pelo ambiente, fico aliviada por ver que é bem pequeno. Há poucas portas e um só corredor, e imagino que tenha sido construído de um jeito aleatório em cima da gruta, enquanto a catedral recebeu mais atenção. Chegando aos fundos da sala, não demoro muito a me ver diante de uma porta estreita no patamar de uma escada em espiral. Os degraus são de pedra e piso neles sem hesitar, enquanto a pedra esquenta ainda mais sob minha blusa à medida que desço.

Toco as paredes para ter firmeza na descida, admirada com o cheiro úmido que vem das profundezas da cripta. É um cheiro de terra que vem de todos os lados. Descer a escada é como chegar em casa, e de algum modo sei que estas paredes viram muita coisa nesses milhares de anos. Protegeram e esconderam objetos preciosos para a nossa causa.

Quando finalmente chego ao andar da gruta, fico surpresa com seu tamanho. As paredes são de pedras em ambos os lados, e embora o pé-direito não seja tão alto quanto o da catedral, o teto ainda fica bem acima da minha cabeça. A própria cripta é bem larga, e a distância de um lado ao outro é grande. É maior, na verdade, que a sala do andar acima dela. É iluminada apenas por tochas presas nas paredes, e meus olhos demoram um tempo para se acostumarem à luz mortiça.

Quando isso acontece, é o altar em um dos cantos que me chama a atenção.

Atravesso a cripta, tentando não fazer barulho. Duvido que alguém seja repreendido por prestar homenagem a um lugar desses, mas é certo que qualquer pessoa seria pelo que eu talvez precise fazer para encontrar as páginas, e ao chegar ao altar, paro para observar a estátua que há ali. É a imagem linda, embora comum, de uma mulher coberta por um manto que penso ser a Virgem Maria.

Aos pés da Guardiã. Não uma Virgem, mas uma Irmã.

Dando mais uma olhada ao meu redor, dirijo-me à estátua, caindo de joelhos aos seus pés. A pedra é fria e dura. Fere minha pele, apesar das calças.

Analiso o chão, procurando algo que indique o esconderijo, mas logo descarto esta ideia. Me desespero ao olhar para o chão abaixo do altar e da estátua. É todo regular. Uma superfície feita de pedras cinza que não tem nenhuma característica peculiar sob a iluminação fraca.

É o que penso de início. Antes de ver uma linha escura, nada mais que um borrão, na verdade, que vai de um lado a outro de uma das pedras.

Me inclino para trás, tentando observar de um ângulo melhor e me questionando se a proximidade torna ainda mais difícil decifrar o que há ali. E então, sim, eu vejo a mesma linha passar pela pedra ao lado e pela seguinte. Começo a entender e uso a manga da minha camiseta para limpar a poeira antes de me levantar. Depois dou uns passos para trás para testar minha teoria.

Sinto um sorriso irromper em meu rosto, embora não haja ninguém ali para testemunhá-lo e apesar de nunca ter imaginado que sorriria ao ver aquele símbolo.

Ali, aos meus pés, está o mesmo símbolo que adorna o medalhão. A linha escura, cujo círculo se estende por sete pedras grandes, formando o Jorgumand. E apesar de escura, desbotada e coberta por séculos de sujeira, vejo o "C" no centro dele.

"C" de caos. Caos das eras.

Imediatamente me ajoelho e tateio a marca do Jorgumand, em busca de alguma pedra solta. Não levo muito tempo para perceber que é inútil: todas as pedras que fazem parte do desenho da serpente são maciças. As pontas dos dedos doem com as minhas tentativas de puxá-las. Mas há uma última pedra no meio, a pedra que ostenta o "C", e ao tentar tirá-la do lugar com as mãos fico admirada com a minha burrice.

Devia ter me dado conta de que estava ali.

Enfio a mão na mochila e pego a adaga. As joias multicoloridas do punho reluzem, mesmo sob a lua turva da caverna. Lembro de tê-la encontrado no quarto de Alice em Birchwood, as lascas de madeira ainda estão presas à lâmina cintilante. Lascas da madeira do assoalho do meu quarto e o feitiço de proteção que Alice desfez para me deixar vulnerável às Almas no Plano.

Desta vez será usada com um objetivo mais nobre.

Afrouxar a pedra marcada não é fácil. Levo um tempo para raspar a sujeira, a poeira e a argamassa antiga, enfiando a adaga cada vez mais fundo nas fendas que cercam a pedra. De poucos em poucos minutos, interrompo a tarefa para averiguar meu avanço, e me frustro ao perceber que nunca consigo mais que sacudi-la. Perco a noção do tempo e uma hora, enfim, a pedra começa a se mexer com facilidade, e creio que vou conseguir soltá-la.

Depois de pôr a adaga de volta na mochila, enfio os dedos nas frestas que se formaram em volta da pedra. Não tenho muito espaço para as mãos, mas tento mexer a pedra de um lado para o outro, a fim de levantá-la. Empurro e puxo por algum tempo, mas de nada adianta. O ângulo está completamente errado. Não há espaço suficiente para segurá-la, embora eu tente puxá-la para cima, em vez de entortá-la. A pedra quebra o pouco que sobrava de minhas unhas e meus dedos sangram, mas pouco depois tenho a sensação de que nas laterais o espaço é maior. Ao enfiar as pontas dos dedos nestas frestas estreitas, mordo o lábio para conter o berro, pois as pedras vizinhas arranham e cortam minha pele já sensibilizada. Ciente de que terei um número limitado de chances antes que minhas mãos desistam, agarro a pedra com toda a força que ainda tenho.

Em seguida, puxo.

A pedra é mais pesada do que aparenta. Minhas mãos tremem ao levantá-la do chão, e por um instante imagino que vou soltá-la. Mas não.

Por algum milagre, consigo segurá-la até que saia do abismo revelado por sua ausência. Não me dou ao luxo de recuperar o fôlego. Deixo a pedra de lado e espreito o buraco aparentemente infinito. É um breu. Enfio o braço naquela escuridão úmida e tateio. Afora a preocupação com possíveis insetos, mofo e sujeira, não questiono as coisas estranhas com que minha mão se choca a caminho do fundo do buraco.

É bem mais fundo do que eu esperava. Meu braço é engolido até o ombro antes que eu alcance o fundo, mas ao tocá-lo minha mão imediatamente encosta em algo mais macio e quente que a pedra que a circunda. Eu o seguro e puxo, trazendo à tona um quadradinho de couro.

Depois de pôr a pedra de volta no lugar, certifico-me de que tudo pareça intacto. Em seguida, levanto, vou até o altar e abro o pedaço de couro que aguardava sob o chão.

O ar fica preso na garganta quando meus olhos pousam no restante de papel frágil, quebradiço. Tiro-o de dentro do couro e o desdobro com cuidado. Parece tão antigo quanto o próprio tempo. Mesmo aberto, continua cheio de dobras, e o aliso cautelosamente, olhando as palavras escritas sobre a superfície.

É neste momento que vejo que não se trata de um, mas sim de dois pedaços de papel.

Seguro um em cada mão, examinando primeiro um e depois o outro à luz turva da gruta. Não demoro a entender.

Um deles é um retângulo uniforme com as bordas perfeitamente planas e as palavras escritas com esmero em latim. Reconheço o formato como sendo o mesmo do *Librum Maleficii et Disordinae* – o Livro do Caos achado na biblioteca do meu pai na mansão Birchwood, quase um ano atrás. Latim nunca foi meu ponto forte. Só com a tradução de James consegui ler aquele primeiro fragmento angustiante da profecia.

E é por isso que respiro aliviada ao ver a segunda folha atrás da primeira. Uma página que claramente foi arrancada de algum lugar, pois não é tão graciosa e legível quanto a página do livro de verdade. Não. É um pedaço pequeno de papel. Um pedaço que também ostenta as palavras da profecia, mas desta vez numa letra apressada, um garrancho.

Mas não é esta a parte que importa.

A parte que importa é a de que as palavras do garrancho apressado foram traduzidas há muito tempo, como se alguém soubesse que eu estaria na cripta de Chartres, precisando muito ler as palavras da última página da profecia.

Depois de suspirar aliviada, ponho a página com a tradução por cima da página do livro. Em seguida, abaixo a cabeça para conseguir enxergar à luz das tochas.

E leio:

Porém do caos e da loucura Uma ascenderá
Para guiar o Patriarca e libertar a Pedra,
Envolta pela santidade da Irmandade,
A salvo da Besta, e
Libertará aqueles que foram aprisionados
Pelo passado da Profecia e a ruína iminente.
Pedra sagrada, libertada do templo,
Sliabh na Calli',
Portal dos Mundos Paralelos.
Irmãs do Caos
Retornarão à barriga da Serpente
Ao final de Nos Galon-Mai.
Ali, no Círculo de Fogo

*Iluminado pela Pedra, unirá
As Quatro Chaves, marcadas pelo Dragão
Anjo do Caos, marca e medalhão
A Besta, banida apenas através
Da Irmandade à porta da Guardiã
Com o rito dos Caídos.
Abra os Braços, Senhora do Caos,
Para prenunciar a destruição das eras
Ou fechá-las e
Rejeitar a sede Dele por eternidade.*

Quando chego ao final da página, percebo que é mesmo uma única página. As páginas sumidas da profecia não existem. Há apenas uma. Mas, embora seja impossível decifrar seu significado aqui e agora, tenho certeza de que ela é tudo de que necessito.

Não posso me dar ao luxo de levar a página comigo. Não enquanto for provável que uma das Almas me espere do lado de fora da cripta. Então leio. Leio até ter a certeza de que a decorei. Até ser capaz de recitar as palavras mesmo no meu leito de morte, que espero só vir daqui a muitos anos.

E depois seguro as duas versões sobre uma das tochas e olho as páginas queimarem.

33

— *Bonsoir. Puis-je vous aider à trouver quelque chose?* — pergunta o padre. "Boa noite. Posso ajudá-la em algo?"

Eu o encaro com cuidado ao me aproximar na sala que antecede a cripta. Acabei de subir a escada, mas só me deparei com ele quando já estava bem afastada da entrada da gruta. Chegando mais perto, olho o seu pescoço e fico aliviada ao ver que não carrega a marca do Guarda.

— *Non, Père. Je me promenais la cathédrale et suis devenu perdu.* — Dou-lhe um sorriso nervoso e a desculpa de estar perdida. Em seguida, só para me garantir, asseguro que posso encontrar a saída sozinha. — *Je peux trouver ma voie en arrière d'ici, merci.*

O padre assente, lançando um olhar desdenhoso para as minhas calças. Tinha esquecido delas e sinto uma vontade inconveniente de gargalhar. Por um breve instante, esqueço que ainda posso estar correndo um perigo mortal, e meu único desejo é dividir a graça da situação com Luisa e Sonia. Esta ideia põe um sorriso nos meus lábios, pois sei que elas também teriam de lutar para conter o riso.

Passo pelo padre a caminho da porta. Ele está parado no meio da sala, me olhando como se eu fosse uma criminosa, mas com minha aparência desgrenhada e as vestes masculinas não posso culpá-lo por isso.

Forçada a agir, abro a porta e olho para um lado e para o outro da ruela, primeiro com cautela, e depois, quando ganho mais certeza de que ninguém me espera ali fora, sem me esconder. Ao ter toda a certeza possível de que o caminho de volta para a catedral está desimpedido, passo pela porta e corro pela rua. Chego à porta da igreja e suspiro aliviada, mas quando tento abri-la, descubro que está trancada.

Tento de novo, puxando com toda força, mas ela não cede. Tento acalmar o sangue que corre nas minhas veias quando ouço um barulho atrás de mim. Ao me virar para ver de quem se trata, não é quem eu esperava. Não de início.

Um gato grande e branco pula do alto do muro de pedras que cerca a rua inteira. O bicho vem em minha direção de um jeito lânguido, e apesar de querer ficar aliviada por ser apenas um gato, há algo nele que me deixa apreensiva. Sei o que é no instante seguinte, quando seus olhos verdes como uma joia miram os meus segundos antes de brilhar no chão, transformando-se no Guarda louro. Mudar de forma parece fácil, e ele mal desacelera os passos em minha direção, com um sorriso sinistro se esboçando na boca. A falta de pressa com que se aproxima não ajuda a diminuir meu pavor. É a sua lentidão o que me amedronta, pois parece ter tanta certeza de seu triunfo que nem se apressa em obtê-lo.

Deslizando junto à parede da igreja, dirijo-me à única entrada que não tenho dúvida de que estará aberta: a da frente, por onde entrei na catedral. Não ouso tirar os olhos do homem. Tento calcular se minha chance de escapar é maior se eu der meia-volta e correr ou se continuar no jogo que ele parece comandar.

Ainda estou a certa distância do final da ruela quando ele acelera o ritmo; seus passos agora são mais decididos. O movimento faz com que a gola de sua camisa se abra um pouco e vejo a serpente, enrolada em volta do pescoço como uma corda. Sinto seu poder de atração ao mesmo tempo que o medo me embrulha o estômago.

A decisão de correr não é consciente. Simplesmente corro, o instinto gritando que esta é minha única chance de fugir do Guarda de Samael e da afeição sombria que tenho pela serpente que o marca.

As pedras da calçada são escorregadias e não consigo correr na velocidade que gostaria por medo de cair. Mesmo assim, os passos aceleram no meu encalço. Não estou longe da fachada da igreja, embora o tempo pareça se prolongar e se distorcer no momento da minha tentativa de fuga. Penso estar sã e salva quando faço a curva em direção à parte da frente da catedral. Mas subestimei as pedras e caio, atingindo o chão com tamanha força que meus dentes batem.

Levo poucos segundos para me levantar e continuar correndo, mas não sou rápida o bastante. A queda diminuiu o espaço que eu tinha ganhado e, ao subir a escadaria da igreja, o cheiro forte de suor do Guarda me alcança na brisa de final de tarde.

Quando finalmente chego ao topo da escadaria, estico-me para segurar a maçaneta da porta de madeira, assim como o homem se estica para me pegar. Desta vez ambos caímos, o homem segurando meu pé com força enquanto tento alcançar a porta da igreja, meu único refúgio. O arco e a mochila escorregam do meu ombro e caem a certa distância de minhas mãos.

– Me... dê... as... páginas. – A voz dele é um rosnado. Desliza em minha direção, até que sinto suas palavras rastejarem na pele.

– Não estou com elas! – berro, numa tentativa desesperada de conseguir a liberdade, esperando que seu único desejo seja as páginas e não minha morte, como temo. – Me solte! Não estou com elas!

Ele não responde. Seu silêncio me apavora mais do que qualquer coisa que ele poderia dizer. À medida que puxa minha perna, arrastando-me para perto de si, a serpente enrolada em volta de seu pescoço parece rastejar, avançando em minha direção, e começo a acreditar que a ouço sibilar.

Examino a frente da igreja, em busca de Dimitri ou de alguém que possa me ajudar. Mas desta vez não haverá resgate. Nem da parte de Dimitri, nem das Irmãs ou dos meus dons sobrenaturais.

E então vejo a mochila. As flechas estão um pouco para fora dela, mas não são elas que me dão esperança. Não. É a adaga que jaz a poucos centímetros da mochila que estanca meu desespero. É um lembrete de que a salvação cabe a mim. A mim e à força e determinação que ganhei neste mundo.

Balanço a perna que não está sob as garras do Guarda e dou-lhe um chute feroz no rosto. Ele cai de costas, esparramado, mas me carrega com ele, embora a força com que segura minha outra perna diminua. Tento pegar a mochila, usando os braços para chegar mais perto dela e arrastando o homem comigo. Logo em seguida ele recobra a consciência e aperta minha perna com mais força. Desta vez, enquanto me puxa para perto de si, ele solta um rosnado gutural.

É primitivo e dolorido, e atinge uma parte perdida de mim fazendo-me lembrar da função que tenho na profecia e do papel que me cabe na luta contra as Almas. Chuto de novo, desta vez com todas as forças, e o pé que está livre torna a acertar o rosto do homem. A energia faz meu corpo tremer até o âmago, e não consigo evitar o pensamento de que devo agradecer à tia Abigail e sua pedra da serpente pelo fato de que as mãos do Guarda se afrouxaram em torno da minha perna. Com isso, consigo me esticar o bastante para que meus dedos se fechem em volta do punho da adaga.

Não sei dizer se o calor da pedra me dá força extra, ou se apenas faz com que eu me sinta menos sozinha. Como se tia Abigail e toda sua energia e sabedoria estivessem comigo. Imagino que não tenha importância, pois traço um arco com a adaga em direção ao rosto do Guarda, acertando-lhe o pescoço com tamanha força que ele solta completamente o meu pé.

A surpresa é nítida em seu olhar segundos antes de o sangue correr, formando uma mancha em sua camisa branca. A serpente que circunda seu pescoço se retorce como se estivesse viva, dando lambidas raivosas mas ineficazes na minha direção antes de o rosto do homem se transformar no gato que encontrei na ruela, no de um operário, no de um cavalheiro e, por fim, voltar ao seu próprio semblante assustadoramente belo. Tenho a impressão de que são formas que ele adquiriu desde que entrou no meu mundo por meio de algum Portal do passado.

Desta vez, não rastejo. Eu corro. Luto para me levantar e disparo em direção à porta, mal sentindo o peso dela em minhas mãos ao empurrá-la. Bato-a depois de entrar e não paro para recuperar o fôlego. De costas, caminho pelo interior da igreja, distanciando-me da entrada sem desviar o olhar dela. Por um bom tempo, fico observando, esperando de certo modo que o homem irrompa na catedral. Aguardando que ele sucumba à morte, a fim de entrar neste lugar proibido para as Almas.

Não sei quanto tempo levo para ter certeza de que ele não vem, mas chega uma hora que sento no chão, aliviada, as costas apoiadas contra a parede, os olhos ainda mirando a porta.

Dimitri virá. Não sei quando, mas, assim como o sol nasce e se põe, a vinda dele é garantida. Passo os braços em volta dos joelhos, sussurrando as palavras da página perdida, memorizando-as ainda mais.

Na igreja escura, eu sussurro. E espero.

Desta vez, Alice vem ao meu encontro.

Cochilo na catedral, ainda encostada na parede, quando sinto sua presença. Abro os olhos e me deparo com ela na ponta da nave que leva da porta ao altar. À distância, parece translúcida, assim como na noite em que a vi na escadaria da mansão Milthorpe, mas quando se aproxima, assusto-me ao ver que fica cada vez mais palpável. Quando para diante de mim, sua presença é quase tão real quanto se estivesse ali de corpo físico, e não como um espírito do Plano. Não me surpreendo ao notar que se tornou ainda mais poderosa.

Ela me examina com uma expressão que nunca vi antes. Imagino que seja uma mistura perversa de ódio e admiração.

– Então – diz ela, enfim. – Você achou o que estava procurando.

Mesmo como espírito, minha irmã causa algo sinistro e temeroso no meu coração. Ergo o queixo, tentando não demonstrar medo.

– Sim, e é tarde demais para você ou as Almas colocarem as mãos nelas. Já foram destruídas.

Ela não se abala, e me pergunto se já sabia. Se estivera me observando do Plano.

– Elas nunca foram essenciais para nós, a não ser pelo fato de que ajudariam você a encerrar a profecia. Só desejamos um fim para ela, e as páginas não são necessárias para que isso seja feito.

– Então tudo isso foi para me manter longe das páginas, e não para você roubá-las. – Não se trata de uma pergunta. Penso nos Cérberos, na ondina, em Emrys... todos eles trabalhando em prol das Almas, a fim de me impedirem de chegar a Chartres.

Todos unidos para evitar que eu desse fim à profecia.

– É claro. – Ela sorri, inclinando a cabeça. – E imagino que esteja achando que venceu. Que por ter encontrado as páginas vai conseguir desvendar a profecia e encerrá-la do jeito que

quer. – Todos os sinais de deleite abandonam seu olhar. – Mas você está enganada, Lia. Muito enganada.
– Não sei do que está falando, Alice.
Ela se aproxima e fica bem na minha frente, agachando-se para ficarmos cara a cara.
– Você vai entender, Lia. – Há labaredas de fogo por trás de seus olhos de esmeralda. – Pode até ter encontrado o que estava procurando, mas ainda há coisas perdidas, questões que pedem respostas. Há ainda mais riscos. Mas o mais importante é que existe uma coisa de que você precisa e jamais terá. Jamais.
– O que seria, Alice?
Ela hesita por um instante, antes de responder com apenas uma palavra:
– Eu.
Ela dá um sorriso tão vazio que um arrepio percorre minha espinha. Não tenho ideia do que quer dizer, mas não tenho tempo para reflexões. Nos entreolhamos por um milésimo de segundo e ela desaparece, e volto a ficar sozinha na escuridão da catedral.

34

Fico perto das portas ao caminhar pelas ruas agitadas, observando os outros pedestres.

Era de imaginar que eu não teria medo numa rua metropolitana depois de uma jornada longa e perigosa em busca das páginas desaparecidas, mas ela só aumentou minha desconfiança. Lembro do Guarda na igreja de Chartres, seu semblante mudando do gato para o operário e para o cavalheiro, e sei que outros Guardas podem estar por perto a qualquer instante, em qualquer lugar. É por instinto que meu olhar se volta para a gola de todos os homens e mulheres desconhecidos. Estou sempre à procura da serpente retorcida em volta do pescoço dos estranhos.

Depois de atravessar a rua de pedras arredondadas, cruzo a velha grade de ferro, respirando aliviada ao chegar ao parque e seguir em direção ao lago. Passei muitas tardes andando pelos gramados repletos de folhas desde que voltei da França. Lembram um pouco as colinas de Altus.

Durante a caminhada, penso em Dimitri. Às vezes ele me acompanha, mas fico igualmente satisfeita caminhando sozinha. Ao pensar nele, em seus olhos intensos e os cabelos castanhos que formam cachos no pescoço, só consigo ficar grata por ele ter voltado comigo para Londres, sob a promessa de que ficará ao meu lado até que a profecia chegue ao fim, qualquer que seja seu desdobramento. Sua presença me conforta, embora não goste de admitir isso em voz alta.

Dimitri só chegou à catedral de Chartres na manhã seguinte ao dia em que encontrei a página sumida. Ainda estava esperando encostada na parede, embora um padre tenha se oferecido para me arranjar acomodação em outro lugar. Eu queria estar bem ali quando ele chegasse. Queria ser sua primeira visão ao abrir a porta.

Depois de cavalgar até uma cidade litorânea e embarcar num navio para Londres, retornamos à mansão Milthorpe, onde cambaleei até o meu quarto e caí num sono profundo que durou quase 24 horas. Ao acordar, deparei com Dimitri sentado numa cadeira ao lado da cama, velando meu sono.

Desde então, ele passou todos os dias comigo, hospedado no prédio de arenito da Sociedade sob o olhar materno, talvez até atento demais, de Elspeth. Apesar de ele ter sido muito franco a respeito de sua devoção, ainda não conciliei meus sentimentos por ele com os que ainda assolam meu coração acerca de James. Acrescento este assunto à lista das coisas sobre as quais evito pensar em nome da profecia.

Além disso, percebi que reluto em pensar no futuro. Existem questionamentos no passado e perguntas demais ainda me esperam adiante. Talvez esteja me tornando supersticiosa, mas acho uma bobagem tentar o destino presumindo de que terei mesmo algum futuro.

E apesar de todo o prazer que sinto na companhia de Dimitri, há momentos, às vezes dias, em que só quero ficar sozinha. Só quero ponderar tudo o que aconteceu e o que ainda acontecerá.

Não há dúvida de que mudanças estão por vir.

Imediatamente após o retorno de Chartres, recebi a mensagem de Philip de que tinha encontrado Helene Castilla, a terceira chave. Ele está bolando um plano para trazê-la a Londres, e é inevitável pensar qual o impacto que mais uma garota vai causar na minha frágil aliança com Sonia e Luisa.

Pensar em Sonia ainda lança uma sombra no meu coração. Tem horas que me lembro da antiga Sonia, a amiga acanhada e confiável que foi minha maior companheira nos momentos sombrios que se seguiram à morte de Henry e à minha fuga de Nova York. Nestes momentos, sinto saudades dela e tenho vontade de revê-la. De abraçá-la e sentar diante de uma lareira, e contar tudo o que aconteceu desde que acordei e vi seus olhos vidrados pela loucura das Almas.

Mas é difícil ignorar o ceticismo que agora faz parte da minha cabeça.

Aquele que sussurra: *E se acontecer de novo?*

Porém, vou ter de achar um jeito de unir todo mundo outra vez e lidar com todas as exigências da profecia, pois enquanto Philip volta para Londres, Sonia, Luisa e Edmund estão vindo de Altus. Não obtive detalhes sobre a recuperação de minha amiga e só me resta presumir que esteja bem, mas isso não significa que confio plenamente em sua lealdade.

Por enquanto, espanto-me ao perceber que é em Dimitri que mais confio.

Pouco depois de voltar para Londres, pus no papel as palavras da página sumida para que ele e tia Virginia pudessem estudá-las sob a luz da lamparina da biblioteca da mansão Milthorpe. Quando terminaram, tiveram a certeza de que não esqueceriam nem uma palavra, e elas foram queimadas outra vez.

Desde então, passamos horas tentando decifrá-las. As respostas são raras e exigem empenho, mas tem uma parte que finalmente entendi.

A Besta, banida apenas através da Irmandade à porta da Guardiã.

Repeti esta frase no silêncio dos meus aposentos diversas vezes, ciente de que nela está a chave para um conhecimento que não é bem-vindo. Vi Alice na igreja de Chartres, seu olhar aceso por algo sombrio e inominável.

Mas o mais importante é que há uma coisa de que você precisa e jamais terá. Jamais.

E minha pergunta boba, idiota: *O que seria esta coisa, Alice?*
Eu.

Tive um lampejo no meio da noite e me causou tamanho horror que me sentei na cama, murmurando as palavras da página sumida, enfim compreendendo-as.

Por alguma razão, para dar fim à profecia seria necessário nós duas. Alice e eu.

A Guardiã e o Portal.

Não ousei ponderar como isso poderia ser feito. Como Alice e eu trabalharíamos juntas para encerrar a profecia se estamos em lados opostos. Mas por enquanto me exercito com Dimitri, aprimorando os dons que possuo. Com a assistência dele, apuro habilidades como Lançadora de Feitiços, mas sem as intenções malignas da minha irmã. Continuo a treinar arco e flecha enquanto tento, com a ajuda de Dimitri e de tia Virginia, decifrar os dizeres da última página.

O mais importante é que tento fechar a mente – e o coração – para minha irmã. Tento não pensar nela como a vi da última vez, na catedral de Chartres. Tento não ver seus olhos em brasas, brilhando com o desejo febril das Almas.

Pois, embora não saiba o que o futuro guarda, agora sei que uma coisa é certa: Alice tinha razão.

Quando a profecia chegar ao fim, uma de nós estará morta.

AGRADECIMENTOS

Parece impossível agradecer de maneira adequada a todo mundo que me apoiou no decorrer do processo de transformar o primeiro rascunho deste livro em uma obra terminada, mas eu sempre tento! Primeiro, ao meu agente, Steven Malk, meu defensor mais sincero em todos os assuntos. Eu ficaria perdida sem seu apoio e bom-senso. À minha incomparável editora, Nancy Conescu, que garante que cada frase, cada palavra minha, seja retocada até atingir a perfeição. Você faz de mim uma escritora melhor. Por isto – e por muito mais – lhe sou eternamente grata. A Andrew Smith, Melanie Chang e a toda a equipe de marketing da Little, Brown and Company Books for Young Readers. A paixão, a criatividade e a determinação de vocês são únicas. Considero-me uma pessoa de sorte por tê-los ao meu lado. A Rachel Wasdyke, a melhor relações-públicas DO MUNDO, e que além de tudo é uma companheira de viagem fantástica. A Amy Verardo e ao Departamento de Direitos Subsidiários da LBYR, que continuam a conquistar o mundo, levantando a bandeira da série Profecia das Irmãs. A Alison Impey, que sabe exatamente qual capa as pessoas querem ver antes que elas mesmas saibam disso.

Afora o contingente de pessoas talentosas na parte dos negócios, há muitas cujo amor e apoio me permitem escrever com uma paixão obstinada. Quem encabeça a lista é minha mãe, Claudia Baker. "Obrigada" não basta para agradecer por tudo o que faz e tudo o que você significa, mas é só o que tenho. Agradeço de novo ao meu pai, Michael St. James, por me passar seu amor pelas palavras bem-escritas. A David Bauer e Matt Ervey, amigos da vida inteira, de todas as horas. A Lisa Mantchev, cujo companheirismo e loucura por sorvete, do qual compartilho, me ajudam a enfrentar revisões, críticas e montanhas de insegurança. Aos Debutantes de 2009 por partilharem de minhas alegrias e neuroses. Aos muitos blogueiros que divulgam o livro com um entusiasmo e energia incomparáveis, principalmente Vania, Adele, Laura, Steph, Alea, Mitali, Devyn, Nancy, Khy, Lenore e Annie. Independente do que digam, vocês fazem a diferença. Queria poder agradecer a cada um!

Por fim, a Morgan Doyle, Jacob Barkman e aos vários jovens que me permitem fazer parte de suas vidas. Sinto-me honrada por vocês dividirem comigo a paixão que nutrem pela vida. É um privilégio conhecê-los como de fato são. A Anthony Galazzo... eu te amo como se fosse meu próprio filho. Tudo o mais é grande demais para pôr em palavras. E de novo a Kenneth, Rebekah, Andrew e Caroline – a razão de tudo o que eu faço e de tudo o que eu sou. Vocês têm o meu coração, sempre.

Impresso na gráfica JPA